DREWMORE DYNASTY
MEET THE PRIVILEGED

DREWMORE DYNASTY
BUCH EINS

KARI TENERO

Eine explizite Triggerliste findest du
im Buch auf der letzten Seite.

KARI TENERO

DREWMORE

DYNASTY

MEET THE PRIVILEGED

Black Edition

Black Edition by Versum Verlagsgruppe GmbH

Drewmore Dynasty - Meet the Privileged
1. Auflage

Copyright © 2024 by Versum Verlagsgruppe GmbH, Karlsplatz 3,
80335 München
Alle Rechte vorbehalten. Unbefugte Nutzung, etwa wie die
Vervielfältigung, Verbreitung, Übertragung oder Nachdruck, auch
auszugsweise, nur mit schriftlicher Genehmigung der Versum
Verlagsgruppe GmbH.
Text © 2024: Kari Tenero

Coverdesign: Susanna Schoch
Umschlaggestaltung: Susanna Schoch
Lektorat: Marie Deutscher
Korrektorat: Alina Alerion
Satz: Christelle Zaurrini
Bildmaterial: midjourney.com, shutterstock.com , freepik.com
Druck und Verarbeitung:
Druckerei CPI Books GmbH, Leck
Printed in EU
ISBN 978-3-98942-649-8

Weitere Informationen unter:
www.black-ed.de
TikTok: black.edition.verlag
Instagram: black.edition.verlag

Für alle, die für die Rettung ihrer Liebsten über Leichen gehen würden.

TRIGGERWARNUNG

Unschlüssig stehst du vor den Toren der Drewmore und überlegst, ob du den Schritt wagen sollst. Ich sehe es in deinen Augen. Ein Verlangen spiegelt sich in ihnen wider, das bisher niemand stillen konnte. Du willst mehr als das lächerliche Spiel, das du bisher kennengelernt hast, dessen Regeln du in- und auswendig kennst und das dich langweilt.

Ich weiß, du bist bereit, nach neuen Regeln zu spielen – meinen Regeln, die dich in die Dunkelheit ziehen und dich in Versuchung führen werden, sie zu brechen. Doch das werde ich zu verhindern wissen. Verlass dich darauf.

Wirst du danach dieselbe sein? Mit Sicherheit nicht. Daher wage diesen Schritt nur, wenn du bereit bist, deine Moralvorstellungen abzulegen, das Experiment zu wagen und hinter die dunklen Geheimnisse der Drewmore zu schauen, die dir alles abverlangen werden.

PROLOG

»Was soll das?« Viviens Stimme bebt. Mit zitternden Fingern sucht sie Halt an einem der Spinde. Fahrig sieht sie abwechselnd von mir zu meinem Messer und dem Quarterback am Boden, dessen Körper neben uns zuckt, ehe er reglos liegen bleibt. Zusehends wird die Blutlache um ihn herum immer größer.

Ich hole ein Tuch aus meiner Hosentasche hervor und wische mein Messer sauber. Dabei genieße ich die tiefe Erschütterung, die sich in ihrem Blick festsetzt. »Das war mir etwas zu viel Nähe zwischen euch.« Ich schmeiße das Tuch auf den Leichnam.

»A-aber ...« Sie schluckt schwer, scheint die schwarzen Gedanken zu verdrängen und straft mich mit Verachtung, die mich nur dazu beflügelt, ihr zu zeigen, dass dieses Spiel auch weiterhin nach meinen Regeln läuft. »Aber genau das hast du vor ein paar Stunden noch von mir verlangt!«

»Ja, und das hast du auch meisterhaft umgesetzt.«
Ich gehe auf sie zu. Ihr Körper zittert immer stärker,
doch davon sehe ich nichts in ihren Augen. Diese Abgebrühtheit, die sie mit Sicherheit spielt, macht sie so
verdammt perfekt für mich. »Aber ich kann es nun mal
nicht leiden, wenn dir ein anderer Mann zu
nahekommt.«

»Es sind deine beschissenen Regeln. Wenn sie dich
stören, dann ändere sie doch.« Ein dunkles Funkeln
flackert in ihren Augen auf, das mir endlich bestätigt,
was ich mir gedacht habe.

Leise lache ich auf. »Keine Regel ist in Stein gemeißelt, wenn einem das Ergebnis nicht gefällt. Und es
wird langsam Zeit, dass du dem, was dein kleines,
dunkles Herz will, nachgibst.«

»Und das wäre?«, fragt sie immer noch so, als hätte
sie alles unter Kontrolle. Aber das hat sie nicht. Nicht,
seitdem sie zu mir gekommen ist und mich um Hilfe
gebeten hat.

Ich setze die Spitze des Messers an der weichen
Haut ihres Halses an und fahre in einer glatten Linie bis
zu ihrem Schlüsselbein hinab. Dabei folgt ein dünnes
rotes Rinnsal meinem Weg. Ein leiser Seufzer entfährt
ihrer Kehle. Kurz danach erhöhe ich den Druck der
Klinge. Ihre Atmung beschleunigt sich merklich. Dann
ziehe ich sie langsam weg, sodass ein tieferer Schnitt
zurückbleibt, der ihre Erscheinung perfektioniert. Ihr
leises, schmerzverzerrtes Zischen wird zu Musik in
meinen Ohren. Regungslos steht sie vor mir. Ich
begegne ihrem Blick, in dem aus der schwindenden

Verunsicherung beginnende Erregung wird, und beuge mich zu ihr hinab. »Es wird Zeit, dass du dem Verlangen nachgibst, das dich heute nicht zum ersten Mal feucht werden lässt.« Ich greife nach den Locken ihres Pferdeschwanzes, ziehe ihren Kopf nach hinten und beiße in die Haut, die ich gerade in mein modernes Kunstwerk verwandelt habe. Der metallische Geschmack ihres Blutes kitzelt auf meiner Zunge, während sich ihr erhitzter Atem an meinem Ohr verfängt.

»Meinst du echt, dass es so einfach ist?«, wispert sie.

Ich koste noch etwas länger von ihr. Folge mit meiner Zunge der Linie bis nach oben und sehe ihr abermals direkt in die nach Erlösung suchenden Augen, um ihr dann einen kurzen intensiven Kuss auf den Mund zu pressen. Kaum lösen wir uns voneinander, streiche ich mit festem Druck über ihre Lippen, die eine dezent rote Farbe von ihrem eigenen Blut annehmen. »Ja, Vivien, das ist es.« Ich lasse ihren Zopf los, drehe sie ruckartig herum und greife um ihr Kinn, damit ich meine Wange an ihre legen kann. »Du willst das Dunkle. Du willst das Verbotene und du weißt genau, dass nur ich dir das bieten kann.«

Mit dem Messer in der anderen Hand gleite ich an ihrem Oberschenkel entlang. Fahre unter den knappen blau-weißen Minirock ihres Cheerleaderoutfits und weiter zu dem Slip, den ich seitlich mit dem Messer zerschneide, während sie sich immer enger an mich schmiegt. Dann tanzt es weiter auf ihrer Haut. Sie spannt sich an und mit jedem Millimeter, den ich es nach vorn schiebe, spreizt sie die Beine, bis ich ihr die flache Seite der kalten Klinge auf ihre heiße Mitte drücken kann.

Ich nehme einen tiefen Atemzug ihres blumigen Parfüms. Viviens Kopf liegt mittlerweile auf meiner Schulter und ich sehe ihre steifen Nippel unter dem Top hervorstehen. »Sag es«, flüstere ich ihr ins Ohr. »Fordere ein, wonach sich jede Faser deines Körpers sehnt.«

1
VIVIEN

Es dämmert bereits. Gemeinsam mit meiner Schwester Lexy torkele ich durch den Stadtpark und greife nach ihrer Hand. Dabei dröhnen mir die Ohren noch von der lauten Musik der Abi-Abschlussparty.

»Wir sollten langsam packen.« Das wohlig warme Gefühl in meinem Magen verstärkt sich. Erneut wird mir bewusst, dass wir endlich frei sind und Dad ab sofort keinen Einfluss mehr auf unser Leben hat.

Lexy verschränkt ihre Finger mit meinen. »Wir haben noch fast vier Wochen Zeit, ehe die Uni beginnt. Aber ich kann dir sagen, was du dringend tun solltest.« Sie fängt an, zu kichern. »Duschen. Du stinkst nach Sperma und Bier.«

Ich kann mir mein Lächeln nicht verkneifen. »Du hättest jederzeit mitmachen können.« Ihre Hand zittert so schwach, als würde sie bei dem sanften Luftzug, der uns entgegenweht, frieren. Schon bereue ich meine

Aussage, die dem Restalkohol in meinem Blut geschuldet ist. Etwas, das meine kleine Schwester nicht kennt, weil sie wegen ihrer Medikamente keinen Alkohol trinken darf. Eine Regel, an die wir uns beide seit vier Jahren strikt halten.

Ich löse meine Finger aus ihrem zarten Griff, ziehe sie eng an mich heran und lege den Arm über ihre Schulter. »Obwohl, eigentlich gefällst du mir als die Vernünftige von uns beiden nach wie vor am besten«, beschwichtige ich meine vorherige Aussage.

Ihr verhaltenes Lächeln zeigt deutlich, wie sehr sie den gesamten Tag über kämpfen musste, weil Mom nicht bei unserer Abschlussfeier sein konnte. Dabei habe ich so gut es geht versucht, ihr den Tag so unvergesslich wie möglich zu machen. Am Ende war ich es, die mit Finn, den ich für sie als Tröster auserkoren habe, im Chemielabor verschwunden ist – in das sich auch Elias verlaufen hat.

Lexy legt ihren Arm um meine Taille. »Eine von uns beiden muss einfach den Überblick behalten.«

Wir biegen um die Ecke. Das große, weiße Haus mit den zwei hohen Marmorsäulen, die links und rechts neben der Eingangstür stehen und den Balkon darüber stützen, wird mit jedem Schritt, den wir darauf zugehen, größer. In der Küche brennt Licht. Unser Dad ist mit Sicherheit schon wach, weil er innerhalb der nächsten Stunde ins Labor fährt. Sofort staut sich die Wut in meinem Bauch und versucht, die Glücksgefühle zu verdrängen. Ich ertrage ihn keinen Tag länger, weil er sich im Grunde nicht für mich interessiert, aber ständig meinen eingeschlagenen Lebensweg kritisiert.

»Aber ich fand die Geräusche, die durch die Tür gedrungen sind, schon sehr inspirierend.« Meine Schwester kichert abermals und holt mich aus meinen dunkler werdenden Gedanken.

»Dann warst das wohl du, die die Eichentür zum Quietschen gebracht hat«, ziehe ich sie zwinkernd auf und kann dabei zusehen, wie sich ihre Wangen röten, ehe die Laterne, die genau über uns flackert, ausgeht.

»Eventuell.«

Schlendernd laufen wir über die leere Straße. Ich schlucke das beklemmende Gefühl herunter, öffne die Tür zum Vorgarten und zwinge mich zu einem entspannten Gesichtsausdruck, damit sie nicht merkt, was mir durch den Kopf geht. Immerhin ist unser Dad für Lexy ein wichtiger Baustein im Leben. Das werde ich ihr niemals miesmachen. Dafür sitzt sie so schon genug zwischen den Stühlen, wenn ich mich wieder einmal mit ihm streite.

Als wir beide vor der Haustür stehen, kramt Lexy aus ihrer schwarzen Clutch den Schlüssel, schließt auf und zieht die Schuhe aus. Während ich mich an der Wand abstützen muss, um es ihr gleichzutun, geht sie bereits in die Küche.

»Guten Morgen, Lexy«, ertönt die kratzige Stimme meines Dads. Fast automatisch verdrehe ich die Augen, seufze und gehe ebenfalls um die Ecke.

»Guten Morgen«, wiederhole ich die Worte meines Vaters, laufe an ihm vorbei und setze mich auf einen der

Stühle am Esstisch, der seitlich an der Fensterfront steht und auf dem zwei A4-Zettel nebeneinanderliegen.

»Das wünsche ich dir ebenfalls.« Seelenruhig trinkt er einen Schluck aus seiner schwarzen Designertasse und wirft mir weder böse Blicke zu noch kommt ein Wort des Missfallens, dass wir erst jetzt zu Hause sind. Sofort läuft mir ein kalter Schauer über den Rücken, weil es so untypisch für ihn ist.

Während meine Schwester sich ein Glas mit Wasser befüllt, versuche ich, seiner undurchsichtigen Miene auszuweichen, und sehe auf die zwei Zettel. Auf dem einen stehen groß die Buchstaben D und U. Schlagartig wird mir kalt und der Alkohol verflüchtigt sich aus meinem Körper wie Morgennebel bei Sonnenschein.

Lexy schließt den Wasserhahn und kommt zu mir gelaufen. »Machst du dich gleich auf den Weg ins Labor?«

»Mh-hm.«

Meine mittlerweile zitternden Finger greifen nach dem Blatt. Unglaubwürdig starre ich auf die fett gedruckten Buchstaben, die meinen, dass ich ab kommenden Monat an der *Drewmore University* studieren werde. Einer Elite-Universität an der Grenze zu Frankreich. Nur steht auf dem Schreiben von Lexy eine ganz andere Akademie.

Mit einer vollen Palette an unterschiedlichsten Gefühlen springe ich auf. »D-das kannst du nicht tun!«, stottere ich und blicke zu meinem Vater, der sich nur wenige Schritte von mir entfernt gegen den Kochbereich der Küche gelehnt positioniert und mich weiterhin vollkommen entspannt ansieht und nichts erwidert.

Lexy steht mittlerweile neben mir, überfliegt erst ihren Zettel, dann meinen und lässt das Glas fallen. Laut klirrend zerspringt es auf dem Marmorboden. »Vivien?«, fragt sie hilflos. Ich sehe zu ihr. Tränen stehen in ihren türkisblauen Augen, die teilweise von ihren schwarzen Haaren verdeckt werden. Meine Brust schnürt sich immer enger zu. Auch Lexys Brustkorb hebt und senkt sich viel zu hektisch. In mir macht sich Panik breit. *So war das nicht geplant!* Wir haben doch ein Ziel. Eine gemeinsame Zukunft. Doch nun scheint das alles hinfällig und das nur wegen des Mannes vor uns, zu dem ich mich zurückdrehe.

Mein Vater lässt den Kochbereich hinter sich. »Ich schlage vor, ihr fangt an, zu packen, denn in der nächsten Woche kommen die Fahrer, die eure Sachen zu den Studienorten transportieren.« Mit diesen Worten will er uns stehen lassen und verlässt den Raum. Doch das kann er vergessen, denn zu dem beklemmenden Gefühl, das mich kaum mehr atmen lässt, gesellt sich Wut. Wut darüber, dass er meint, mir mit meinen zwanzig Jahren vorschreiben zu können, an welcher Universität ich studiere, und Wut darüber, dass er auch noch denkt, dass ich das ohne meine Schwester tun werde.

Ich bugsiere Lexy auf den Stuhl, von dem ich gerade aufgestanden bin, und gebe ihr einen Kuss auf den Kopf. »Keine Angst. Ich kläre das.« Dann folge ich meinem Dad. Er steigt schon die Treppe nach oben.

»Das kannst du nicht machen!«, wiederhole ich mich deutlicher als eben. Darauf reagiert er ebenfalls nicht.

Ich laufe schneller, bekomme ihn oben an der letzten Stufe am Ellenbogen gegriffen und zwinge ihn zum Anhalten.

Ruckartig dreht er sich zu mir herum. »Doch, Vivien.« Zorn spricht aus jedem Millimeter seines Gesichts, der zusammen mit der tiefen Falte auf seiner Stirn spürbar ist. »Ich habe es satt, dass du denkst, mir ständig auf der Nase herumtanzen zu können. Dieses Verhalten habe ich mir lange genug angeschaut.« Er reißt sich von mir los und streicht über den schwarzen Seidenstoff seines Anzugs, als hätte ich ihn durch meinen Widerspruch mit Flecken beschmutzt. »Wir sind seit ein paar Monaten eine angesehene Familie. Auch wenn deine schulischen Leistungen nach drei vergeudeten Jahren endlich nicht mehr zu wünschen übrig lassen, ist das bei deinem Sozialverhalten etwas ganz anderes. Diese ständigen Eskapaden werde ich keinen weiteren Tag tolerieren.«

Wie ich es hasse, wenn er meint, mir vorschreiben zu können, wen ich ficken darf und wen nicht. Oder immer noch darauf herumreitet, dass er mich einmal auf der Polizeiwache abholen musste. Aber das dulde ich – für diesen einen Moment, in dem es um meine gemeinsamen Zukunftspläne mit Lexy geht.

»Wieso bestrafst du sie für das, was ich falsch gemacht habe?«

»Ich bestrafe weder sie noch dich. Es ist einfach zu eurem Besten.«

Zu unserem verfickten was? Das kann ... »Aber wir haben das ganz anders geplant«, motze ich. »Wir wollten zusammen studieren und du hast deine Einwilligung gegeben.«

»Das weiß ich, Vivien. Aber ich habe mich umentschieden.« Er lehnt sich näher zu mir, bis ich die feinen Äderchen in seinen Augen erkennen kann. »Ich werde nicht zulassen, dass du deine Zukunft mit Sexskandalen oder durch Ausnüchertungszellenbeiträge in den Klatschzeitungen wegwirfst. Nein, es wird Zeit, dass ich die Zügel straffer nehme und du endlich verstehst, wo dein Platz ist.«

Erneut klammere ich mich an ihn. »Das kann ich auch an jeder anderen Universität lernen.« Mein Vater schüttelt den Kopf. »Oder zumindest an derselben Universität wie Lexy«, versuche ich aufs Neue, dieses unabwendbar scheinende Szenario zu umgehen.

Ein weiteres Mal löst er sich von mir. »Es ist wirklich nur zu deinem Besten.« Nicht einmal sein Lächeln wirkt aufrichtig.

»Und was ist mit Lexy?«, schreie ich so laut, dass es durch den hohen Raum hallt. »Du weißt ebenso gut wie ich, wie empfindlich sie seit dem Tod von Mum ist und wie viel Stabilität sie im Leben braucht. Wenn du das tust und uns trennst, wird es ihr das Herz brechen und ebenso ihre Seele zerstören.«

»Vivien.« Jetzt kommt doch tatsächlich diese verfluchte Verständnisschiene. »An der Star-High gibt es einen sehr fähigen Psychologen, dem sie sich anvertrauen kann.«

»Das ist nicht dasselbe«, falle ich ihm ins Wort. Wie kann er überhaupt daran denken, dass sie einem Wildfremden erzählen würde, was sie bedrückt? »Sie braucht mich.« Er unternimmt einen weiteren Anlauf, sich von mir zu entfernen. »Außerdem.« Ich schlucke und mache mich so groß, wie es mir möglich ist. »Sind wir beide alt genug, um das selbst zu entscheiden.«

Abrupt hält er inne, steckt seine linke Hand in die Tasche seiner Hose und zeigt mit dem Zeigefinger seiner rechten gen Himmel. »Ach ja, da war ja noch was«, sagt er weiterhin ruhig, dreht sich aufs Neue zu mir herum und kommt zu mir zurück. »Denkst du wirklich, ich bin so dumm, zu glauben, dass sich Lexy im letzten Jahr so extrem gefangen und ihren Abschluss ohne Hilfe so gut gemeistert hat?« *Verdammt!* »Deine kleinen Taschenspielertricks, Unterlagen zu fälschen, sind nett.« Er seufzt und fährt sich über die Stirn. »Und ich will nicht einmal wissen, wie du an die Schlüssel der Schule gekommen bist.« Meine Lippen beben. Meine Augen brennen, denn das sollte er nicht wissen. Immerhin interessiert er sich doch gar nicht für uns. »Damit hast du deiner Schwester keinen Gefallen getan, sondern nur dein eigenes Ego gepusht. Sei endlich ehrlich zu dir selbst: Du bist es, die nicht ohne Lexy sein kann.«

»Das ...«

Er streicht mir über die Wange. »Also, Vivien, du

wirst an der Drewmore University studieren und Lexy an der Star-High. Ansonsten wird sie es nirgends tun.«

Ich balle die Hände zu Fäusten, denn die Wut lässt sich kaum mehr zurückhalten. Ich wusste, dass ich mit dem Feuer spiele. Lexy hätte aus eigener Kraft niemals die nötigen Punkte in den Prüfungen erreicht. Dass ich mich ausgerechnet bei meinem Vater verbrenne, war nicht geplant.

»Vivien?«, ruft Lexy von unten zu uns hoch. Noch kann ich mich nicht von Dads alles fordernden Blick lösen und suche krampfhaft, ob es eine andere Chance auf das gibt, was ich gemeinsam mit Lexy erreichen will. Ich kann ihr nicht ihren Traum nehmen.

»Ich sorge dafür, dass Lexy eine kompetente Hilfe an die Seite gestellt bekommt und ihr Medizinstudium besteht. Du wirst dich in Drewmore benehmen. Du wirst mir zeigen, dass irgendwo in dir noch Anstand vorhanden ist und dich von Skandalen fernhalten. Nach dem Studium steht es euch beiden frei, zu tun und zu lassen, was ihr wollt, ohne dass ich mich einmischen werde.«

»Vivien?«, fleht sie.

»Haben wir einen Deal, Vivien?«

Die erste Träne kullert über meine Wange, denn ich weiß, was ich zu tun habe.

»Du willst das Dunkle. Du willst das Verbotene und du weißt genau, dass nur ich dir das bieten kann.«

2

VIVIEN

Mit missmutigem Blick stehe ich vor den weit geöffneten Toren der Drewmore-University und umgreife immer fester den Henkel meiner Handtasche. Meine Ankunft hat sich bereits herumgesprochen, denn über den hellen Kiesweg, der vom Hauptgebäude bis zu mir führt, kommt eine Frau in einem dunkelblauen Kostüm zielstrebig auf mich zugelaufen. Ich erkenne sie aus der Broschüre, die mir vor ein paar Tagen in die Hand gedrückt wurde, wieder. Kurz vor mir bleibt sie stehen.

»Herzlich willkommen. Sie sind dann wohl Vivien van Jones«, empfängt sie mich mit einem einnehmenden Lächeln und spricht dabei perfekt Französisch, das ich dank meines Leistungskurses so gut verstehe, dass ich weiß, was sie von mir will. »Ich bin Astrid Weyler, Assistentin des Dekans der Universität.« Dabei reicht sie mir ihre Hand zur Begrüßung. Ihre adrette Erscheinung mit den streng nach hinten gebundenen schwarzen Haaren passt viel zu perfekt in das moderne Bild vor mir.

Das hohe verspiegelte Hauptgebäude mit den angewinkelten Solarplatten auf dem Flachdach steht umgeben von großen Buchen. Mit Sicherheit sind sie an heißen Sommertagen die besten Schattenspender. Dazu die weitläufige Grünanlage, die sich bis hinter die vielen anderen schlicht wirkenden Gebäude erstreckt. Ja, dieser Ort könnte mir gefallen, wenn ich denn freiwillig hier wäre.

Ich ergreife ihre Hand und erwidere den festen Druck. »Sieht ganz danach aus«, sage ich kurz angebunden, entziehe ihr sofort meine Finger und stecke sie in die Jackentasche, in der sich mein Smartphone im Stand-by befindet. Gleich, wenn ich auf meinem Zimmer bin, werde ich damit meine Schwester Lexy anrufen. »Und wie aufmerksam von Ihnen, mich persönlich zu begrüßen. Scheinbar haben Sie nicht sonderlich viel zu tun«, rede ich angriffslustig klingend weiter, weil ich diese – von wem auch immer – Sonderbehandlung nicht leiden kann.

Doch davon scheint sie sich nicht aus der Fassung bringen zu lassen und streicht sich über den knitterfreien Stoff. »Nun ja, Sie können sich bestimmt vorstellen, dass das nicht bei jeder neuen Studentin gemacht wird.« Sie schaut an mir vorbei zu der Limousine, die mich hergebracht hat. »Ist denn ... Ihr Vater auch mitgekommen?«

Gedanklich rolle ich mit den Augen. Alle versuchen, einen Blick auf meinen Dad zu erhaschen.

Wollen ihm die Hand schütteln oder ihm für seine großartige Leistung danken, denn er hat eine neue und kostengünstige Nachweismethode für die Krebsfrüherkennung gefunden und wurde dafür, vor ein paar Monaten, mit dem Medizin-Nobelpreis ausgezeichnet.

»Nein. Meine Schwester wurde an der Star-High angenommen und studiert dort. Mein Vater begleitet sie. Es ist heute ebenfalls ihr erster Tag.«

»Verstehe«, sagt sie tonlos.

»Er kommt bestimmt irgendwann vorbei. Spätestens dann, wenn ich die erste Dummheit begangen habe.«

Darauf erwidert sie nichts mehr und kämpft in ihrem strahlenden Gesicht um die Fassung.

Ich lächle sie übertrieben an und schenke ihr dann schon gar keine Aufmerksamkeit mehr. In Gedanken bin ich bei dem Abend, an dem mein Dad meiner Schwester und mir verkündet hat, dass er uns nicht zusammen zur Uni schickt, sondern wir an unterschiedlichen Orten studieren werden. Noch jetzt hallt das Glas, das Lexy fallen gelassen hat und auf dem Marmorboden laut klirrend zersprungen ist, in meinen Ohren nach.

»Na gut«, holt mich Madame Weyler aus dem Kopfkino und reicht mir eine Mappe mit einem losen Blatt darauf, das mit einer Büroklammer befestigt wurde. »Das sind Ihre Unterlagen, denen Sie alle wichtigen Informationen entnehmen können. Die Immatrikulation hat Ihr Vater ja bereits vor ein paar Tagen für Sie in die Wege geleitet. Darum brauchen Sie sich also nicht mehr kümmern. Kommen Sie in Ruhe an und wenn Sie

Fragen haben, scheuen Sie sich nicht, an mich heranzu-
treten.« Wenig elanvoll nehme ich ihr die Mappe ab.
»Soll ich Ihnen gleich noch Ihr Zimmer zeigen?«, fragt
sie höflich.

Sofort schüttle ich den Kopf. »Ich würde es lieber
selbst herausfinden und nebenbei den Campus erkunden«, flunkere ich. Sie scheint es mir abzukaufen.

»Gut. Ihr Zimmer ist auf dem Plan mit einem X
markiert. Außerdem finden sich auf dem Gelände ebenfalls Lagepläne zur Orientierung.«

»Danke. Ich melde mich, wenn ich etwas brauche.«

»Eines noch.« Sie zieht ein Handy aus der Tasche
und scheint, darauf etwas zu suchen. »Der Dekan
erwartet Sie heute gegen 19 Uhr zum Gespräch in
seinem Büro.«

Entgeistert sehe ich sie an. »Wieso?«

Sie steckt das Handy weg. »Na, um sich mit Ihnen
zu unterhalten.« Mit diesen Worten verbeugt sie sich
leicht, dreht sich um und verschwindet durch das Tor.
Gleichzeitig wird der Kloß in meinem Hals immer
dicker, denn es gibt kein Zurück mehr. Und über diesen
Termin mit dem Dekan will ich ebenfalls nicht nachdenken, weil er verdeutlicht, welche Sonderstellung ich
hier bekomme. Dabei möchte ich vieles, nur nicht
auffallen und die Zeit an diesem Ort so schnell wie
möglich hinter mich bringen.

Hinter mir räuspert sich jemand und ich wende
mich der Person zu. »Alles Gute«, sagt der Fahrer der
Limousine, nickt mit der Hand an seiner Mütze und
läuft Richtung Fahrerseite.

Ich versuche, etwas zu sagen und ihn somit aufzuhalten, damit mich die Realität nicht einholt. Doch ehe ich den Mund öffnen kann, steigt er ein. Der Motor heult auf und er fährt los. Mit wehmütigem Blick sehe ich ihm nach, bis er um eine Kurve biegt und aus meinem Sichtfeld verschwindet. Genauso wie meine Hoffnung, doch noch von hier verschwinden zu können. Stattdessen stiere ich auf das Schreiben in meiner Hand, auf dem das Haus und das Zimmer notiert stehen, in dem sich bereits alle meine Sachen befinden und das sich jetzt mein Zuhause schimpft.

Wie die letzten Tage, seitdem ich weiß, dass ich hierhergeschickt werde, versuche ich, etwas Positives an dieser Situation zu finden. Aber mehr, als dass ich weit weg von meinem Vater bin, gibt es nicht. Dafür wiegt die Trennung von meiner Schwester um ein Vielfaches stärker.

Als würde ich mich im Kreis drehen, sehe ich ein weiteres Mal zum Campus. Dabei drängen sich einige Studenten an mir vorbei, die sich angeregt unterhalten und denselben Weg wie die Assistentin des Dekans nehmen.

Mit Tränen in den Augen sehe ich der Gruppe nach, weil es sich falsch anfühlt, durch dieses Tor zu gehen. Deswegen bin ich dankbar, dass sich meine Füße so anfühlen, als wäre ich am Boden festgeklebt, denn ich bin nicht bereit, es den Studenten gleichzutun. Stattdessen blicke ich seufzend auf den Zettel zurück.

»Mh, Whitehall, rechter Flügel, Zimmer 12«, liest eine tiefe Stimme, die genauso gut für den neuen

Batman-Film hätte vorsprechen können, hinter mir laut von meinem Blatt ab.

Erschrocken fahre ich herum, rutsche mit dem Fuß weg und lande auf den rauen Pflastersteinen. Dabei lasse ich meine Mappe fallen, die neben mir landet. Ich kann von Glück reden, dass der Inhalt fein säuberlich zusammengeheftet wurde und ich den einzelnen Seiten nicht über den gesamten Campus hinterherrennen muss.

Leise höre ich einige Frauen lachen und blicke auf.

»Entschuldige, ich wollte dich nicht erschrecken«, sagt derjenige mit der tiefen Stimme, der mich erst in diese Situation gebracht hat, und streckt mir seine Hand entgegen.

Ich schaue zu einem adrett gekleideten, breitschultrigen Mann auf, der eine schwarze Hose und einen Pullunder trägt, unter dem ein weißes Hemd zum Vorschein kommt. Sein schwarzes Haar hat er zu einem lockeren Man Bun zusammengebunden, aus dem sich einzelne Strähnen lösen. In seinen eisblauen Augen brennt ein kaltes Feuer, was auf mich sofort viel zu anziehend wirkt, und ich habe Angst, mich daran zu verbrennen.

Die Studentinnen bei ihm sehen mich mit gemischten Gesichtsausdrücken an oder verstecken ihre Gesichter leise lachend hinter ihrer Hand. Allerdings sieht keine danach aus, als würde ich in ihrer Clique einen Platz finden, was mir nur entgegenkommt.

»N-nein«, lehne ich seine dargebotene Hand stotternd ab. Räuspernd greife ich nach der Mappe und hieve mich so galant wie möglich nach oben. Dabei befreie ich mein knielanges Karokleid vom Staub und tue so, als wäre nichts geschehen. Erst als ich meine Tasche auf die Schulter raffe, sehe ich ihm ins Gesicht. »Trotzdem danke.«

Verschmitzt lächelt er mich an. Langsam zieht er seine Hand zurück, öffnet den Mund, um wahrscheinlich etwas zu sagen, da drehe ich mich bereits um, gehe durch das Tor und folge dem Kiesweg. Das Herzstück der Universität ragt immer höher vor mir auf.

Diese Situation war als Einstieg nicht gerade ideal. Sonst wirft mich nichts so leicht aus der Bahn. Trotzdem spüre ich, wie mir die Hitze in die Wangen steigt. Wenn wir wieder in der sechsten Klasse wären, dann würde man mich beim Völkerball mit Sicherheit als letzte aufrufen. Das möchte niemand. Und meine Reaktion auf ihn ... reden wir lieber nicht mehr darüber. So hoffe ich, dass ich, wenn ich jetzt diesen Campus erkunde, einfach noch einmal neu anfangen kann.

Abrupt bleibe ich stehen. Meine Gedanken stocken. Eigentlich will ich doch gar nicht hier sein. Wieso ist es mir also wichtig, wie ich auftrete oder was der gut aussehende Student von mir hält?

Ich schüttle den Kopf, der langsam zu dröhnen beginnt, weil ich gerade selbst nicht weiß, was ich will. Deswegen dränge ich die Gedanken beiseite und überlege, wo ich jetzt genau mein Zimmer finde. Denn bisher habe ich die Wegbeschreibung nur grob überflogen. Also zücke ich den mittlerweile geknickten und mit

Schmutz befleckten Zettel und schaue ihn mir genauer an.

Hinter mir werden Schritte lauter und plötzlich steht der Mann neben mir, der mir gerade noch aufhelfen wollte. »Bist du neu hier?«, fragt er aufgeschlossen. Keine der Studentinnen folgt ihm.

»Würde es denn sonst so wirken, als hätte ich keinen Plan davon, wo ich hingehen muss?«, frage ich genervt, blicke durch die hohen Bäume, hinter denen der Zaun um das gesamte Gelände verläuft, und fühle mich augenblicklich wie in einem großen, schnöseligen Gefängnis. Unbehagen macht sich in mir breit. Daran ändert auch meine neue Bekanntschaft nichts.

»Vielleicht kann ich dir ja behilflich sein«, sagt er auf eine charmante Art und Weise, die ihresgleichen sucht – und deutlich zeigt, dass er sich hier für den Begehrenswertesten hält.

Mit meinen gemischten Gefühlen, zu denen auch Wut zählt, schaue ich zu ihm. »Vielen Dank ...« Ich stocke, weil ich nach seinem Namen suche.

»Valentin. Valentin Petersen«, beendet er den Satz und verbeugt sich leicht, genauso wie die Assistentin es vorhin auch tat.

Petersen? Irgendetwas klingelt bei dem Namen. Ich drehe mich zu ihm um, schenke ihm meine gesamte Aufmerksamkeit und stecke die Mappe in meine Handtasche. »Vielen Dank, Valentin, aber ich glaube, du kannst mir gerade nicht helfen, solange du keinen Privatjet besitzt, der mich nach Zürich und danach ans Ende der Welt bringt.«

Ein Schmunzeln zupft an seinen Lippen. »Du weißt aber schon, dass so etwas wie das Ende der Welt seit 500 vor Christus nicht mehr existiert, oder?«

Mit verständnisloser Miene blinzle ich viel zu oft. »Machst du dich etwa lustig über mich?«

»Nein, ich versuche nur, zu erfahren, wie du heißt und wie ich dir behilflich sein kann.«

Es reizt mich, ihm genauso provokant zu begegnen. »Ich wusste ja gar nicht, dass ich an einer Knigge-Universität angenommen wurde, an der Männer zu Gentlemen ausgebildet werden.«

Er kommt einen Schritt näher, sodass mein Ellenbogen seine Bauchmuskeln streift. »An dieser Universität geschehen so einige Dinge«, raunt er mysteriös und beugt sich zu mir herunter, bis er fast meine Nase mit seiner berührt. »Aber mit Sicherheit werden hier keine Gentlemen ausgebildet, das kann ich dir versprechen.« Die kalte Flamme in seinen Augen wird immer mehr zu einem heißen Verlangen und zieht mich sekündlich stärker in ihren Bann. Unter anderen Umständen würde ich ihm nachgeben, um mir selbst einen Gefallen zu tun und etwas Klarheit in meine wirren Gedanken zu bekommen. Doch nicht heute. Außerdem wirkt jedes seiner Worte genau platziert. Fast so, als würde er wissen, dass ich mehr von einer Universität erwarte, als stupide irgendwelche Formeln und Gleichungen zu lernen, sondern auch all das erleben will, was von anderen nur als die beste Zeit ihres Lebens bezeichnet wird. Doch solange ich nicht weiß, ob es Lexy gut geht und ihr die Universität, an die sie verfrachtet wurde, gefällt, werde ich keine Ruhe finden. Geschweige denn mich auf einen Studenten einlassen, der mir wie bei Aschenbrödel als Erstes vor den Kopf stößt.

Ich schließe die Augen und beim Öffnen habe ich mich wieder gefangen. »A-ach ja?« Ich drücke meine Hände gegen seinen muskulösen Oberkörper und schiebe ihn etwas von mir weg. »Schade, denn genau mit so einer Erkenntnis, hier doch noch auf echte Männer zu treffen, hättest du diesen Ort so viel besser für mich gemacht. So«, mit angewinkelten Armen und zuckender Schulter laufe ich rückwärts, »muss ich leider passen.« Valentin macht keine Anstalten, mir zu folgen. Er steht regungslos da und beobachtet mich mit seinem wachen und intensiven Blick wie ein Tiger auf der Jagd.

Ich drehe mich um und laufe zu den Toren zurück, um vom Campus zu kommen, der plötzlich viel zu interessant für mich geworden ist.

3
VALENTIN

Ich schnalze mit der Zunge und sehe der unbekannten Schönheit hinterher, wie sie vom Campus stürmt. Es schmeichelt ungemein meinem Ego, das sie so nervös auf mich reagiert. Ihre angespannte Haltung gemischt mit dem gierigen Funkeln in den Augen. Ich glaube, dieses Semester wird spannender als die zwei letzten.

»Valentin?«

Nur widerwillig löse ich meinen Blick vom viel zu kitschig verschnörkelten Tor. Gleichzeitig beende ich meine Tagträume, zu denen mich mein neues Objekt der Begierde verleitet hat, und drehe mich um.

Wenige Schritte von mir entfernt steht Aurel, einer meiner engsten Freunde und sieht mich wie immer so an, als könnte ihn nichts erschüttern, was er auch schon oft genug bewiesen hat. Mit einer Hand ein Klemmbrett haltend, steht er gelassen da. »Können wir dann oder worauf wartest du?«, fragt er unterkühlt und reibt nervös die Finger aneinander. Heute scheint er mit dem falschen Bein aufgestanden zu sein, weil von seiner nur selten gezeigten positiven Energie nichts vorhanden ist.

Ich gehe auf ihn zu und sehe dabei auf meine Rolex. Kurz nach fünfzehn Uhr. »Sag mal, wie lange bist du schon hier?«

Zusammen laufen wir weiter zum Haupthaus.

»Definitiv länger als du«, knurrt er, zieht aus seiner Hosentasche eine Kippenpackung, klopft sich eine Zigarette heraus und zündet diese an. Dass auf dem gesamten Gelände ein totales Rauchverbot herrscht, interessiert ihn wie immer null. »Oder besser gesagt: lang genug, um deine neue Ablenkung kennenzulernen«, murmelt er mit der Kippe im Mund und zieht daran.

»Wenn du jetzt schon einen Namen für mich hättest, wärst du die beste rechte Hand, die man sich wünschen kann«, bezirze ich ihn ketzerisch. Während er den grauen Rauch auspustet, nehme ich ihm die Zigarette aus der Hand und ziehe selbst daran, ehe ich sie gekonnt in einen der Mülleimer schnippe, aus dem kurz darauf eine Rauchschwade hochzieht.

»Machst du das absichtlich?« Dabei sieht er mich böse an.

»Was denn genau?«

»Mich beleidigen.«

»Nur wenn es darum geht, dass ich dir schon viel zu früh in diesem Semester alles Wichtige aus der Nase ziehen muss.«

»Valentin?«, ertönt erneut mein Name. Nur dieses

Mal viel ehrfürchtiger und erinnert mich daran, wie man mich anspricht, wenn man nackt vor mir kniet, bevor man meinen Schwanz lutschen darf.

Ich sehe zu den zwei Mädels, die ich am Eingang aufgegabelt habe. Sie stehen vor dem steinernen Treppenaufgang zum Hauptgebäude. Beim Vorbeigehen nicke ich ihnen flüchtig zu, denn ich werde sie heute Abend wiedersehen. Dann blicke ich zurück zu Aurel. Dieser sieht auf das Klemmbrett mit den Immatrikulationen für dieses Semester, das er sich von der Assistentin des Dekans *ausgeliehen* hat. Denn näher kommt er ihm nicht. Dafür sorge ich.

Er fährt mit seinem Finger die Spalte mit den Namen entlang. »Sie heißt Vivien van Jones.«

»Vivien van Jones?«

Aurel nickt und streicht sich durch seine kurzen braunen Haare. »Sie ist ...«

»... die Tochter des Nobelpreisträgers?«, beende ich seinen Satz.

»Und Skandalqueen.« Aurel zückt sein Handy und scrollt darauf herum, bis er mir ein Bild von Vivien zeigt, wie sie in Handschellen auf eine Polizeiwache geführt wird. »Mit Sicherheit hat ihr Daddy ihr verboten, negativ aufzufallen. Also wird sie die Finger von dir lassen.«

In meinem Kopf rattert es. Dieser Semesterstart kann gar nicht besser werden. »Das will ich doch hoffen. Sonst wäre es ja viel zu langweilig.« Voller Vorfreude fahre ich mir mit der Zunge an der Unterlippe entlang. Ich kann gar nicht erwarten, herauszufinden, was ich alles aus ihrem unnachgiebigen Blick herauskitzeln kann.

Wir laufen durch das lang gezogene Hauptgebäude, das überall von den neuen Studenten belagert wird, und verlassen es auf der anderen Seite. Sofort wird man fast von den zwei sich anschließenden Häusern erschlagen. Zielstrebig gehen wir auf das rechte der beiden Gebäude zu, auf dem in Stein gemeißelt *Blackhall* steht. Es ist der Wohnkomplex, in dem die männlichen Studenten untergebracht sind, während die Frauen wie in altehrwürdiger Manier in *Whitehall*, dem linken Gebäude, wohnen.

»Okay, aber können wir uns erst einmal auf die Studentinnen konzentrieren, die dir auch so schon aus der Hand fressen?«, holt mich Aurel erneut aus meinen Gedanken.

»Du meinst die, die mich seit zwei Semestern langweilen?«

»Und die ein Teil deiner Aufgabe sind, die du mit der Übernahme der Verbindung eingegangen bist?«

Als Einwand erhebe ich den Finger. »Ja, aber es ist nicht meine Aufgabe, jede von ihnen mit meinem Schwanz zu beglücken. Das ist lediglich ein sehr großer Pluspunkt. Mehr aber auch nicht. Mir ist es ohnehin vollkommen egal, wer sie fickt.«

»Wow.« Dieses Wort aus Aurels Mund gleicht heute fast einem Gefühlsausbruch. Genervt holt er Luft und nimmt sich eine neue Kippe. »Eine feuchte Pussy, die nicht sofort die Beine für dich spreizt und schon verlierst du den Spaß am Ficken?«

Nicht bei jeder bin ich mir auf Anhieb sicher, dass ihr das gefällt, was ich mir in meinen schmutzigen Gedanken vorstelle.

Ich antworte nicht darauf, sondern blicke in Richtung *Whitehall*, wo sich das Zimmer meiner schwarzhaarigen Schönheit befindet.

Sie weiß es noch nicht, aber ab sofort gehört jeder Schritt, jeder ihrer Atemzüge und jeder Gedanke allein mir.

»An dieser Universität geschehen so einige Dinge,
aber mit Sicherheit werden hier keine Gentlemen
ausgebildet, das kann ich dir versprechen.«

4
LEXY

K rampfhaft umklammere ich die Mappe mit den Unterlagen auf meinem Schoß und sehe aus dem Fenster. Seitdem mein Dad und ich aus dem Flieger gestiegen sind, regnet es. Und ich würde auch am liebsten weinen.

Die letzten zwei Wochen sind zu schnell vergangen. Die ganzen Planungen haben so viel Zeit in Anspruch genommen, sodass Vivien und ich uns nicht einmal richtig verabschieden konnten. Und jetzt ist sie gefühlt tausende Kilometer entfernt von mir.

Mein Dad räuspert sich. »Du wirst merken, dass Zeit für sich zu haben auch einiges für sich hat.«

Ich wende mich ihm zu. »Die hatte ich auch vorher schon.«

»Aber nicht in dieser Form, Lexy.« Er zieht seine Krawatte, die einen identischen Blauton wie sein Anzug hat, fester. Mit seinen müde wirkenden Augen schaut er mich an. Diese andauernden Überstunden in seinem

Labor sind Gift für seine Gesundheit. Nur leider sieht er es nicht so. »Du warst immer die Vernünftige von euch beiden. Machen wir uns nichts vor. Vivien könnte schon ein Jahr länger studieren, wenn sie nicht gemeint hätte, einmal durch die Abschlussprüfungen zu rauschen, nur damit sie mit dir gemeinsam die Schule beendet.«

»Aber das tat uns beiden gut«, versuche ich, seine harten Worte zu beschwichtigen.

Mein Vater schnaubt nur verächtlich. »Ihr beide seid begabt. Euch stehen sämtliche Türen offen und ich bin mir sicher, dass die Trennung nur zu eurem Besten ist. Eigene Freunde finden. Herausfinden, was man selbst will und nicht nur durch den anderen geprägt wird. Glaub mir, Lexy. Nach diesen sechs Jahren werden du und auch Vivien verstehen, wie wichtig dieser Schritt war.«

Schon daran denken zu müssen, dass ich allein an einem fremden Ort neue Leute kennenlerne, schnürt mir die Kehle zu, denn ich war noch nie so ein aufgeschlossener Mensch, wie es Vivien ist. Sie betritt einen Raum und alle schauen zu ihr. Und während sie es genießt, hoffe ich nur, dass man mich in Ruhe lässt und mich nicht beachtet.

Ich nicke nur, weil es nichts bringt, mit Dad zu diskutieren, und sehe erneut aus dem Auto. Prompt wird meine Aufmerksamkeit auf mein neues Zuhause gelenkt, das hinter dem Regenvorhang immer deutlicher zu definieren ist.

Das flache Gebäude mit den vielen verspiegelten

Fenstern zeigt sich modern. Der Sportplatz, an dem wir vorbeifahren, ist mit den neuesten Flutlichtstrahlern und, soweit ich es erkenne, gepflegtem Kunstrasen ausgestattet.

Dann biegt der Wagen in eine Kurve und wir befinden uns auf dem letzten Abschnitt unseres Weges. Ein kleines Waldstück, das sich links und rechts von uns erstreckt. Wie in Trance rauscht mein Blick durch die sich stetig wechselnden Bäume, bis ich flüchtig eine im Kreis angeordnete Steinformation erkenne, die sofort wieder aus meinem Blickfeld verschwindet, sodass ich ihr nachsehe.

»Wir beide haben jetzt einen Termin beim Dekan. Ich komme auch am Freitag noch einmal vorbei und wir können letzte Formalitäten klären.« Damit holt mich mein Dad aus meinen Gedanken, ehe ich weiter über das Einzige nachdenken kann, was nicht zu dem modernen Erscheinungsbild vor mir passt.

Mein Handy in der kleinen Clutch, die immer noch über meiner Schulter hängt, vibriert. Ehe ich es herausnehmen kann, kommt der Wagen zum Stehen. Mir wird die Tür geöffnet und ein Schirm gereicht, den ich mit zitternden Fingern ergreife, denn ab jetzt gibt es kein Zurück mehr.

Sie weiß es noch nicht, aber ab sofort
gehört jeder Schritt, jeder ihrer Atemzüge
und jeder Gedanke allein mir.

5
VIVIEN

Kaum habe ich die Gittertore durchquert und das Gelände verlassen, löst sich der Knoten, der sich um meine Brust gespannt hat, und ich kann freier atmen. Trotzdem gehe ich noch ein Stück weiter, lehne mich gegen die Mauer, die das gesamte Gelände umgibt, und hole tief Luft.

Das hier könnte so viel schöner sein, wenn meine Schwester an meiner Seite wäre, so wie wir es uns die ganzen Jahre vorgenommen und geplant haben. Stattdessen stehe ich allein an einem fremden Ort, vor einer fremden Universität, mit keiner Menschenseele, die ich kenne oder kennenlernen möchte, weil es sich falsch anfühlt. Dazu dieser heiß aussehende Typ, und das Chaos in meinem Kopf ist komplett. Ich hole mein Smartphone aus der Jackentasche, suche nach Lexys Nummer und rufe sie an. Doch mehr, als dass es piept und die Mailbox anspringt, passiert nicht. Verloren sehe ich auf das Display und die Uhrzeit. Es ist kurz nach fünfzehn Uhr. Bestimmt wird sie immer noch von unserem Vater über das gesamte Unigelände gezerrt, ohne dass er Rücksicht auf ihre mentale Verfassung nimmt.

Mit dem Gefühl der vollkommenen Hilflosigkeit stecke ich das Smartphone in meine Handtasche und sehe mich um. Mittlerweile hat sich am Tor eine Traube an Studenten gebildet, die ehrfürchtig auf das Gebäude dahinter starrt oder die mit geschwollener Brust den Weg hinauflaufen, auf dem ich vom Gelände geflüchtet bin.

Ich blicke durch die verschnörkelten Stäbe des Zauns. Valentin kann ich nicht mehr erkennen. Bestimmt ist er mit den Studentinnen weggegangen.

Die ganze Zeit über habe ich nach dem richtigen Wort gesucht, das ihn beschreibt. Doch ich glaube, das gibt es nicht. Selbst der Begriff *Geheimnis* kann nicht das ausdrücken, was sich in jeder Faser seines Körpers widerspiegelt. Und ich würde zu gern herausfinden, was es genau damit auf sich hat. Aber ich bin nicht bereit, zurückzugehen – noch nicht.

Deswegen sehe ich nach vorn auf die kleinen Gebäude der Stadt mit ihren verwinkelten Gassen und Lädchen, die zum Verweilen einladen. Die stumme Aufforderung nehme ich an, um den Kopf freizubekommen. Also drücke ich mich von der halbhohen Mauer ab und laufe am Zaun die Straße abwärts entlang und lasse meine Finger über das Gitter gleiten, das dabei

summend vibriert. Gleichzeitig rieselt mir in unregelmä-
ßigen Abständen ein kalter Schauer den Rücken hinab
und ich werde den Gedanken nicht los, beobachtet zu
werden. Flüchtig sehe ich über die Schulter, kann
jedoch niemanden entdecken und schüttle den Kopf.
Mit Sicherheit spielen mir meine Gedanken einen
Streich. Ich will nicht hier sein, also tut mein Geist
womöglich alles, damit ich mich nicht wohlfühle.

Ich verdränge die negativen Empfindungen, überquere die wenig befahrene Hauptstraße und biege
wahllos in eine der schmalen Gassen ein. Das schwache
Sonnenlicht wird von den dunklen Mauern fast vollkommen verschluckt, wodurch ich nicht einmal das
Ende auf der anderen Seite erkennen kann. Doch das ist
mir egal. Gerade fühlt sich jeder Meter, der sich
zwischen mir und dem Campus befindet, wie ein sich
lösendes Kettenglied an, das mein Vater immer weiter
geschmiedet hat. Doch irgendwie scheint Lexy die
Quittung dafür bekommen zu haben, dass ich gegen
seine Vorstellungen von meiner Zukunft rebelliert habe.

Meine Augen brennen. Ich wische mir die aufstei-
genden Tränen weg und bemerke an der rechten Mauer
eine Tür, über der ein Leuchtreklameschild mit der
Aufschrift *Cupper-Pub* hängt. Daneben flackert das Bild
eines Flachmanns, dessen Inhalt in eine Kaffeetasse
geschüttet wird.

Das ist genau nach meinem Geschmack: unkonven-
tionell und unverblümt. Mit diesen Gedanken öffne ich
die Tür und trete in den Raum dahinter ein, in dem es

fast so dunkel wie in der Gasse ist. Die vielen Glühbirnen der Doppellampen flackern ebenfalls unregelmäßig wie die Lichter des Schilds draußen und scheinen reif für einen Wechsel zu sein. Dazu die hohen, unverkleideten Wände und man könnte denken, dass man in Draculas Katakomben angekommen sei.

Dieser Ort wirkt genauso geheimnisvoll wie Valentin, an den ich eigentlich gar nicht denken möchte, weil er viel zu eng mit dieser Universität verknüpft zu sein scheint. Jedenfalls dann, wenn ich seinen Worten Glauben schenke. Sofort schüttle ich die Gedanken an ihn ab und konzentriere mich auf das Bild vor mir.

Die Sitzpolster in den Nischen sind von rotem Samt überzogen und durchweg unbesetzt. Ich bin allein und gehe direkt auf den Tresen vor mir zu.

Auch dort steht niemand. Trotzdem nehme ich auf einem der Barhocker Platz, stelle meine Handtasche auf den Sitz daneben und fische mir einige der Brezeln aus der Schüssel, die auf dem abgewetzten Holz steht.

Ich knuspere die erste, als es hinter der Tür der Bar klirrt. Wahrscheinlich befindet sich dort die Küche. Durch das kleine, runde Fenster kann ich niemanden sehen. Doch das Klappern klingt wie Geschirr, das abgewaschen wird.

Ein weiteres Mal ziehe ich mein Handy aus der Tasche und wähle Lexys Nummer. Wieder vergeblich.

Seufzend lasse ich es zurückgleiten und esse die nächste Brezel.

»Na, ihr Süßen?«, trällert eine markante Stimme gut gelaunt und zieht meine Aufmerksamkeit zurück zur

Küchentür. Endlich sind Bewegungen in Form von Schatten zu erkennen.

Das Geräusch von zerspringendem Geschirr hallt bis zu mir.

»Lio, verdammt!«, schreit eine weitere männliche Stimme. »Was soll das schon wieder?«

»Ich wollte dich zum Schichtbeginn nur etwas aufmuntern.«

»Tu das, indem du die Gäste bedienst und Geld in die Kasse spielst.«

»Welche Gäste, Frank?«

Die Tür schwingt auf und ich sehe in die strahlenden Augen eines jungen Mannes, der in seiner schwarzen Hose und passendem schwarzem Hemd abrupt stehen bleibt und mich verwundert anschaut. Dabei scheint er genüsslich auf einem Kaugummi herumzukauen.

Das hier wirkt langsam wie ein Traum. Mein erster Tag in dieser fremden Stadt, aber der zweite fucking heiße Typ, der meinen Weg kreuzt.

»Oh, diesen Gast«, stellt er fest, während ich mit meinem Kopf auf der ausgestreckten Hand liegend meine Brezel hinunterschlucke und ihn von oben bis unten noch etwas intensiver mustere.

»Was?«, ruft Frank. Doch da hat Lio bereits die Tür zugemacht, fährt sich durch seine verwuschelten braunen Haare und lehnt sich auf den Tresen.

»Hallo und herzlich willkommen im Cupper-Pub. Soll ich dir gleich den Ausgang zeigen?«

Ich ziehe eine Augenbraue nach oben. »Was?«

»Du willst doch nicht wirklich was trinken oder«, flüchtig sieht er in Richtung Küche, »etwas essen?« Er fragt fast schon angewidert.

Mittlerweile ist es kurz vor vier. Niemand ist im – keine Ahnung, wie ich diesen Ort beschreiben soll – und der heiße Kellner ekelt sich vor den Dingen, die er anpreisen sollte. Dieser Laden gefällt mir jetzt schon.

»Eigentlich dachte ich eher an einen Kaffee, so wie ihn das Schild am Eingang verspricht.« Still verharrt er in seiner Position und sieht mich fragend an. »Einen Kaffee mit ...«, helfe ich ihm auf die Sprünge.

Es scheint Klick zu machen. Schwungvoll bewegt er seinen Arm vor sich hin und her. »Mit ...«, er verzieht sein Gesicht zu einer Grimasse. »Ich habe keine Ahnung, was du möchtest«, beendet er den Satz und strahlt erneut bis über beide Ohren. Das Grübchen, das immer stärker hervortritt, sorgt dafür, dass ich einfach nicht von ihm wegsehen kann.

Ein Mann mit einem so sonnigen Gemüt ist mir in letzter Zeit nicht begegnet – oder ich habe immer nach den falschen Typen Ausschau gehalten, was bei dem Vorbild, dem ich 19 Jahre lang ausgesetzt war, kein Wunder ist.

»Den Kaffee mit Schuss«, sage ich und beobachte ihn, wie er in Gedanken wahrscheinlich gerade draußen vor der Tür steht und das Schild betrachtet.

»Ah, du meinst den Cupper-Cup-Cocktail.« Auffällig zwinkert er mir zu, als wäre das etwas Geheimes.

Abermals blitzt das kalte Feuer von Valentins Augen vor mir auf. In dieser Stadt scheint dieses Wort allgegenwärtig zu sein. Doch davon lasse ich mir nichts anmerken. Genauso wenig, dass meine Mitte auffällig stark kribbelt. »Wenn du es so nennen möchtest, gern«, bestätige ich ihm den Getränkewunsch.

»Okay. Kommt sofort.« In einer fließenden Bewegung dreht er sich um und zieht eine Tasse aus einem staubigen Regal. Suchend schaut er sich um, bis sein Blick auf die volle Kaffeekanne am Ende des Tresens fällt. Zielsicher geht er darauf zu, nimmt sie von der Heizplatte und befüllt das schlichte Porzellan. Während er zurück zu mir läuft, greift er nach einer der Flaschen aus dem beleuchteten Regal hinter sich und stellt die Tasse vor mir hin. Er macht sich erst gar nicht die Mühe, den Wodka abzumessen, sondern schüttet so viel zum Kaffee, bis der Pott fast bis zum Rand gefüllt ist. Er stellt die Flasche zurück und zeigt freudestrahlend darauf. »Tada!«

»Danke.« Ich hebe die Tasse an und nehme einen tiefen Zug. Der Alkohol kribbelt scharf in meiner Nase. Vorsichtig nippe ich daran, um zu prüfen, wie heiß er ist. Doch der Kaffee ist nur lauwarm und ich nehme einen großen Schluck.

»Bist du neu hier?«, fragt Lio, der sich mit den Unterarmen auf den Tresen lehnt und mir dabei zusieht, wie ich den abgestandenen Kaffee trinke. Langsam frage ich mich, ob er nichts anderes zu tun hat. Dann fällt mir ein, dass ich ja allein bin und wohl seine

Abwechslung zum Nichtstun darstelle. Gleichzeitig verschafft seine Aufmerksamkeit meinen aufgewühlten Gedanken endlich etwas Ruhe.

»Ja.«

»Uni?« Ich nicke. »Wieso bist du dann nicht auf dem Gelände, schaust dir alles an und lernst neue Leute kennen...?« Er schnippt mit den Fingern. »Entschuldige, wie heißt du noch mal?« Eigentlich passt er mit seiner lockeren Art nicht zu diesem düster wirkenden Ort, an dem sich mit Sicherheit viele Leute zurückziehen, um einfach ihre Ruhe zu haben.

»Vivien. Und du hast mich bisher nicht nach meinem Namen gefragt«, kläre ich ihn auf.

»Vivien und weiter?«

Diese Frage stößt sofort auf eine starke Gegenwehr in meinem Kopf. »Ist das so wichtig?«

»Du bist hier in der Stadt mit einer der einflussreichsten und renommiertesten Eliteunis der Welt. Da sollte ich schon wissen, welche zukünftige Nobelpreisträgerin vor mir sitzt.« Er lässt es so klingen, als wäre es eine Ehre, hier zu studieren. Dabei ist es für mich alles andere als das.

Ich schnaube. »Das wird nie passieren. Aber wenn du es unbedingt wissen willst: Vivien van Jones.« Ich trinke einen weiteren Schluck.

»Jones?« Gedankenverloren klopft er sich gegen die Unterlippe. »So wie Indiana Jones mit Peitsche und Hut?«

Ich verschlucke mich. Der Alkohol brennt in meiner Luftröhre und ich klopfe mir auf die Brust, ehe ich zu lachen beginne. Diesen Vergleich hat vor ihm noch niemand gezogen. »Was?« Er verzieht keine Miene. »Nein«, antworte ich und finde meine jahrelang antrainierte Fassung wieder, aus der ich nur ausbrechen konnte, wenn mein Vater nicht anwesend war. Und seitdem ich aus der Limousine gestiegen bin, habe ich das Gefühl, dass, obwohl er nicht hier ist, ich trotzdem dazu gezwungen werde, genau diese Fassung wie eine Mauer vor mir aufzubauen, weil es von mir verlangt wird.

»Jones wie Markus van Jones.«

Seine Augen weiten sich und ich kann das zarte Grün, das sich mit etwas Grau mischt, erkennen. »Der Nobelpreisträger Jones?« Abermals nicke ich und resigniere innerlich, denn da er jetzt weiß, wer ich bin, wird er mich sofort in eine der vielen Schubladen stecken, die jeder Mensch in sich trägt. Aber es wird keine sein, die er erneut öffnen will, um sich die Erinnerungen an mich anzuschauen. Wenn, dann wird er nur wissen wollen, ob ich die Chance auf Ruhm bin, den man sich nicht selbst erarbeiten muss. Er zuckt die Schultern. »Okay.«

Ich stutze und weiß gar nicht, was ich bei dieser Antwort fühlen oder denken soll. »Okay? Mehr nicht?«, hake ich nach.

»Jaaa? Oder sollte ich mehr dazu sagen wollen?«

»N-nein.« Ich leere die Tasse.

»Aber ich würde gern zur Anfangsfrage zurückkommen.«

»Anfangsfrage?« Jetzt ist er derjenige, der mir auf die Sprünge helfen muss.

»Wieso du hier in dieser dunklen Kaschemme sitzt, anstatt die letzten Sonnenstrahlen des Tages zu nutzen, um den Campus zu erkunden.«

Ach so. »Das ist kompliziert«, würge ich ihn ab. Ich stelle die Tasse zurück und starre auf deren Boden.

Ohne dass ich etwas sagen muss, füllt er nach und stellt die offene Wodkaflasche auf den Tresen. »Ich stehe auf komplizierte Dinge.« Erneut zupft ein Schmunzeln an meinen Lippen. Komischerweise habe ich bei ihm das Gefühl, dass er mich verstehen könnte und sein Interesse nicht nur geheuchelt ist.

»Ich will nicht hier studieren«, sage ich tonlos. »Es war der Wunsch meines Vaters, dem ich mich beugen musste. Dazu bin ich allein, denn ich wollte gemeinsam mit meiner Schwester die Zeit an der Uni genießen. Und nun fristet sie ihr Dasein in Zürich und ich hier.« Jetzt, nachdem ich es ausgesprochen habe, tut es gleich noch einmal mehr weh.

Es folgt eine kurze Pause, bevor er antwortet. »Klingt echt kacke.«

Ich seufze. »Ja, das ist es auch.« Ich nehme die Tasse, trinke den nächsten lauwarmen Schluck Kaffee und sehe zurück zu ihm.

Seine Miene bleibt unverändert. Doch in seinen Augen zeigt sich ein merkwürdiges Funkeln, das mich genauso wie das von Valentin anspricht und von dem ich gern wissen möchte, was es genau bedeutet oder wo es hinführt. Und er ist kein Student. Also ...

»Ich würde dir ja gern helfen, aber ich glaube, das

würde auch ... du weißt schon«, und zwinkert abermals, »nichts an deiner Situation ändern.«

»Lio!«, schreit Frank aus der Küche.

Lio rollt mit den Augen und streckt den Zeigefinger nach oben. »Entschuldige mich kurz.« Dann verschwindet er in der Küche. »Was ist jetzt schon wieder?«

Ich trinke aus und genieße das wohlig warme Gefühl in meinem Magen. *Er ist echt süß.* Und nein, er kann mir nicht helfen, aber ... Ich rutsche vom Barhocker und laufe um den Tresen herum.

Lio kommt wieder zur Tür herein, da stehe ich schon neben ihm und sehe in seinen fragenden Blick.

»Du kannst es versuchen«, säusele ich und drücke meine Lippen auf seine, auf denen ich noch die letzte Zigarette schmecke.

Sofort drückt er mich ein Stück von sich weg. »Äh, du weißt schon, dass ich gerade arbeite?«, fragt er überrumpelt.

Bereit für die Ablenkung, die ich dringend brauche, sehe ich mich um. »Und wo sind die Gäste, die deine zuvorkommenden Gastgeberqualitäten benötigen?«

»Und mein Chef?«

»Freut sich mit Sicherheit über etwas Action in seinem Lokal.« Das scheint ihn zum Nachdenken zu bringen. Erst als ich anfange, am Reißverschluss seiner Hose zu nesteln, löst sich seine Apathie.

Er verliert keine Zeit, rafft mein Kleid nach oben, zieht Strumpfhose und Slip nach unten und setzt mich auf die Theke, wobei ich meine Schuhe verliere und meine Sachen in einer fließenden Bewegung von meinem Körper streife, damit er freie Bahn hat. Während seine Lippen ein prickelndes Gefühl auf der Haut an meinem Hals hinterlassen, fahren seine Finger meine Oberschenkel hinauf, wo er sie auf meine heiße Mitte drückt und ich erregt aufstöhne. Sofort spreize ich die Beine.

Lio dringt mit seinen Fingern in mich ein. »Du scheinst schon etwas länger an diesen Versuch zu denken.«

Ich grinse dreckig. »Kann sein«, wispere ich begierig und genieße seine Berührungen. Ich habe schon ganz vergessen, wie es ist, von einem Mann berührt zu werden, der noch nicht jeden Zentimeter meines Körpers kennt. Doch das macht diese Situation gleich noch einmal viel spannender und aufregender.

Langsam zieht er die Finger zurück und fährt stattdessen zu meiner Perle, die vor Erregung kribbelt und drauf wartet, mir mit jeder weiteren Berührung die Glücksgefühle durch den Körper zu jagen. Und Lio enttäuscht mich nicht. Immer wieder trifft er exakt den Punkt, der nach und nach meine Ekstase verstärkt. Dass ich so etwas gleich an meinem ersten Tag finde, hätte ich niemals gedacht. Wieder einmal bin ich mir sicher, dass man sich selbst das nehmen muss, was man will, und gerade ist es der Fick mit Lio, der genau weiß, was er tut.

Ich sehe ihm direkt in die Augen, in denen ich das Funkeln meiner eigenen sehen kann. Sein Blick wird gieriger. Er scheint nur darauf zu warten, dass ich ihm durch meine Stimme verkünde, wie gut er ist.

Er erhöht den Druck seiner Finger, dringt erneut in mich ein und wiederholt diese perfekten Bewegungen.

Das Feuerwerk in mir entfacht. Meine Atmung wird schneller und im nächsten Moment glitzern Massen von Sternen an dem Nachthimmel, den Lio mir gerade bereitet. Laut stöhne ich, was er mit seinen Lippen auf meinen verhindert und flüchtig zur Seite schaut, ob uns jemand gehört haben könnte. Doch niemand stürmt in den Raum. Während ich zu Luft komme, zieht er seine Schuhe aus.

»Hast du ein Kondom dabei?«, fragt er, während er sich Hose und Boxershorts entledigt und ich lediglich auf seinen harten Schwanz stieren kann, den ich nur allzu gern in mir spüren will. Er, gepaart mit der Gewissheit, dass uns jederzeit jemand erwischen könnte, bringt meine Mitte von ganz allein zum Kribbeln.

»Ich kümmere mich selbst um meine Verhütung«, erkläre ich immer noch vollkommen erregt, ziehe ihn zu mir heran und warte auf die Erlösung, die ich mir erhoffe.

Im nächsten Moment dringt er rau und kraftvoll in mich ein. Füllt mich komplett aus und sorgt mit jedem weiteren Stoß, dass sich das Gefühl von Glückseligkeit und Freiheit in meinen Adern ausbreitet. Dass ich ihn bisher nur flüchtig kenne, macht das Spiel nur umso erregender.

Ich kralle mich in seinen harten Oberkörper, spüre den elektrischen Stößen nach und japse ihm gleichmäßig ins Ohr.

Endlich wird mein Gedankenkarussell in eine andere Richtung gedreht. All das, was mich seit dem Moment, in dem mein Vater mir eröffnet hat, dass er Lexy und mich trennt, belastet, wird von der Klippe gestoßen, auf die ich mich zubewege.

»Ist das ein Versuch nach deinem Geschmack?«, raunt Lio und erhöht das Tempo.

Ich grinse zufrieden. »Noch nicht ganz.« Langsam fahre ich mit meinen Händen zu seiner Brust und drücke ihn von mir weg. Irritiert hält Lio inne. Ich rutsche von der Arbeitsfläche, ziehe ihn gleichzeitig mit mir hinab und erwische versehentlich die offene Wodkaflasche mit dem Arm, deren Inhalt über Lios Gesicht läuft, bis die Flasche vom Tresen fällt und laut klirrend neben uns liegen bleibt.

Lios Shirt ist durchgeweicht. Dann verzieht er kurz das Gesicht. »Das gibt bestimmt Ärger.«

»Lio?«, ruft sein Chef vom anderen Raum. »Was ist da bei dir los?«

»N-nichts?«, ruft er und versucht, seine Stimme ruhig zu halten. In seinen Augen blitzt immer wieder dieses fordernde Verlangen auf. Ich kann förmlich sehen, wie er sich bereits die nächsten Minuten ausmalt, wie ich es ihm besorge. Wie ich ihn mit meinen gleichmäßigen Bewegungen auf seinem harten Schwanz zur Verzweiflung treibe, weil ich seine Erlösung so weit wie nur möglich herauszögern werde.

»Schhhh«, flüstere ich, setze mich rittlings auf ihn und nehme ihn immer wieder quälend langsam in mir auf. Seine Gedanken scheinen sich zu lösen. Er streckt den Kopf nach hinten und fixiert mich mit seinen Händen auf seinem Becken. Gleichmäßig bewege ich mich auf ihm. Genau so, wie ich es brauche, um mich meiner eigenen Gefühlsexplosion zu nähern. Bisher habe ich nie länger als ein paar Tage auf Sex verzichtet. Doch durch den abrupten Umzug und die vielen Aufgaben, die ich erfüllen musste, blieb das, was ich brauche, um entspannen zu können, vollkommen auf der Strecke, denn ich merke, wie sehr sich mein Körper nach den Berührungen eines Mannes gesehnt hat. Dass er dabei noch so gut bestückt ist, macht es mir leichter, mich voll und ganz auf ihn zu konzentrieren.

Der Druck in mir steigt. Ich werde schneller, spüre dem stetig stärker werdenden Kribbeln nach und genieße die Anspannung, die sich in Lio breitmacht.

Schneller als sonst wird die aufgestaute Energie zum Feuerwerk, die mich nicht die Klippe hinabstürzt, sondern in den Himmel schießt und mich die Sterne aus unmittelbarer Nähe bewundern lässt. Während ich fliege, steht bereits fest, dass die Kombination aus verbotenem Sex in einer Bar zusammen mit einem fremden Mann weit oben auf meiner Liste der besten Runden landet.

Noch nach Luft ringend und mit einem erfüllten Lächeln im Gesicht streiche ich mir eine schwarze Locke hinters Ohr und sehe zu Lio hinab, dessen verwirrte Miene mich umso mehr erheitert.

Mehrmals zeigt er von sich zu mir. »Und ... äh ... ich?« Ich gebe ihm einen Kuss auf die Wange, stehe auf und ziehe mich an. Lio scheint weiterhin nicht glauben zu können, dass ich aufhöre, bevor er fertig ist. Grinsend gehe ich zurück zu dem Barhocker, auf dem ich gesessen habe, nehme aus meinem Portemonnaie einen Hundert-Euro-Schein und lege ihn auf den Tresen.

»Danke für den Kaffee«, sage ich, während ich mir die Tasche umhänge, mich umdrehe und gehe.

6
LAURENT

»D anke, Astrid.« Meine Assistentin stellt mir eine Tasse Kaffee auf den Schreibtisch, nickt und verlässt das Büro.

Das ist das erste Mal, dass ich heute einen Moment durchatmen und mein Getränk hoffentlich heiß genießen kann.

Die Anfangswoche des Semesters ist immer die anstrengendste und der erste Tag einfach ein Überlebenskampf. Ständig kommen irgendwelche Wehklagen oder Sonderwünsche der Eltern, die von mir bedient werden wollen.

Ich greife nach der Tasse, atme den heißen und gleichzeitig verführerisch riechenden Dampf ein und nippe am Kaffee. Auf meinem Bildschirm blinkt eine Erinnerung. Ich öffne sie.

Argwöhnisch ziehe ich eine Augenbraue nach oben. Eigentlich ist es nicht sie, die ich kennenlernen möchte, sondern ihren Vater. Wie oft hat man schon einen Nobelpreisträger an der Universität? Aber sie wird lange genug hierbleiben, damit sich das ergeben wird. Und dann ist sie nicht einmal pünktlich. *Diese verwöhnten Studenten.*

Ich trinke einen weiteren Schluck. Das Telefon klingelt und mein Puls schnellt in die Höhe. *Wieso ist mir nicht ein verfluchter Kaffee vergönnt?* Tief atme ich ein, stelle die Tasse ab und nehme den Hörer in die Hand. »Ja?«, frage ich leicht gereizt.

»Entschuldigen Sie«, sagt Astrid kleinlaut, die genau weiß, dass das der ungünstigste Zeitpunkt ist, »aber Doktor van Jones würde Sie gern sprechen.«

Dr. van Jones? Sofort erheitert sich mein Gemüt. Auch die Frusttirade, die mir schon auf den Lippen liegt, verflüchtigt sich. »Stellen Sie ihn durch.« Kurz knackt es in der Leitung und ich greife erneut nach dem Porzellan. »Doktor van Jones, was verschafft mir die Ehre?«, begrüße ich ihn und nippe ein weiteres Mal am Kaffee.

»Vielen Dank, Dekan, dass Sie sich ein paar Minuten Zeit für mich nehmen. Ich weiß, Ihr Terminkalender ist genauso voll wie der meine.«

»Für Sie immer.«

»Zuallererst wollte ich mich entschuldigen, dass ich heute nicht persönlich vor Ort war, um Sie zu begrüßen. Aber bei zwei Töchtern, die gleichzeitig immatrikuliert werden, musste ich mich leider für eine von beiden entscheiden.«

Ich öffne die Schublade zu meiner Linken, schiebe das Seil darin zur Seite und ziehe mir die Akte von Vivien van Jones heraus. Das erste Blatt ist ein Zeitungsausschnitt, wie sie nach einer eskalierten Hausparty abgeführt wird. Dabei komme ich nicht drumherum, ihre vollen Brüste zu bewundern, welche die Kamera vortrefflich eingefangen hat. »Ja, Ihre Tochter hatte bei ihrer Ankunft so etwas meiner Assistentin gegenüber angedeutet.« Um es nett auszudrücken. »Sie scheint wirklich sehr ... reizend zu sein.« Was auch die ganzen Videos und Nachrichten, in denen sie erwähnt wird, deutlich zeigen.

Kurz bleibt es still am anderen Ende. »Scheint? Hatte sie denn nicht einen Termin bei Ihnen?«

»Ja, vor zirka einer halben Stunde. Aber bisher ist sie leider nicht erschienen.«

Genervt holt er Luft. »Das ist auch einer der Gründe, weswegen ich anrufe. Sie haben bestimmt schon mitbekommen, dass meine älteste Tochter keine allzu verträgliche Person ist.«

Leise schnaube ich. »Meiner Meinung nach zeigt sie ihr Temperament.« *Temperament, das man dringend zügeln sollte.*

»Das drücken Sie wirklich sehr diplomatisch aus.«

»Und jetzt haben Sie Angst, dass der Plan, so wie

Sie ihn sich vorstellen, nicht aufgeht? Da kann ich Sie beruhigen.«

»Ich bin mir sicher, dass ich Ihnen in jeder Hinsicht vertrauen kann, Dekan, und dass alles so verläuft, wie ich es mir wünsche. Aber ich kenne meine Tochter und ich weiß, wie wichtig ihr das Bedürfnis nach freien Entscheidungen ist. Daher verlasse ich mich darauf, dass Sie alles unternehmen werden, dass ich weder einen Skandal fürchten muss noch Nachrichten erhalte, in denen sich Vivien nicht so verhält, wie man es von einer van Jones gewohnt ist. Diese Zeit ist endgültig vorbei.«

Noch so ein Elternteil mit Sonderwünschen. Aber bei ihm kann ich es wenigstens in Grenzen nachvollziehen. Trotzdem herrscht für einen kurzen Moment Stille zwischen uns, denn sein Wunsch gleicht einer Eins-zu-Eins-Betreuung vierundzwanzig Stunden am Tag. »Dr. van Jones, wir sind hier an der Drewmore und nicht im Kindergarten.«

»Daher werde ich Ihre Methoden auch nicht hinterfragen«, fällt er mir sofort ins Wort. »Ich habe meine Töchter getrennt, damit sie endlich Ordnung in ihr Leben bekommen, ihre Zukunft mit einer guten, vorsortierten Partie gesichert und nichts dem Zufall überlassen wird. Daher will ich nur eins: dass Vivien in die richtigen Bahnen gelenkt wird. Wie, das ist mir vollkommen egal. Sie haben freie Hand.«

Angestrengt massiere ich mir die Stirn. »Ich werde sehen, was ich über unser Abkommen hinaus tun kann.«

»Ich danke Ihnen, Dekan. Auch für Ihre Zeit.«

»Für Sie jederzeit, Doktor«, wiederhole ich mich.

Dann legt er auf und lässt mich mit einer Mischung aus Erregung und Überforderung zurück. Es ist fast, als hätte er meine Fassade durchschaut und ahnt, was ich hinter meinen verschlossenen Türen veranstalte.

Kaum habe ich den Hörer aufgelegt, klopft es an der Tür. Die Ader an meinem Hals pocht verdächtig stark. Zum Glück ist der Kaffee fast leer.

»Herein.« Ich blicke zur Tür und erwarte die Frau, bei der ich mir sicher bin, dass sie eine echte Herausforderung darstellt, bei allem, was ihr zugedacht wird. Doch es ist nicht Vivien, die hereintritt, sondern Valentin. Sofort löst sich meine Anspannung und ich lasse mich gegen die Lehne zurücksinken.

Valentin kommt mit schlaksigen Schritten auf mich zu und setzt sich in den Stuhl vor meinem Schreibtisch. »Es wirkt so, als hättest du jemand anderes erwartet.«

Was für ein Hellseher. »Ich habe mehr Termine und Studenten als nur deine Wenigkeit«, kontere ich.

»Schade.« Er zuckt mit den Schultern. »Und dabei dachte ich, dass ich dein Ein und Alles bin.«

»Sagt der, der ständig mit seinem Schoßhund unterwegs ist. Hat er es sich immer noch nicht verdient, mit zu unseren Treffen zu kommen?«

»Ich glaube, es ist ganz gut, dass diese Meetings auch weiterhin eine Angelegenheit unter uns beiden bleiben. Du weißt schon, der Familie zuliebe und so.«

Meine Miene verfinstert sich. »Ich dachte, wir hätten das mit den Anspielungen geklärt?«

»Haben wir. Ich wollte dir lediglich verdeutlichen,

wieso du auch weiterhin nur mit mir vorliebnehmen musst.«

Jetzt bin ich es, der genervt Luft holt. »Du brauchst zwar keinen Termin bei mir, trotzdem wäre ich dir heute sehr verbunden, wenn du die Floskeln lässt und gleich auf den Punkt kommst.«

»Ich wollte einen Blick auf die Liste werfen.«

Ich trinke meinen Kaffee aus und schiebe die Tasse an den Rand des Schreibtisches. »Seit wann habe ich diese schon am ersten Tag des Semesters fertig?«

In seinen Augen funkelt es dunkel. »Dann nehme ich den Rohentwurf. Die Absprachen im letzten Jahr waren ein Fiasko, das ich dieses Semester gern vermeiden möchte.« Fordernd streckt er die Hand aus, was ich nur mit einem missbilligenden Blick abtue.

»Die Liste ist dann fertig, wenn ich dir mitteile, dass sie fertig ist. Vorher hast du keinerlei Ansprüche geltend zu machen. Hast du das verstanden?«

Sein aufgesetztes Grinsen wird breiter. Valentin steht auf und stützt sich mit beiden Händen auf dem Tisch ab. »Dafür, dass ich deine Drecksarbeit erledige, spuckst du ziemlich große Töne.«

Ich lehne mich zu ihm vor. »Diese sogenannte Drecksarbeit würden andere mit Handkuss ausüben, weil die Freiheiten, die man dadurch erhält, alle Aufopferungen aufwiegen. Und dann ist jede auch noch mit Sex, Demut dir gegenüber sowie Auslebung jeglicher Fantasien verbunden. Was also stört dich daran, die wenigen Regeln einzuhalten, die damit verknüpft sind?«

Für einen Moment sehen wir uns stillschweigend in

die Augen. Wie immer hofft er, dass ich einknicke. Doch das kann er vergessen. Familie hin oder her. Das hier ist meine Universität und ich mache die beschissenen Regeln. Ob es ihm nun passt oder nicht.

Dann löst er sich aus seiner Starre. »Du hast recht.« Dabei entfernt er sich einige Schritte vom Schreibtisch. »Ich werde einfach noch warten und hoffen, dass bis dahin die Unglücksfälle vom letzten Semester ausbleiben.« Er dreht sich herum und geht zur Tür zurück.

Krampfhaft balle ich die Hände zu Fäusten. Wie ich diese unterschwelligen Drohungen hasse. »Und«, beginne ich, ohne dass man mir den Groll anmerkt, »ab diesem Semester studiert eine Vivien van Jones bei uns Medizin. Du wirst die Finger von ihr lassen. Haben wir uns verstanden?«

Kurz sieht er über die Schulter zu mir, sagt aber nichts. Dann verlässt er ohne ein weiteres Wort mein Büro.

Kaum ist Valentin verschwunden, kommt Astrid in den Raum, die ihren engen Bleistiftrock richtet. »Mademoiselle van Jones ist leider immer noch nicht eingetroffen.«

Ich nicke. »Schicken Sie ihr einen neuen Termin und machen Sie bitte deutlich, dass sie diesen nicht versäumen sollte.«

Dann geht auch sie und ich sehe durch meine Panoramafenster nach draußen. Zum Glück liebe ich Herausforderungen. Und Vivien scheint genau das zu sein.

»Danke für den Kaffee.«

7
LEXY

Nach einer gefühlt ewig andauernden Führung über den Campus, stehe ich mit Dad vor dem Zimmer meines Wohnheims. Ich zittere immer stärker, denn nachdem der Regen teilweise seitlich angepresst kam, bin ich bis auf die Knochen durchnässt. Dabei herrscht um uns herum das heillose Chaos. Von überall kommen oder gehen Studenten, die ihr Zimmer beziehen, während das kalte Licht der Deckenleuchten den Raum erhellt, weil es weiterhin wie aus Gießkannen regnet.

Ich suche immer noch nach einem Lichtblick, denn durch das graue Wetter wirken die Gänge dunkel und trostlos. Es hängen keine Bilder an den Wänden. Das alles gibt mir das Gefühl, ab jetzt in einer sterilen Umgebung klarkommen zu müssen, gegen das auch das teilweise herzliche Miteinander der Menschen um mich herum nicht ankommt. Ich spüre schon, wie sich das Umfeld auf meine Seele legt und mir die Luft zum

Atmen nimmt. Deswegen bin ich erleichtert, als mein Vater auf sein Smartphone schaut, denn das bedeutet, dass es für ihn Zeit wird, zu gehen.

Die Vorfreude, gleich mein eigenes aus der Tasche zu nehmen und damit Vivien anrufen zu können, wird immer größer.

»Wir sehen uns dann Freitag.« Ich nicke nur und öffne die Tür. Es muss ja keiner mitbekommen, dass hier ein Nobelpreisträger im Wohnheim steht. Sonst komme ich nie in mein Zimmer. »Und lass Vivien etwas Zeit zum Ankommen. Mach es ihr nicht schwerer, als es so schon ist.«

Abrupt halte ich inne und sehe in seine immer müder wirkenden Augen. »Was willst du mir damit sagen? Dass ich sie nicht anrufen soll?« Das Engegefühl in meiner Brust verstärkt sich.

Sein abwägender Blick reißt mein Herz in tausend Stücke. »Natürlich darfst du mit ihr telefonieren. Ich glaube kaum, dass ich das verhindern kann. Aber vielleicht hebst du die positiven Aspekte deines neuen Zuhauses etwas mehr in den Vordergrund als die Trennung, über die ihr beide früher oder später hinwegkommen werdet.«

Wie schafft er es nur, unsere Lage so nüchtern zu betrachten? Oder überspielt er damit weiterhin die Situation mit Vivien, die ihn die letzten Jahre belastet hat?

»Wenn du so viel Angst davor hast, dass Vivien hinschmeißt oder dich mit ihren Fehltritten zur Weißglut treibt, solltest du vielleicht anfangen, ihr zuzuhören und nicht nur dann da zu sein, wenn es Zeit für eine neue Standpauke ist«, mache ich meinen Gedanken Luft, die ich sonst eher für mich behalte. Ich beziehe ungern Stellung, nehme den Platz zwischen den Stühlen in Kauf. Doch momentan bin ich allein und ich vermisse die Person, die ich jetzt auch noch anlügen soll.

Mehr als ein müdes Lächeln bekomme ich nicht. »Vivien wird nicht hinschmeißen. Sie wird mich auch nicht blamieren. Dafür habe ich gesorgt. Es geht mir rein darum, dass ihr euch beide besser gut zureden solltet, als nur zu jammern, wie ungerecht ihr meine Entscheidung findet.«

Ungerecht ist gar kein Ausdruck. Doch ich belasse es dabei, weil meine Kraftreserven für den heutigen Tag ausgeschöpft sind.

»Bis Freitag, Lexy.« Er zieht seinen Mantel glatt. »Und vergiss den Termin beim Psychologen nicht.« Dann schlängelt er sich an einigen Studenten die langgezogene Treppe hinab. Ich strecke den Hals, um über die halbhohe Brüstung zu schauen, bis er durch die große Doppeltür aus meinem Sichtfeld verschwindet. Dann atme ich kurz tief ein. Wie könnte ich den nur vergessen? Dabei sträubt sich jede Faser meines Körpers, mich jemand anderem anzuvertrauen als Vivien.

Die nächste Gruppe an Studenten zwängt sich an mir vorbei. In meinen Ohren dröhnt es. Sekündlich wird der Raum um mich kleiner und ich weiß, es ist dringend Zeit für eine Pause und meine Medizin.

Entkräftet trete ich endlich in mein Zimmer,

schließe die Tür und der Krach, der draußen allgegenwärtig gewesen ist, wird zu einem sanften Flüstern. Abermals hole ich tief Luft, reibe mir über das Gesicht und mache das Licht an, damit ich mich im Zimmer umsehen kann. Sofort stutze ich, denn es steht jeweils auf der rechten und der linken Wandseite ein Bett. Daran angeschlossen eine Kommode mit einem Regal darüber und an der Fensterfront zwei Schreibtische. Eindeutig ein Doppelzimmer. Und da auf der rechten Seite Bücher in den Fächern zu finden sind und eine blaue Decke auf dem Bett liegt, die nicht meine ist, auch belegt. Dabei habe ich mir doch ein Einzelzimmer gewünscht. Langsam frage ich mich, ob das nicht alles eine Schikane meines Vaters ist. Aber das werde ich jetzt nicht klären können. Sowieso glaube ich nicht, dass sich an meinem Zimmerstatus etwas ändern wird. Also werde ich es vorerst akzeptieren müssen.

Ich friere immer stärker. Deswegen gehe ich zu meinem Schrank auf der linken Seite. Dieser wurde bereits von einer Firma eingeräumt. Ich hänge meine Tasche über die Tür und ziehe mir einen Hoodie und eine Jogginghose raus. Kaum entledige ich mich der nassen Businesshose und tausche sie gegen den ausgeleierten, weichen Jersey, stellt sich das erste Mal an diesem Tag das ersehnte Gefühl von Normalität ein. Gleichzeitig steigen mir die Tränen in die Augen, denn sonst war es das Ritual von Vivien und mir, wenn wir nach einem langen Tag zu Hause angekommen sind. Ich weiß, ich muss endlich die Hoffnung aufgeben, dass ich doch noch gemeinsam mit meiner Schwester studieren werde. Langsam streife ich mir die Bluse über den Kopf. Und wenn es ihr so geht wie mir, hat Dad vermutlich recht. Dann darf ich es mir wirklich nicht anmerken lassen, wie schwer es mir fällt, ohne sie zu sein.

Kaum habe ich mir den Hoodie angezogen, öffnet sich die Tür und eine Frau mit langen braunen Locken und Star-High-Shirt betritt den Raum. »Hey.« Langsam schließt sie dir Tür.

Ich war noch nicht auf den Mitbewohnerkontakt eingestellt. Genauso muss ich sie auch ansehen, denn sie sieht mich zwar mit ihren strahlenden grau-grünen Augen an, aber bewegt sich mit dem großen Kaffeebecher, auf dem ebenfalls das Symbol der Universität zu sehen ist, keinen Zentimeter. Das beklemmende Gefühl in meiner Brust scheint den gesamten Raum auszufüllen.

O Gott, wenn das jetzt die ganzen Jahre so geht, werde ich das nicht schaffen. Also schlucke ich all die gemischten Gefühle herunter, blinzle, um mich zu fokussieren, und öffne den Mund. »Hi, ich bin ...«

»Lexy van Jones«, fällt mir die Frau ins Wort, deren italienischer Akzent etwas schwer zu verstehen ist. Sie kommt mit großen Schritten auf mich zu, greift nach meiner Hand und schüttelt sie. »Ich bin Sasha Milan und deine neue Mitbewohnerin.« Sie lässt meine Hand los und zuckt mit den Schultern. »Na ja, okay, ich bin schon zwei Semester länger hier als du und so gesehen die alte Mitbewohnerin. Aber ich glaube, du weißt, was ich meine.«

»J-ja, ich denke schon.«

Sasha reicht mir den Becher. »Ich hab dich vorhin mit deinem Dad über den Campus laufen gesehen und dachte mir, dass du erst einmal einen Kaffee zum Aufwärmen und Kraft-Tanken gebrauchen könntest.«

Perplex nehme ich ihn an und kann eine schwache Kaffeenote durch den geschlossenen Deckel riechen. Und damit hat sie so verdammt recht. »Das ist sehr nett von dir.« Kaum habe ich es ausgesprochen, öffne ich den Deckel, inhaliere den Duft so intensiv wie möglich und trinke den ersten Schluck, der mir zum Glück nicht die Zunge verbrennt. Aber er war dringend nötig.

»Ich studiere Kommunikationswissenschaften mit dem Schwerpunkt Soziologie.« Sasha geht zu ihrem Bett und lässt sich darauf fallen.

Ich wiederum gehe zum Schreibtisch, sehe kurz in den Regen hinaus und setze mich dann auf den Stuhl. »Da du ja schon weißt, wer ich bin, muss ich dir wohl nicht erklären, was ich studiere, oder?« Ich trinke einen weiteren Schluck.

»Nope. Ich glaube, jeder an dieser Universität weiß, wer du bist, was du studierst und wahrscheinlich sogar, welche Sockenfarbe du am liebsten trägst.«

Kurz bleibt es still zwischen uns. *Das meint sie jetzt nicht ernst, oder?* Das bedeutet, ich werde hier auf dem Präsentierteller sitzen. Alle werden mich anstarren. Ich werde wie Vivien sein! Der Kaffeebecher in meiner Hand beginnt, zu zittern.

Dann fängt Sasha aus heiterem Himmel an, zu lachen. »Das war ein Scherz. Zumindest das mit den Socken.«

Mehr als ein gequält aussehendes Lächeln kann ich mir nicht abringen, drehe mich um und stelle den Kaffeebecher auf den Schreibtisch, um mir einen Augenblick Auszeit zu verschaffen und das Zittern unter Kontrolle zu bringen.

Kaum drehe ich mich zurück, steht Sasha auf. »Ich gehe jetzt etwas essen. Kommst du mit?«

Sofort schüttle ich den Kopf. »Ich will noch jemanden anrufen.«

Argwöhnisch zieht sie eine Augenbraue nach oben und stemmt die Hände in die Hüften. »Da habe ich schon bessere Ausreden gehört.«

»Das ist keine Ausrede. Ich will nur mit meiner Schwester sprechen. Sie ist in Drewmore und wir wollten gleich telefonieren, wenn jede von uns angekommen ist.«

Sasha wirkt nicht überzeugt. »Okay, dann gehe ich schnell was essen und wenn ich wieder da bin, stelle ich dir ein paar Mädels vor. In Ordnung?« Irgendwie traue ich mich nicht, nein zu sagen, und nicke stattdessen. Sofort löst sich ihr strenger Blick und ihr gut gelauntes Gemüt übernimmt wieder die Oberhand. »Sehr schön, dann bis gleich.«

Kaum fällt die Tür ins Schloss, lasse ich mich gegen die Stuhllehne sinken und atme tief durch. Meine Finger zittern immer noch. Also wird es dringend Zeit, eine Tablette zu nehmen und dann endlich mit Vivien zu telefonieren.

»Bei dem, was du von mir möchtest,
bin ich ziemlich egoistisch und du wärst
am Ende mit Sicherheit enttäuscht.«

8

VIVIEN

Als ich den Weg zurück zum Campus nehme, sind bereits die Straßenlaternen angegangen. Langsam wird es Zeit, dass ich mich dieser Uni stelle und hoffe, dass ich es Lexy und mir irgendwie leichter machen kann.

Dank Lio und dem Kaffee mit Schuss trete ich mit einem nicht mehr ganz so mulmigen Gefühl durch die Tore und laufe sofort den Weg zum Hauptgebäude hinauf.

In der großen Haupthalle, in der ein reges Treiben herrscht, werde ich von anmutiger Schlichtheit empfangen. Rechts von mir führt eine steinerne Wendeltreppe in den ersten Stock. Davor befinden sich mehrere Studenten, die den Lageplan an der Wand mustern. Dabei zeigen sie immer wieder auf einzelne Punkte und nicken.

Die hohe runde Kuppel, die man von außen nicht vermutet, beherbergt eine Vielzahl an alten Malereien, die ich von hier unten nur erahnen kann. Dafür erblicke ich einen Gang, der ins Gebäudeinnere führen muss und an dessen Wand eine große Vitrine steht.

Ich trete davor und sehe ausschließlich die Zahl eins auf Pokalen und Schleifen. Zweite oder sogar dritte Plätze scheint es nicht zu geben. Dafür lächeln die Football- und Rugbymannschaften sowie Studentengruppen in weißen Kitteln beherzt in die Kamera.

Bisher habe ich mich nicht mit dieser Universität auseinandergesetzt, weil ich gar keine Zeit dafür hatte und sie mir ehrlicherweise auch nicht nehmen wollte. Trotzdem wirkt dieses beflissene Ziel, immer zu gewinnen, fast schon ungesund und überambitioniert.

»Ja, richtig, Whitehall«, redet jemand hinter mir, holt mich aus meinen Gedanken und ich drehe mich um. Eine Gruppe von Frauen läuft an mir vorbei in den Gang nach hinten, wo sie um die Ecke biegen und aus meinem Sichtfeld verschwinden.

Whitehall? Habe ich nicht auch dort mein Zimmer?

Wie schon heute Nachmittag zücke ich den Lageplan, auf dem ein rotes Kreuz die Stelle markiert, wo sich mein Zimmer befindet. Dabei geht mir dieser Papierkram echt auf den Keks. Eine Eliteuni sein wollen und dann digital hinter dem Mond leben. Ich muss morgen dringend klären, ob es eine Drewmore-App gibt.

Aber für den Moment folge ich den Frauen, trete aus dem Komplex und starre sofort auf zwei große Gebäude, die sich V-förmig nach hinten erschließen. Über dem rechten steht groß *Blackhall* und auf dem linken *Whitehall*.

Ich seufze, denn auch wenn ich es schon vorher wusste, gibt es ab sofort keinen Weg mehr zurück. Also laufe ich über den Kiesweg und betrete mein neues Zuhause, dessen breite Flure, auf denen sich jeweils links und rechts weitere Türen befinden, genauso schlicht eingerichtet sind wie das Hauptgebäude. Auch hier herrscht ein wildes Durcheinander. Studentinnen stehen an einer Nische vor einem Panoramafenster. Andere versuchen, sich einen Überblick auf der großen Tafel zu verschaffen, die voller bunter Flyer hängt. Einladungen zu unterschiedlichen Sportclubs, A-cappella-Gruppen oder Wissenschafts-AGs.

Ohne mich vom Fleck zu bewegen, überlege ich, was mich gerade stört. Überall sehe ich bunte Röcke, lange Haare, die sich von den Schultern gestrichen werden oder ich höre so viele penetrant lachende Stimmen, dass es unangenehm in meinen Ohren klingelt.

Fuck. In diesem Wohnheim sind nur Frauen. Wovor hat man hier Angst? Dass es jeden Abend Orgien gibt? Jetzt ist diese Uni nicht nur in Sachen Technik eine Niete, nein, jetzt leben wir wieder in den prüden 50er-Jahren. Wenn ich gleich einen Petticoat in meinem Schrank finde, schreie ich.

Das ist gerade zu viel für mich. Mit Blick nach unten, damit mich auch ja niemand anspricht, laufe ich am Ende des Raumes die Treppe bis in den fünften Stock hinauf. Erst dort blicke ich wieder auf und folge dem Gang nach ganz hinten links, bis ich die Tür mit der Nummer zwölf finde. Davor türmen sich genau dieselben bunten Zettel, wie ich sie gerade unten gesehen habe. Dieses penetrante Aufdrängen an Gemeinschaftsaktivitäten zusammen mit all den fürchterlichen Erkenntnissen nervt mich so extrem, dass sich die Entspannung, die mir Lio verschafft hat, viel zu schnell verflüchtigt.

Trotzdem hebe ich sie auf. Nicht, dass nachher noch irgendeiner der anderen Studentinnen klopft und sie mir freudestrahlend zusammen mit einem Anmeldeformular überreicht. Auf einen Schwanz, der das tut, werde ich wohl vergeblich warten.

Vollkommen gefrustet ziehe ich aus einer der Nebenfächer meiner Tasche den Zimmerschlüssel. Ich habe ihn schon vor meiner Abreise von meinem Vater ausgehändigt bekommen, was eindrucksvoll bewiesen hat, wie abgekartet dieses Spiel von Anfang an war. Die letzte Ambition, mich hier wohlfühlen zu wollen oder Anschluss zu finden, versinkt unter meiner Unzufriedenheit.

Ich schließe auf, trete ein und schalte das Licht an. Kurz summt die Glühbirne, dann geht sie viel zu hell an und blendet mich, sodass ich rasch die Hand schützend über meine Augen lege.

Erst als ich mich an das Licht gewöhnt habe, schmeiße ich die bunten Zettel auf den Tisch. Aus der Mitte löst sich ein neonfarbener Flyer, der zu Boden fällt und den ich liegen lasse, denn ich will gerade keine weiteren Überraschungen oder Hiobsbotschaften entdecken. Dafür schaue ich auf meine ganzen noch verpackten Kartons und habe null Bock, sie auszuräumen. Stattdessen stelle ich die Tasche auf den Stuhl vor dem Schreibtisch. Langsam trotte ich zum Fenster, öffne es und lasse die kühle Abendluft hinein, die sich auf mein erneut erhitztes Gemüt legt. Es ist keinen Tag her, dass ich Berlin verlassen habe. Trotzdem fühlt es sich wie eine halbe Ewigkeit an.

Gerade will ich mich umdrehen, um mir wenigstens die Zettel in der Mappe anzusehen, da blitzt in der Dunkelheit etwas auf. Wieso auch immer, kommt das merkwürdige Gefühl, das ich vorhin schon auf dem Weg zum *Cupper-Pub* hatte, zurück.

Ich stoppe und sehe mich um. Doch mittlerweile ist es so dunkel draußen, dass man nur den Kiesweg erkennen kann, der von den Laternen angeleuchtet wird. Auch bewegt sich nichts oder raschelt auffällig ein Gebüsch. Allmählich frage ich mich, ob mir mein Geist wirklich einen viel zu real wirkenden Streich spielen will. Zumal etwas Blinkendes oder Leuchtendes ja nichts zu sagen hätte. Es stellt auch nicht automatisch eine Gefahr dar. Und so wie sich diese Universität bisher zeigt, glaube ich, dass ich ohnehin nichts Spannendes zu erwarten habe – wenn da nicht Valentin wäre.

Mein Smartphone klingelt. Kurz schrecke ich zusammen, ehe sich ein Teil meiner Anspannung löst, weil hoffentlich endlich der sehnlich erwartete Rückruf folgt. Ich hechte zurück zum Stuhl, fische es aus der Tasche und nehme den Videocall an. Lexys babyblaue Augen strahlen mir entgegen und erwärmen mein Herz.

»Hey, du«, begrüßt sie mich. Das Bild wackelt, bis

sie sich auf ihren Drehstuhl gesetzt und das Handy auf dem Tisch ausgerichtet hat.

Ich tue es ihr gleich, aber lasse mich auf dem Bett nieder und halte das Display nah an mein Gesicht, damit ich keine ihrer Regungen verpasse. »Wurde aber auch Zeit, dass du dich endlich meldest«, begegne ich ihr viel zu vorwurfsvoll. »Ich hab mir schon Sorgen gemacht.«

»Entschuldige bitte«, sie fährt sich über das Gesicht, wodurch ihr nass wirkender Pferdeschwanz von ihrer Schulter rutscht. Als sie mich wieder ansieht, wirkt sie völlig abgeschlagen. »Dad hat mich heute keine Sekunde aus den Augen gelassen. Ich habe so viele Hände schütteln müssen, dass ich morgen bestimmt Muskelkater habe.« Schon seine Erwähnung treibt mir die Wut in den Bauch, die ich mir vor ihr nicht anmerken lasse. »Obwohl«, kurz kneift sie ihre Augen zusammen, »vielleicht werde ich auch krank, weil es hier schon den ganzen Tag regnet und der Schirm nicht wirklich etwas gebracht hat.«

Sie tut mir so leid, denn schlechtes Wetter ist Gift für ihr Gemüt. Also versuche ich, diesem Punkt nicht so viel Raum zu geben. »Ist Dad jetzt wenigstens weg?«

Sie nickt und trinkt einen Schluck aus einem Thermocup, auf dem groß *Star-High-University* steht, wobei die Sternschnuppe des Logos über den gesamten Namen verläuft. »Allerdings will er Ende der Woche wiederkommen und gemeinsam mit dem Dekan und mir zu Mittag essen.«

In mir verkrampft sich alles. *Wieso kann er sie nicht*

einfach in Ruhe lassen? »Soll ich dir ein Attest schreiben, damit du nicht hingehen musst?«, frage ich belustigt und meine es eigentlich todernst.

Sie schmunzelt. »Nein. Erstens bist du noch keine Ärztin und zweitens schaffe ich das schon. Danach ist er ja für eine ganze Weile weg.«

Die Tür hinter Lexy geht auf und eine Frau mit schulterlangen, braunen Locken, Brille und Shirt mit derselben Aufschrift wie auf Lexys Becher, betritt den Raum. »Ich bin wieder da!«

»Hallo, Sasha«, begrüßt meine Schwester sie.

»Du ... hast kein Einzelzimmer?« So gut es geht, versuche ich, meine Verwunderung, die langsam zum Missmut wird, zu verstecken.

Sasha bleibt stehen und sieht mich argwöhnisch an. »Soll ich lieber später wiederkommen?« Lexy schüttelt den Kopf und die Fremde verschwindet aus meinem Sichtfeld.

»Nein. So etwas gibt es hier anscheinend nicht«, beantwortet Lexy meine Frage.

»Aber bekommst du da die Ruhe, die du brauchst?« Die Besorgnis schwingt in jedem meiner Wörter mit.

»Bestimmt.« Sie lächelt aufrichtig. »Dad meinte, es tut mir gut, unter Gleichgesinnten zu sein. Also versuche ich jetzt einfach diesen Weg und mache das Beste daraus.«

Die Erinnerung daran, wie sie am ganzen Körper zitternd neben mir stand und ungläubig auf ihren und meinen Bescheid gestarrt hat, jagt durch meinen Kopf. Jetzt wirkt sie fast schon zufrieden und mit sich im

Reinen, als hätte sie die nächsten sechs Jahre akzeptiert.

»Und deine Medikamente?«

»Nehme ich natürlich auch«, flüstert sie fast. »Ich habe auch schon einen Termin beim Uni-Psychologen bekommen.« Sie sieht mich direkt an und muss die Sorge, die sich deutlich auf meinem Gesicht zeigt, erkennen. Lexy rutscht näher an den Bildschirm. »Keine Angst, Vivien, ich krieg das mit meiner Depression schon geregelt.«

Sie lässt es so einfach klingen. Dabei bin ich es gewesen, die ihr bereits zweimal den Finger in den Hals gesteckt und sie dazu gezwungen hat, die Tabletten hochzuwürgen, weil sie versucht hat, sich umzubringen. Dabei sollen ihr vor allem diese Beruhigungspillen helfen, irgendwie den Alltag zu überstehen, für den sie seit dem tödlichen Autounfall unserer Mom keinen Zugang mehr findet. Aber jetzt sind ihre Augen so klar wie ein Bach hoch in den Bergen.

»Ich stelle nichts Dummes an. Versprochen.« Ich nicke kaum merklich. »Und ich bin ja auch nicht allein«, versucht sie, mich weiterhin davon zu überzeugen, dass ich mir keine Sorgen machen muss. Doch das tue ich – ständig. Am liebsten würde ich mich in den nächsten Zug setzen und zu ihr fahren. Ja, ich bin 20 und kann machen, was ich will. Wäre da nicht der Wunsch unserer Mom, die sich immer gewünscht hat, dass eine von uns in ihre Fußstapfen tritt und die Laufbahn einer erfolgreichen Ärztin nimmt. Meine Schwester hat all die Jahre hart dafür gekämpft, während mir der Lernstoff wie von allein zugeflogen ist. Deswegen wollte ich zusammen mit Lexy weit weg von Berlin studieren. So hätte ich ihr im Studium helfen können. Doch das hat unser Dad vereitelt. Am Ende musste ich einen ungerechten Deal mit ihm eingehen, damit sie überhaupt an eine Uni darf. Aber davon weiß sie nichts und so wird es bleiben.

Erneut taucht Sasha hinter ihr auf, die sich behutsam auf Lexys Schultern stützt. »Wir müssten langsam runter. Telefoniert doch einfach morgen weiter«, bestimmt sie.

Ihre Worte treffen auf dieselbe Verständnislosigkeit wie die, die ich meinem Vater gegenüber empfinde. Ich will ihr gerade meine Meinung an den Kopf schmettern, da übernimmt das Lexy für mich.

»Geh schon vor. Ich komme in fünf Minuten nach.«

Sasha nickt. Doch bevor sie geht, besieht sie mich mit einem finsteren Blick, der mir gar nicht gefällt und zeigt, dass sie nicht viel von mir hält. Dann dreht sie sich um und verlässt den Raum.

Sofort lasse ich mich auf dem weichen Bett zurückfallen. »Ich mag sie nicht«, platze ich mit meinen Gedanken heraus.

»Ach echt? Wäre mir gar nicht aufgefallen« Wir beide fangen an, zu lachen. »Gefällt es dir wenigstens ein wenig?«, fragt mich Lexy, nachdem wir uns wieder gefangen haben.

Dabei kehrt das beklemmende Gefühl zurück, das sich mit dem Kribbeln des Abenteuers, das Valentin versprüht hat, mischt. »Wenn ich endlich darüber hinweggekommen bin, dass du nicht mehr jeden Morgen dafür sorgst, dass ich nicht verschlafe, könnte es gut werden«, flunkere ich, denn wenn ich ihr erzähle, was mir hier schon alles missfällt, dann mache ich es ihr nur unnötig schwer.

Wissend zieht sie eine Augenbraue nach oben. »Also hast du schon jemanden ins Auge gefasst«, stellt sie fest und ich bin dankbar, dass sie zwischen den Zeilen einen der wenigen positiven Punkte hervorhebt, den ich hier sehe.

Ich schmunzle. »Es ist wohl andersherum. Aber diesen Fisch lasse ich noch eine Weile zappeln.« Zumindest so lange, bis ich herausgefunden habe, was mich so sehr an ihm fasziniert. Nur von meiner schnellen Nummer mit Lio erzähle ich ihr nichts. Irgendwie scheint es mir nicht angebracht, weil der Faktor *kurzweilige Bekanntschaften* ebenfalls dazu beigetragen hat, dass wir so weit voneinander entfernt sind.

Sie kichert. »Die Typen tun mir jetzt schon leid.«

Wir werden erneut gestört, denn Sasha steckt den Kopf zur Tür herein. »Lexy?«

Sie dreht sich nur flüchtig zu ihr um. »Ich bin unterwegs.« Dann sieht sie zurück zu mir. »Ich glaube, ich muss los. Sasha wollte mich ein paar Leuten vorstellen.«

»Also die erste Wie-viel-vertragen-die-neuen-Studenten-Runde?« Ich schenke ihr mein ketzerisches Lächeln und zwinge mich dazu, ihr nicht zu zeigen, wie es in mir aussieht und wie sehr mich die Trennung aufwühlt.

Wieder fängt sie an, zu kichern. »Hören wir uns morgen?«

Ich nicke. Sie gibt mir einen Luftkuss und legt auf.

Am oberen Rand blinkt eine neue Nachricht, die ich gar nicht mitbekommen habe.

DEKAN CHALIER – NEUER TERMIN

Stimmt, da war ja was. Ich seufze, aber öffne die Mitteilung nicht. Das wird wieder Ärger geben.

Mit gemischten Gefühlen setze ich mich hin und sehe in die Dunkelheit hinaus. Ich freue mich für sie, dass sie so schnell Anschluss gefunden hat. Sonst ist es immer umgekehrt und ich bin diejenige, die für uns beide das Eis bricht. Also werde ich versuchen, es ihr gleichzutun.

Mittlerweile sind meine Finger und Füße kalt. Ich stehe auf, schließe das Fenster und fange an, die erste Kiste auszuräumen. Dabei fällt mein Blick auf den neonfarbenen Flyer, den ich nun doch aufhebe.

Willkommen in Drewmore – Erstsemesterparty Am letzten Samstag im März feiern wir unter dem Motto: Neon ist alles. Also schmeiß dich in deinen leuchtenden Fummel und erlebe eine Party, die du nie vergessen wirst.

Für Essen und Getränke ist gesorgt.

Mh, hier scheinen die Mühlen, wie bei allem, langsamer zu mahlen, wenn die Erstsemesterparty so spät stattfindet. Aber dann habe ich etwas länger Zeit, mich meinem Schicksal endgültig zu ergeben.

Ich lege den Zettel weg und widme mich endlich den Kisten. Gleichzeitig huschen mir die heißen Momente mit Lio durch den Kopf, den ich bestimmt bald ein weiteres Mal besuchen werde.

9
VALENTIN

Mit einer Zigarette im Mund sitze ich auf dem Stuhl in meinem Zimmer und drücke den Kopf der Studentin, die mir gerade einen bläst, tiefer. Für meinen Geschmack baut sich die Spannung viel zu langsam in mir auf.

Ist es denn so schwer, an dieser Uni eine Tussi zu finden, die ihr Handwerk beherrscht? Und für diese schwache Vorstellung erhofft sie sich auch noch einen Platz in der Verbindung, in der ich Vorsitzender bin? Lächerlich. Also beende ich dieses Trauerspiel und konzentriere mich auf die Locken meines neuen Lustobjektes, deren Karokleid ich nur allzu gern hochraffen würde, um sie erst durch meine Finger und dann mit meinem Schwanz kommen zu lassen. Endlich baut sich die nötige Spannung in mir auf.

Es klopft. Die Tür geht auf und ich spritze ab. Die Frau, deren Namen ich schon wieder vergessen habe, röchelt und würgt, bäumt sich auf, aber ich drücke sie fester auf meinen zuckenden Schwanz und inhaliere den nächsten Zug der Zigarette, den ich in meinen Lungen zirkulieren lasse.

Aurel schließt die Tür und setzt sich auf mein Bett. Heute hat er wieder sein schelmisches Grinsen aufgesetzt. Dieser Kerl ist wie die zwei Seiten einer Münze. Mal total distanziert und mal die Vorstufe des Zirkusclowns, der sich versucht, zu beherrschen, um nicht jeden mit der Blume am Revers mit Wasser zu bespritzen.

Erst als sie schluckt, löse ich meinen Griff. Sofort hechtet sie hoch. »Sag mal, spinnst du?«, zischt sie und wischt sich über den Mund, auf dem ich noch die Spuren meines Spermas sehen kann.

»Ich weiß nicht, was du meinst?«

»Na«, sie zeigt auf meinen Schwanz, »dass du mich einfach auf ihn zwingst.«

Ich stoße die graue Luft hart in ihre Richtung aus. »Wenn dich ein Mann mehr als deutlich auf seinen Schwanz drücken muss, dann weißt du, dass du nicht gut bist«, erkläre ich völlig tonlos. »Ich denke, du verstehst, dass in solch einem Fall auch alles andere mit dir sinnlos wäre.«

Ihr entgleiten die Gesichtszüge. »Das habe ich noch nie gehört. Was bist du nur für ein eingebildeter Penner?«

Ich ziehe mich wieder an und gehe langsam zur Tür. »Wenn mir meine Verbindungsbrüder wegrennen, weil die versprochene Ware, die mehr als gut bezahlt wird, nicht liefert, dann werde ich dieses Risiko nicht eingehen. Ich empfehle dir: Übe und lerne. Vielleicht helfen dir die Nutten südlich der Stadtgrenze ja weiter.«

Ich öffne die Tür, damit sie verschwinden kann. Doch sie bleibt wie angewurzelt stehen. »Du tickst wohl nicht richtig!«

Genervt atme ich aus und zeige ihr an, zu gehen. Endlich nimmt sie wutentbrannt ihre Sachen und verlässt stampfend den Raum. Ich schließe die Tür.

Aurel steckt sich ebenfalls eine Kippe an. »Heute so wählerisch?«, fragt er herausfordernd.

»Würdest du deinen Schwanz in jeden unfähigen Arsch schieben?« Ich setze mich zurück auf den Stuhl.

»Nein, aber ihr so offenkundig an den Kopf zu schmeißen, dass sie nicht jeden Schwanz glücklich machen kann, ist schon hart. Selbst für dich.«

Leise lache ich auf. Ich habe die letzten zwei Jahre gekuscht. Genauso, wie es von mir verlangt wird, und habe sogar auf Laurents beschissene Liste wie ein liebeskranker Köter vor dem Supermarkt gewartet. Darauf habe ich langsam keinen Bock mehr. Aber davon kann und soll er nichts wissen. »Denkst du, sie heult sich beim Dekan aus?«, frage ich stattdessen amüsiert.

»Nein, aber wenn sie es an die große Glocke hängt?«

»Was, dass sie scheiße beim Blasen ist? Glaub mir, damit geht keiner hausieren.«

Aurel zuckt mit den Schultern. »Gut, dann kommen wir doch langsam mal zu dem Grund, weswegen ich hier bin.«

»Sehr schön«, sage ich zufrieden und ziehe ein letztes Mal an der Kippe, ehe ich sie im Aschenbecher neben mir ausdrücke. »Eine Woche eher als ich es erwartet habe. Du wirst immer effizienter.«

Aurel fährt sich mit der flachen Hand über den Mund. »Chase wurde vorhin vom Dekan als Studentenfürsprecher bestätigt.«

Wiederholt atme ich genervt durch und bin so was von not amused. Es sind gerade einmal vier Tage dieses Semesters vergangen und schon geht das Chaos los. »Wieso? Muss das nicht von unserem Gremium besprochen werden? Seit wann kann er so eigenmächtige Entscheidungen treffen? Außerdem war doch ausgemacht, dass ich den Part ab diesem Jahr übernehme, damit uns keiner mehr so einfach ans Bein pissen kann.«

An Aurels Lippen scheint ein Lächeln zu zupfen. »Na, da du das so gut aufnimmst, kann ich dir ja gleich noch die nächste tolle Nachricht verkünden.« Fragend sehe ich ihn an. »Chase hat offiziell eine Beschwerde über den Blackhall-Club eingereicht.«

Still sitze ich auf meinem Stuhl und balle meine Hand zur Faust. »Was soll die Scheiße? Und dann hat er nicht einmal den Arsch in der Hose, zuerst mit mir zu reden?«

»Soweit ich weiß, hat der Dekan es erst einmal zur Kenntnis genommen und wird auf dich zukommen, ehe überhaupt irgendetwas geschieht.«

Ich springe auf. »Nein, das werden wir jetzt klären. Ich habe keine Lust mehr darauf, dass Chase denkt, dass er über so etwas wie Macht oder Einfluss verfügt.«

Aurel erhebt sich ebenfalls und wir gehen zum Büro des neu gewählten *Studentenfürsprechers*.

Ohne zu klopfen, öffne ich die Tür und trete ein. Chase, mit seinem blauen Pullunder und dem gelben Hemd darunter, streicht sich gerade seine Haare, die dringend einen Schnitt vertragen könnten, aus der Stirn. Wie der perfekte Streber sieht er von seinen Dokumenten auf. Er schaut durch seine runden Brillengläser, schluckt schwer und versucht, seine Verunsicherung, die ich deutlich in seinen Augen sehen kann, zu verstecken. Aurel folgt mir, läuft an mir vorbei und lehnt sich gegen die Fensterbank. »Valentin.« Seine Stimme zittert. »Ich habe leider keine Zeit. Hol dir doch einen Termin und ...«

Ich schmeiße die Tür zu. Chase zuckt zusammen. Aurel zieht sich einen Kaugummi aus der Tasche, den er sich in den Mund steckt, und lässt das zerknüllte Papier achtlos auf den Boden fallen.

»Wenn ich das Gefühl nicht loswerde, dass man mich sabotieren will, brauche ich keinen Termin«, knurre ich, stemme mich auf den Tisch vor ihm und sehe Chase mit hasserfülltem Blick an. »Also, was ist dein Problem?« Noch immer kann ich sehen, wie er mit seinen Emotionen kämpft.

»Wenn es um die Beschwerde geht, die ich beim Dekan eingereicht habe, dann kann ich dir dazu nichts sagen. Immerhin laufen die Untersuchungen erst noch an.«

Mir reicht es. Seine verfickte Überheblichkeit wird sein Untergang sein.

»Hör zu, du kleine, nach Aufmerksamkeit lechzende Kakerlake. Letztes Semester warst du noch der beste

Kunde in meinem Club und hast dich in jeder Pussy versenkt, die dir vor den Schwanz gelaufen ist. Und jetzt meinst du, mich anpissen zu können?« Mit jedem Wort werde ich lauter.

»Kann sein«, sagt er viel zu förmlich und verschränkt fast schon in Gewinnerpose die Finger auf seinem Schoß. »So ...«

»Falscher Satzanfang, du Pisser!«, falle ich ihm ins Wort. Ich greife direkt nach seinem Pullunder und ziehe ihn halb über den Tisch. In der Zeit macht Aurel eine Kaugummiblase, die laut zerplatzt. »Ich sage dir jetzt, wie es ablaufen wird. Du wirst gleich nach unserem Gespräch zum Dekan gehen und deine Beschwerde zurückziehen.«

»A-aber ...«

»Kein aber! Für deine neu gefundenen Moralvorstellungen ist hier nirgends Platz. Du hast dir diesen Posten schon mit dreckigen Mitteln erschlichen. Wenn du nicht selbst im Dreck landen willst, dann wirst du dieses *Missverständnis* aus der Welt schaffen. Hast du mich verstanden?«

Ohne seine Antwort abzuwarten, lasse ich ihn los. Er fällt rückwärts. Der Stuhl rutscht weg und Chase landet auf dem Boden, wo er sich den Kopf an der Kante des halbhohen Schranks hinter sich anstößt.

Aurel ist bereits an mir vorbei und hält mir die Tür auf. Mit der Hand am Rahmen drehe ich mich über die Schulter. »Eine Woche, dann ist dieses Thema vom Tisch. Ansonsten garantiere ich für nichts«, erkläre ich entschlossen und versuche nicht einmal, die Wut in meiner Stimme zu unterbinden.

Zusammen mit Aurel verlasse ich das Arschloch, um endlich die Auswahl für die neuen Mitglieder und die *Ware* für dieses Semester voranzutreiben.

»Deine abweisende Haltung macht dich nur noch
interessanter, Vivien van Jones. Dabei könnte ich dir
hier und jetzt jede Tür öffnen, durch die dein
störrisches Herz treten möchte.«

10

VIVIEN

Ich kann es kaum glauben, aber ich habe es doch tatsächlich geschafft, pünktlich zum Frühstück in der Mensa zu sitzen. Und es gibt sogar noch andere Frühstückscerealien als Haferflocken mit viel zu vielen Rosinen. Wie groß doch der Unterschied ist, wenn man nicht mehr alles auf Zetteln findet, sondern in der App der Universität, die einen sogar an die Mahlzeiten erinnert. Auch daran könnte ich jetzt etwas finden, aber ich wollte ja eine positivere Grundeinstellung annehmen. Also: Juhu. Jetzt sitze ich allein an einem der hinteren Tische, esse und schreibe die erste Nachricht an Lexy.

> Guten Morgen. Geht es dir gut?

Ich esse einen Löffel mit Schokopops, swipe zu einem Artikel, den ich in einem meiner Newsletter gesehen habe und in dem es um die molekularen Zellstrukturen geht. Ein Thema, das in einer meiner aktuellen Vorlesungen behandelt wird.

Bevor ich anfangen kann, zu lesen, ploppt am oberen Bildschirmrand Lexys Antwort auf.

> Müde und abgeschlagen. Habe gestern viel zu lange gelernt. Jetzt hole ich mir erst einmal einen Kaffee und bin froh, dass heute Freitag ist.

Viel zu lange gelernt? Meine Alarmglocken springen an, denn bis jetzt habe ich nicht das Gefühl, dass von mir gefordert wird, wofür eine Eliteuniversität steht. Aber vielleicht liegt es auch daran, dass mir vieles einfach zufällt und Lexy hart dafür arbeiten muss.

Ein Raunen geht durch die Reihen der anderen Studenten, doch ich schenke dem Treiben keine Aufmerksamkeit, greife nach der Kaffeetasse und trinke einen großen Schluck, während ich meiner kleinen Schwester antworte.

> Das schreit nach einem gemeinsamen Lernabend mit einer Extraportion Koffein. Mal sehen, ob ich hier auch so einen Thermocup finde, wie du ihn hast.

Ich schicke die Nachricht ab und widme mich wieder dem Artikel. Doch bevor ich ihn endlich lesen kann, wird es über mir dunkel.

»Na, Christopher Kolumbus?« Jemand stellt sein Tablett auf den Tisch. Ich blicke auf und sehe erneut in das kalte Feuer von Valentins Augen, der sich mir gegenübersetzt.

»Was?«, frage ich gespielt desinteressiert und schaue

zurück zu dem Artikel, obwohl meine Aufmerksamkeit mehr bei ihm liegt und ich ihn aus dem Augenwinkel heraus beobachte.

Valentin fängt an, seinen Toast mit Butter zu bestreichen. Das Handy in meiner Hand vibriert. Lexy hat geantwortet.

> Das wäre schön, aber ...

Mehr kann ich von der kurzen Sequenz nicht lesen.

»Na ja«, beginnt Valentin. »Vor ein paar Tagen hast du dich ans Ende der Welt gewünscht. Seitdem habe ich dich nicht mehr gesehen. Ich hatte schon Angst, dass du jemanden gefunden hast, der dir zeigt, dass es nicht so ist.«

»Das klingt ja fast so, als wärst du eifersüchtig«, antworte ich immer noch teilweise abgelenkt und klicke auf die gesamte Nachricht.

> ... Sasha hat mir schon ihre Hilfe angeboten. Doch die Idee mit dem Thermocup klingt gut. Vielleicht identifizierst du dich dann mehr mit deinem neuen Zuhause.

Mein Magen zieht sich krampfhaft zusammen, dem ein merkwürdiges, flaues Gefühl folgt.

»Und wenn dem so wäre?«, kontert Valentin auf dieselbe charmante Art und Weise wie bei unserem ersten Treffen und holt mich aus den ernüchternden Gedanken.

Da ich ohnehin nicht weiß, was ich meiner

Schwester erwidern soll, lege ich das Handy weg und widme mich Valentin, der mit seinem verschmitzten Lächeln wohl auf eine Antwort wartet, bei der er davon ausgeht, dass ich endlich anbeiße. Doch gerade nach der Nachricht von Lexy habe ich erst recht keine Lust, dass ich der Fisch an irgendeiner Angel bin. Gleichzeitig fällt mir auf, dass ich bisher noch nicht nachgeforscht habe, woher mir sein Name so bekannt vorkommt.

»Valentin.« Ich lehne mich an. »Bei dem, was du von mir möchtest«, kurz zucken seine Augenbrauen, »bin ich ziemlich egoistisch und du wärst am Ende mit Sicherheit enttäuscht.«

Unbeeindruckt beißt er von seinem Toast ab. »Möchtest du nicht mir überlassen, was mich enttäuscht und was nicht?«

»Nein«, knalle ich ihm wortkarg vor den Kopf. Doch auch das scheint ihn nicht zu stören. Er legt den Toast hin und lehnt sich auf dem Tisch nach vorn.

»Deine abweisende Haltung macht dich nur noch interessanter, Vivien van Jones. Dabei könnte ich dir hier und jetzt jede Tür öffnen, durch die dein störrisches Herz treten möchte.«

Ich schmunzle. Seine Selbstüberschätzung ist der Wahnsinn. Genauso wie der Gedanke, dass er mich durch so eine billige Gefälligkeit, die ich nicht einmal nötig habe, vögeln könnte.

»Möchtest du jetzt einen Orden dafür, dass du herausgefunden hast, wer ich bin?«

Er zuckt mit den Schultern. »Ein ›Wow, Valentin,

das ist ja so aufmerksam von dir‹ würde mir schon genügen.«

»Reichen dir auch meine hochgewürgten Cornflakes als Bestätigung, wie geil du bist, und geht dir dann hier und jetzt einer ab?« Unverändert sieht er mich an. Und wenn ich ihn nicht einmal mit meiner vulgären Ausdrucksweise abgewimmelt bekomme, muss ich wohl doch deutlicher werden. Ich tue es ihm gleich und lehne mich vor, ohne seinem dürstenden Blick auszuweichen. »Da du mittlerweile weißt, wer ich bin, sollte dir klar sein, dass mir jeder an dieser Universität sogar die Türen mit einem Hofknicks öffnet. Da brauche ich den Weg über deinen Schwanz nicht.« Hastig trinke ich aus, greife nach meinem Tablett mit der halb vollen Schüssel darauf und erhebe mich. Neben ihm bleibe ich kurz stehen. Leider muss ich zugeben, dass mir der Blick, den er mir zuwirft, gefällt. Er spiegelt Gier und gleichzeitig eine Art Respekt wider, der verdeutlicht, dass er verstanden hat, dass ich mehr als seine plumpen und billigen Anmachsprüche erwarte, wenn er will, dass ich meine Beine für ihn spreize. Also setze ich dem Ganzen die Krone auf. »Vielleicht solltest du den Part mit dem Gentleman noch einmal überdenken.« Mehr als ein herausforderndes Lächeln bekomme ich nicht, ehe er von seinem Toast abbeißt. Ich zwinkere ihm zu und gehe.

Am Ausgang stelle ich mein Tablett in den Wagen. Diese wundervolle Spitze, die ich Valentin zum Abschluss verpasst habe, befreit mich dezent von dem mulmigen Gefühl, dass ich durch Lexys Absage zum

Lernnachmittag verspüre. Beflügelt drehe ich mich um und stoße mit einem anderen Mann zusammen, der gerade an mir vorbeilaufen will.

Ich blicke auf und sehe in die leuchtend graugrünen Augen von Lio. Nur sind seine Haare heute nicht so verstrubbelt und er hat sein schwarzes Hemd gegen ein weißes, eng anliegendes Shirt getauscht, das ihn nicht weniger sexy macht. Dabei kribbelt meine Mitte schon von ganz allein.

»Hallo«, begrüße ich ihn freudestrahlend und so platziert, dass Valentin uns gut sehen sollte. Ein wenig mehr Eifersucht kann nicht schaden. Dabei stößt mir der Gedanke, dass er mir verheimlicht hat, dass er auch hier studiert, sauer auf. »Ich wusste gar nicht, dass du hier Student bist?« Dabei unterdrücke ich die erneut aufsteigende Wut, die ich bis eben so schön durch die Rangelei mit Valentin unter Kontrolle hatte.

Lio zieht eine seiner Augenbraue argwöhnisch nach oben, wodurch er leicht verändert aussieht, was aber auch einfach am schlechten Licht innerhalb des *Cupper-Pubs* liegen könnte.

»Kennen wir uns?« Seiner Stimme fehlt jegliche Wärme, die ich kennengelernt habe.

Ich versuche, mir den direkten Schlag in mein Gesicht nicht anmerken zu lassen, und streiche mir dafür eine nicht vorhandene Strähne hinters Ohr. Bisher haben sich alle Typen an mich erinnert, mit denen ich Spaß hatte. Dass das hier nicht an meinem Ego knabbert, wäre eine Lüge. »Wie es aussieht nicht«, kontere ich scharf. »Aber wahrscheinlich habe ich mir mit dem großzügigen Trinkgeld auch dein Schweigen erkauft.«

Der Argwohn in seinen Augen wird immer stärker. Doch er macht keine Anstalten, den Mund zu öffnen und sich mir gegenüber zu äußern. Also tue ich es ihm gleich, sehe ihn mit harter Miene an und laufe so an ihm vorbei, dass ich ihm die kalte Schulter präsentiere, ehe ich hinausgehe.

Kaum komme ich in der großen Halle zum Stehen, macht sich erneut die Ernüchterung in mir breit, dass ich mich nie an diesen Ort gewöhnen werde. Ich ertrage es lediglich für meine Schwester, ehe wir uns in ein paar Jahren nie wieder voneinander trennen werden.

Ich atme tief durch. Mein Blick schweift durch den Raum, bis er auf einer Vitrine zum Liegen kommt, in der ich einen Thermobecher mit dem Symbol von Drewmore entdecke. Dieses verfluchte D, mit seinen zwei jeweils kupfernen Blätterranken, als würden wir hier in den Olymp aufsteigen. Dabei habe ich eher das Gefühl, dass ich mit jedem weiteren Tag hier die Stufen zu Hades hinabsteige.

Ich zücke mein Smartphone und öffne den WhatsApp-Chat mit Lexy. »Ich werde mich nie an ein Leben ohne dich gewöhnen«, tippe ich und schwebe mit meinem Daumen über dem Pfeil zum Absenden. Doch anstatt die Worte abzuschicken, lösche ich sie, stecke das Handy zurück und atme tief durch. Ich kann sie nicht dauerhaft mit meinen negativen Schwingungen belasten. Und wenn ihr diese *Sasha* guttut und sie deswegen bessere Lernerfolge erzielt, dann werde ich es verflucht noch mal akzeptieren und anfangen, das Beste aus meiner eigenen Situation zu machen.

»Hallo«, begrüßt mich ein Student in einem weißen Poloshirt, grauer Hose und einem Tennisschläger, der an mir vorbeiläuft und wohl zu den Tennisplätzen möchte. Dabei sieht er eher wie ein Rugbyspieler als eine Koryphäe im Tennis aus.

Wortlos winke ich ihm zu und wahre irgendwie den Schein, hier Anschluss zu suchen. Dabei löst er sich aus der Clique und kommt zu mir zurück.

Auch das noch!

Er greift sich durch seine gegelten blonden Haare und bleibt vor mir stehen. Dabei sorgt er mit seinem breiten Kreuz dafür, dass ich nicht einen Sonnenstrahl abbekomme.

»Du siehst nicht so aus, als würdest du Tennis spielen«, kommt es mir sofort über die Lippen.

»Das stimmt, aber wenn man eine Wette verliert, muss man sich leider auch den qualvollen Sportarten stellen.«

»So kann man es auch bezeichnen, wenn man sich nicht eingestehen will, mal was anderes auszuprobieren.«

Er lächelt nur. »Vivien, richtig?«

»Gut möglich?«

»Ich bin Eric.« Dabei reicht er mir seine Hand, die ich, gut erzogen, wie ich bin, ergreife, flüchtig schüttle und danach sofort wegziehe. Sein kräftiger Druck hallt für einige Sekunden in meinen Fingern nach. »Ist das dein erstes Semester hier an der Uni?«, fragt er verschmitzt lächelnd, was ich ebenso anziehend finden könnte wie das von Valentin, wenn mir Lio nicht gerade so etwas Ähnliches wie eine Abfuhr verpasst hätte.

»Ja.«

»Und ... hast du dich schon für eine AG entschieden?«

»Bitte?« *Wieso fragt er mich das?*

»Na ja, ich bin in dem Gremium für Gemeinschaftsaktivitäten und bisher habe ich deinen Namen noch auf keiner der Listen gelesen.« Damit verschwindet das wenige Interesse, dass er in mir für sich geweckt hat, gänzlich, denn ich weiß genau, worauf das hier hinauslaufen wird.

»Das wirkt ja fast so, als würdest du mich stalken.«

Gekünstelt lacht er, wobei er vermutlich denkt, auch noch eine gute Figur zu machen. Nur ist dem nicht so, denn er wirkt, als hätte ich ihn ertappt und kann es schlecht überspielen. »Nein, aber da dein Ruf dir vorauseilt, fällt mir das eher auf.«

»Du meinst den Ruf meines Vaters, oder? Weil ich bisher keinen Nobelpreis vorweisen kann.« *Was auch nie mein Ziel werden wird.*

»J-ja.«

Bingo. Tief hole ich Luft. »Okay, Eric, also nein, ich habe mich noch für keine AG oder Ähnliches entschieden. Und wenn ich ehrlich bin, weiß ich nicht, ob ich das jemals tun werde.« Ich drehe mich um. Ich habe weder Interesse an ihm noch an einer der vielen Kennenlern-Veranstaltungen oder Workshops, denn am Ende läuft es immer wieder auf dasselbe hinaus – Ruhm durch mich zu erhaschen. Der Einzige, dem es egal gewesen zu sein scheint, tut so, als ob er mich nicht kennt.

»Aber ...«, beginnt Eric erneut. Doch da bin ich schon zu dem Termin mit dem Dekan unterwegs.

11
VALENTIN

Das zweite Aufeinandertreffen und die zweite Abfuhr, die ich mir von ihr einfange. Ich schmunzle gelassen und sehe zu, wie sie zügig die Mensa verlassen will. Dabei würde sich lieber jede Faser meines Körpers auf sie stürzen und ihr hier und jetzt zeigen, was sie verpasst. Wobei mir das kleine Tänzchen durchaus gefällt. Umso mehr wird sie sich am Ende nach meinem Schwanz und der Erlösung sehnen. Doch ich werde sie genauso lange damit quälen, wie sie mich zurückweist.

An der Tür zur Mensa kommt endlich Aurel angeschissen, der wie immer verpennt hat. Vivien rempelt ihn von der Seite an. Sie dreht sich um und zeigt plötzlich ein intimes Lächeln auf ihren Lippen, als würden sich die beiden kennen.

Doch bei Aurel kann ich diese Vertrautheit nicht entdecken. Trotzdem sehe ich mir das Schauspiel an, bis

Vivien einfach geht und Aurel ihr verwundert nachsieht.

Ich pfeife einmal durch den gesamten Speisesaal. Aurel sieht zu mir, nickt, holt sich einen Kaffee und setzt sich mir gegenüber.

»Du kennst sie?«, frage ich und stopfe mir den Rest des Toasts in den Mund.

»Wen?«, fragt er und nippt an der Tasse.

»Na, Vivien.« Ich zeige hinter ihn.

Er dreht sich um, sieht zum Eingang und der Tablettrückgabe und wieder zu mir. »Du meinst die Frau mit den braunen Locken? Wie hast du sie genannt? Vivien?« Ich nicke. Aurel lehnt sich an und tippt auf seinem Smartphone herum. »Nein.«

Ich stutze. »Und wieso hat sie dich dann so verträumt angesehen?«

Er zuckt mit den Schultern. »Muss mich wohl verwechseln.« Gelassen wie immer swipt er mit Sicherheit durch seine Mails. Dann sieht er auf. »Vivien?«, fragt er nach. Ich warte, dass der Groschen fällt. »Whitehall Zimmer 12? Die, nach der du dich vor ein paar Tagen erkundigt hast und die ich dir auf den Bildern gezeigt habe?«

»Genau die.«

Kurz scheint er in Gedanken seine Liste an Bekanntschaften durchzugehen, bis er schließlich den Kopf schüttelt. »Nope, da klingelt nichts. Zumal ich mich an die Kurven zwischen meinen Händen mit Sicherheit erinnern würde, obwohl sie jetzt nicht so wirklich in mein Beuteschema fällt.« Da hat er recht.

Immer wieder tippe ich mit den Fingern auf dem Tisch herum. »Bevor du jetzt noch anfängst, zu sabbern, kann ich dir stolz verkünden, dass ich mit der Vorauswahl, die du mir genannt hast, fast durch bin.«

Ich blicke auf. »Das ging ja doch einigermaßen schnell.«

»Ja, aber es sieht nach einem ziemlich langweiligen Semester aus.«

»Wieso?«

»Der Dekan hat leider ...«

Er muss gar nicht weitersprechen. »Chase?«

Aurel nickt kaum merklich und fährt sich durch sein braunes Haar, das sofort in alle Richtungen absteht und ihn wirken lässt, als wäre er gerade erst aufgestanden.

Ich sehe mich in der Mensa um. Es sitzen nur noch eine Handvoll Studenten herum, die allesamt genauso langweilig aussehen, wie sie es im normalen Leben mit Sicherheit auch sind. Die nie über ihren Horizont schauen und mit Scheuklappen vor der Realität fliehen wollen. Dabei sind sie alle nur kleine unbedeutende Zahnräder im großen Spiel, bei dem sie unwissentlich Teilnehmer sind. Und Chase kapiert einfach nicht, dass er niemals, wirklich niemals, irgendetwas entscheiden wird, was innerhalb meines Territoriums geschieht.

»Das ist mir egal«, brumme ich und trinke den letzten Schluck Kaffee.

Aurel hebt eine seiner Augenbrauen. »Was?«

»Scheiß auf das, was Chase versucht und scheiß auf das, was Chalier festlegt. Bisher hat es ihn auch nicht interessiert, also lasse ich mir jetzt erst recht nicht ins

Geschäft reden.« *Wenn ich schon dafür sorge, dass sich einige Probleme in Luft auflösen, dann werden gefälligst auch meine Vorgaben beachtet und umgesetzt.*

»Aaaaber, das machen wir jetzt nicht wegen dieser Vivien, oder? Bei ihr war der Dekan auch sehr deutlich.« Erneut sehe ich ihn an. *Woher weiß er das?* »Immerhin ist sie doch so eine wichtige Studentin. Da soll sie bestimmt nicht mit dem Feuer spielen und sich lieber eine *ordentliche* Studentenverbindung suchen, oder?«

Ich schnaube belustigt. »Eine ordentliche Verbindung?«

»Ja.«

»Was ist denn an meiner Verbindung nicht ordentlich? Bisher kamen doch vor allem vom Dekan keine Beschwerden.«

»Ja, und ich glaube, genau so soll es auch bleiben«, macht Aurel es noch deutlicher. Gleichzeitig schluckt er schwer und wirkt leicht nervös. Bringt Vivien ihn doch etwas aus der Fassung? Dabei will ich sie gar nicht in meinem Business sehen. In meinem Bett und mit meinem Schwanz zwischen ihren Lippen – und zwar nur mit meinem – wäre es mir viel lieber. Gut, eventuell würde ich es noch akzeptieren, ihr zuzusehen, wenn ich den Partner aussuchen darf. »Außer, ich soll sie unter Drogen setzen, knebeln, zu dir bringen und sie auf diese Weise an Chalier vorbeischleusen.«

»Klingt alles ziemlich verlockend. Wobei ich das Knebeln sehr gern selbst übernehmen würde.«

Aurel lacht nicht und zeigt auch sonst keine

Regung, die deutlich macht, wie geil doch der Körper dieser Frau ist. Schade, dass er gerade bei unseren ach so lustigen Wortspielen nie sprichwörtlich einen Clown gefrühstückt hat.

»Keine Sorge, ich will sie nicht für den Club.« Ich sehe auf die Uhr. »Aber jetzt muss ich erst einmal zur ersten Vorlesung und heute Nachmittag statten wir Chase einen weiteren Besuch ab. Ich glaube, der ist mehr als überfällig.«

»Möchtest du jetzt einen Orden dafür, dass du
herausgefunden hast, wer ich bin?«

12
VIVIEN

Mehrere Minuten bin ich herumgeirrt, weil ich die Wegbeschreibung, die der Nachricht beigefügt gewesen ist, nicht verstanden habe. Jetzt schaue ich mit starrem Blick die Treppen zum Büro des Dekans hinauf, dessen Gebäude etwas abseits des Hauptgebäudes steht und überall von den großen Eichen des Campus umgeben wird.

Es gleicht schon fast einem Déjà-vu, weil ich mich vor nicht einmal einer Woche genauso angespannt gefühlt habe, als ich durch die Tore der Uni getreten bin, um mich meinem Schicksal zu ergeben.

Schade, dass ich die Nachricht nicht einfach übersehen konnte. Aber irgendwann würde der Dekan meinen Vater anrufen und fragen, wieso ich gar kein Benehmen habe. Und am Ende müsste es nur wieder Lexy ausbaden. Also trotte ich die Stufen zu dem Büro hinauf.

Kaum bin ich durch die erste Tür hindurch, begrüßt

mich seine Assistentin mit ihrem liebreizenden Blick, als würde sie den ganzen Tag nichts anderes tun.

»Hallo, Mademoiselle van Jones, schön, dass das heute geklappt hat.«

»Na ja, ich hatte nicht wirklich eine Wahl, oder?«

Ihr Grinsen wird noch einmal breiter. »Das stimmt.« Sie sieht zur Tür. »Dekan Chalier sollte gleich mit seinem aktuellen Termin fertig sein. Kann ich Ihnen einen Tee oder Kaffee anbieten?«

»Nein.« Ich sehe mich um. Das schlichte Ambiente der Haupthalle scheint sich durch alle Räume zu ziehen. Es ist so verdammt merkwürdig, dass mich zwar von überall die Moderne fast anspringt, sie aber scheinbar nicht gelebt wird.

Die Schiebetür geht auf und eine Frau in einem knielangen schwarzen Rock, weißer Bluse und geröteten Wangen stürmt regelrecht hinaus. »Bis bald, Madame Weyler.«

»Bis bald, Catherine.« Dann ist sie auch schon weg.

Mit großen Augen sehe ich ihr nach. »Was war das denn?« Doch darauf bekomme ich keine Antwort, sondern nur eine Armbewegung von Madame Weyler. »Sie können jetzt rein.«

Kurz verharre ich in meiner Starre. Kommt das nur mir so komisch vor? Aber da ich nicht glaube, dass die Assistentin die Situation erklären wird, nicke ich nur und gehe durch die Tür.

Irgendwie wirkt das suspekt. Ich laufe den langgezogenen Flur, auf dem sich rechts und links jeweils große Schiebefächer befinden, hindurch und betrete, ohne zu klopfen, das Büro des Dekans. Dieser rafft gerade ein Seil in seinen Händen. Außerdem wirkt die Luft stickig und ist von einer merkwürdigen Note erfüllt, die ich nur zu gut kenne.

In meinem Kopf rattert es, denn mir wird schlagartig klar, wieso die Studentin so schnell abgehauen ist.

»Mademoiselle van Jones«, begrüßt er mich. Sofort bin ich wieder im Hier und Jetzt. »Schön, dass Sie es heute einrichten konnten.«

Kurz blinzle ich und schlucke schwer, ehe ich ihm direkt in die grauen Iriden schaue. »Nach Ihrem netten Reminder wäre alles andere auch undenkbar gewesen. Obwohl die Wegbeschreibung hierher schon verwirrend ist. Wäre ein Büro im Haupthaus nicht sinnvoller?«

Mit seinem wachsamen Blick nickt er und zeigt mir an, mich zu setzen. Er scheint sich nicht einmal etwas daraus zu machen, dass er gerade noch die Spuren von seiner Sexstunde wegräumt. Und ich weiß nicht, ob mich das gruseln oder anmachen soll. Immerhin habe ich hier viel weniger Sex, als es noch vor ein paar Wochen der Fall gewesen ist. Und damit ich nicht in den nächsten Ärger renne und womöglich Lexy schade, verzichte ich größtenteils darauf, mir hier einen reinen Sexpartner zu suchen. Und verflucht, wenn Lio nicht so ein Idiot wäre, würde ich bereits in seinem Zimmer sein und mir das Hirn rausvögeln lassen. So bleibt mir nichts anderes übrig, als die Beine zusammenzukneifen und zu hoffen, dass der Mann vor mir nicht bemerkt, wie antör- nend sein Verhalten auf mich wirkt. Sein Häkchen auf meiner nicht-existierenden Liste wäre für meinen Vater definitiv der Tropfen, der das Fass zum Überlaufen bringt.

»Oh, ich habe zwei Büros. Eins im Hauptgebäude und eins hier draußen. Hier ist man etwas ungestörter und der Lärm durch die Studenten nicht allgegenwärtig.« *Oder weil er hier in diesem Büro die Studentinnen besser ficken kann.* »Außerdem habe ich im Grunde nie Feierabend. Deswegen befindet sich über uns auch meine Wohnung. Da ist der Weg hierher kürzer als bis ins Haupthaus.« Während er das Seil in einer der Schubladen verstaut, hält er meinen Blick gefangen. »Nun ja, ich glaube, dass die Veränderungen, die Sie in letzter Zeit erlebt haben, wohl sehr anstrengend gewesen sind. Da dürfen Sie durchaus einmal einen Termin übersehen.«

In seinem blauen Jackett und dem passenden hellblauen Hemd darunter wirkt er gar nicht so streng wie auf dem Bild in der Broschüre, die ich mir notgedrungen flüchtig ansehen musste. Trotzdem wird er sich kaum von den anderen Speichelleckern unterscheiden.

»Das ist eine durchaus wohlwollende Einstellung. Kommt die jedem Studenten hier zugute oder nur denen, die einen berühmten Vater vorweisen können?«

Seine Assistentin kommt herein und stellt eine Tasse Kaffee auf den Eichenschreibtisch. Kaum ist sie weg, fährt er sich bedächtig über die Lippen. »Sie sind sehr clever, Mademoiselle van Jones. Ich kann nicht leugnen, dass ich Ihnen etwas mehr Geduld entgegenbringe als anderen Studenten, weil Ihr Vater nun mal kein gewöhnlicher Mann ist. Trotzdem lasse auch ich mir nicht ständig auf der Nase herumtanzen.«

Das war ja so klar. »Da Sie noch nicht so alt sind, werden Sie einen seiner seltenen Besuche«, wenn er es überhaupt irgendwann einmal für nötig halten wird, mich sehen zu wollen, »bestimmt noch miterleben.«

Er trinkt einen Schluck. »Ihr Vater meinte schon, dass Sie eine ziemliche Herausforderung darstellen werden.«

In mir braut sich ein Sturm zusammen, der die Erregung wegfegt. Ich hasse es, wenn mein Vater alle möglichen Leute in Sachen involviert, die sie nichts angehen. »Ich wäre keine Herausforderung, wenn man mir nicht einfach meine Träume weggenommen hätte«, zische ich.

Monsieur Chalier zeigt sich unbeeindruckt. »Ihr Vater hat sie Ihnen nicht weggenommen, sondern aufgeschoben, weil es Zeit wird, dass Sie erwachsen werden.«

Diese Worte machen es nicht besser. »Und deswegen sage ich Ihnen jetzt, wie die Zeit an meiner Universität für Sie verlaufen wird.« Er trinkt einen weiteren Schluck, stellt die Tasse auf den Untersetzer, setzt die Ellenbogen auf den Tisch und legt den Kopf auf die zusammengefalteten Hände. »Ihr Vater möchte, dass Sie sich von Ärgernissen fernhalten. Das ist durchaus auch in meinem Interesse, weil ich die letzten Jahre bereits mehr Skandale hatte, als mir lieb ist.«

Was meint er damit? »Aber Sie wissen schon, dass Ihre durchaus ziemlich veraltet wirkenden Regeln gar keinen Spielraum dafür lassen, oder?«

»Klären Sie mich auf, Mademoiselle van Jones.«

»Unterlagen in Papierform, getrennte Wohnheime für Frauen und Männer und ich wette, wenn ich diese Uni noch etwas besser kenne, finde ich weitere Punkte, die das Altbackene unterstreichen.«

Er schmunzelt nur, was ihn zusammen mit den dunklen Haaren ziemlich adrett wirken lässt. »Glauben Sie mir, die Trennung zwischen Mann und Frau, die Sie zu stören scheint, hat einen Grund, den Sie hoffentlich nie herausfinden werden. Weswegen ich auch schon zu dem nächsten Punkt komme.« Langsam spricht er mir zu sehr in Rätseln. Skandale, die er genug hatte, Erkenntnisse, die ich nicht aufklären möchte? Was soll das? »Sie werden sich eine AG oder Verbindung suchen, die Ihrer hohen Ambition gerecht wird. Falls Sie nach einem Ausgleich zum Alltag streben, ist das darüber hinaus auch in Ordnung. Aber da wir hier den Anspruch haben, immer die Besten zu sein, werden Sie mit einer voll und ganz ausgelastet sein.« Schon wieder diese Vorschriften. Ich bin eine erwachsene Frau an einer Uni, an der man auch so behandelt werden sollte. Stattdessen fühle ich mich wie ein vierzehnjähriger Teenager, den man versucht, in eine Form zu pressen. Dabei habe ich meine schon längst gefunden.

»Und was ist, wenn ich das nicht möchte?«

Sein Blick wird strenger. »Dann werde ich leider andere Seiten aufziehen müssen.« Die Worte kreisen im Raum, ohne dass sich einer von uns beiden rührt. Mein Blick huscht kurz in die Richtung, in die das Seil verschwunden ist. *Meint er diese anderen Saiten?* Dann löst er seine Hände und lehnt sich an. »Aber so weit muss es ja nicht kommen. Ich bin mir sicher, dass sie die richtige Entscheidung treffen werden. Und vielleicht«, mit den Fingern zieht er Kreise in der Luft, »finden Sie dadurch genug Zerstreuung, um über die Trennung von Ihrer Schwester hinwegzukommen.«

Auch er lässt es so einfach klingen. Ohne Vorwarnung erhebe ich mich. »Vielen Dank, Dekan. Ich werde über Ihr Angebot nachdenken.« Ich drehe mich um und gehe zur Tür.

»Forderung, Mademoiselle van Jones.«

»Keine Sorge, ich will sie nicht für den Club.«

13
LEXY

M it dem Kopf auf dem Arm fläze ich auf den oberen Sitzreihen und fiebere dem Ende der letzten Vorlesung entgegen, denn ich fühle mich vollkommen erledigt. Es ist noch nicht einmal eine ganze Woche vergangen und ich hänge bereits durch.

»Und bitte denken Sie daran, mir die Themen für Ihre Facharbeit zu senden.«

Ich seufze und lege den Stift hin. Woher soll ich wissen, welchem Thema ich mich die kommenden sechs Jahre widmen will? Es wirkt fast so, als müsse ich mich schon komplett in meiner beruflichen Laufbahn festlegen.

Sofort zücke ich mein Handy und swipe zum Chatverlauf mit Vivien. Sie hätte bestimmt einen Rat für mich. Aber wenn ich sie frage, dann wirkt es wieder so, als komme ich allein nicht zurecht. Das kann ich nicht tun. Dann ertönt endlich der befreiende Gong und die Vorlesung ist beendet. Dabei kann ich nicht einmal sagen, dass er mich wirklich erlöst, denn jetzt kommt der schwierigste Termin, dem ich mich seit meiner Ankunft stellen muss.

Ich packe meine Unterlagen in meinen Rucksack und anstatt sofort zu Sasha ins Wohnheim zu gehen, nehme ich den Weg in die andere Richtung und verlasse den hintersten der Flachbauten, um in das Gebäude am Rande des Geländes zu gelangen. Dabei laufe ich durch die weitläufige Grünanlage, vorbei an einem Gehege mit Ziegen, die den Forschern zur Verfügung stehen, und biege an einer der großen Buchen scharf nach links. Komischerweise wird die Anspannung, die ich verspüre, nicht schlimmer, sondern löst sich sogar ein wenig. Wahrscheinlich liegt es an der Natur um mich herum, die ich bisher selten genießen konnte, weil mich Sasha von einer Clique zur nächsten geschleppt oder mir ihre Hilfe beim Lernen aufgedrückt hat.

Kurz darauf stehe ich vor einem weiteren Gebäude, dass ebenerdig gebaut wurde. Die Tür öffnet sich automatisch und ich gehe den Flur mit dem blauen Samtteppich entlang. Gleichzeitig ziehe ich meinen mit unzähligen Blumenstickern verzierten Terminplaner aus dem Rucksack und schaue, bei wem genau ich einen Termin habe. Bestimmt würde Vivien mich wieder dafür belächeln, immer noch nicht im 21. Jahrhundert angekommen zu sein, um sich im nächsten Moment auf die Zunge zu beißen, weil sie weiß, wie wichtig mir diese Routine ist, in der ich alles bis ins kleinste Detail aufschreibe. Ich schlage die aktuelle Woche auf und schaue auf den Freitag.

Ich blicke zuerst auf die Uhr, die die angegebene Zeit zeigt, und dann auf das Namensschild an der Tür. Ich bin richtig. Also mache ich einen Haken an den Termin, stecke meinen Planer weg und klopfe.

»Herein«, ertönt es leise von der anderen Seite der Tür.

Mit schwitzigen Fingern komme ich der Aufforderung nach, drücke die Klinke hinunter und betrete das Zimmer, das ebenfalls mit dem samtenen Stoff ausgelegt ist. Der Raum selbst ist groß und bietet durch seine Panoramafenster einen wundervollen Blick in das Waldstück, welches sich an das Gebäude anschließt. Egal, ob man auf der großzügigen L-förmigen Couch, der Relaxliege oder dem normalen Stuhl sitzt, von überall könnte man mit Sicherheit Rehe und Eichhörnchen beobachten. Sofort löst sich auch noch die restliche Anspannung.

»Hallo, Frau van Jones«, begrüßt mich eine tiefe Stimme, deren Besitzer ich hinter dem großen, ebenfalls weißen Schreibtisch finde. Dr. Garcia nimmt seine Brille ab, fährt sich durch die kurzen, schwarzen Haare und steht auf. Ich habe ja mit vielem gerechnet: weißer Kittel, unfreundliche Blicke und das Gefühl, nicht ganz richtig zu sein. Doch nichts davon finde ich bei dem Mann, der in seiner dunkelblauen Jeans und dem passenden Hemd auf mich zukommt. Dazu dieses unvoreingenommene Lächeln und ich glaube, ich habe wirklich umsonst die gesamte Woche Angst gehabt. Soll es daran liegen, dass er noch keine 40 Jahre alt ist?

Er streckt mir die Hand entgegen. »Ich hoffe, Sie haben gut hierher gefunden?«

Ich ergreife sie. »J-ja«, stottere ich unbeholfen und streiche mir mit der anderen Hand eine meiner braunen Strähnen hinters Ohr.

»Aber ist Ihnen in Ihrem Shirt und der Jeans nicht kalt? Immerhin ist es aktuell noch ziemlich frisch draußen.« Er zeigt auf die Couch.

Ich setze mich hin. »N-nein, die Sonne hat heute relativ viel Kraft und ich wollte ein wenig Vitamin B erhaschen.«

Zustimmend nickt er. »Kann ich Ihnen einen Kaffee oder Tee anbieten? Beides habe ich gerade frisch zubereitet.« Dr. Garcia zeigt auf zwei Thermoskannen auf seinem Tisch.

»Kaffee klingt gut.«

Sofort geht er zurück zu dem Schreibtisch, zieht eine schlichte, weiße Kaffeetasse aus einem der Fächer und füllt das dampfende Getränk ein. Dasselbe tut er mit seiner eigenen. »Es tut mir leid, dass ich erst heute für Sie Zeit habe. Ich bin selbst erst vor zwei Tagen an die Uni zurückgekehrt, weil ich noch an einer anderen Universität in den USA beschäftigt bin und ab und zu auch dort vor Ort sein muss.«

»Das ist kein Problem. Ich glaube, bis jetzt bin ich auch ohne zusätzliche Hilfe sehr gut zurechtgekommen.«

Er reicht mir die Tasse. »Auch ohne Ihre Schwester?« Dann setzt er sich auf einen der Drehstühle, die durch ihr rundes Design sehr einladend aussehen.

Kurz stutze ich. Woher ... Aber ja, bestimmt hat ihm Dad alles von mir erzählt. Ich werde ein offenes Buch für ihn sein. Und ... es stört mich nicht einmal. Ich trinke einen Schluck, ehe ich antworte. »Wir telefonieren, aber dabei versuche ich, sie nicht unbedingt mit meinen Gedanken zu belasten.«

»Wieso denken Sie das?«

»Dass ich Vivien belaste?« Mit zitternden Fingern stelle ich die Tasse ab. Er nickt. »Na ja, Sie wissen bestimmt, dass es unser Wunsch war, gemeinsam zu studieren.«

»Ja, durchaus.« Er trinkt ebenfalls einen Schluck.

»Und Vivien tut sich ziemlich schwer damit, an ihrer Uni Fuß zu fassen.« Unruhig nestle ich am Saum meines *Tommy-Hilfiger*-Poloshirts, weil es mir irgendwie nicht gefällt, dass wir zu Vivien driften. »Sie sagt es zwar nicht offen, aber ich lese es aus jeder Einzelnen ihrer Nachrichten oder bei unseren gemeinsamen Telefonaten heraus.«

»Und das stört Sie?«

Sofort sehe ich auf. »N-nein, d-das ist es nicht.«

Er stellt ebenfalls seine Tasse ab. »Frau van Jones, auch wenn das hier unsere erste Sitzung ist ...«

Ohne es steuern zu können, verziehe ich das Gesicht, weil das Wort *Sitzung* in mir auf starke Gegenwehr stößt. Ich weiß nicht, wieso, aber egal wohin mich Dad geschleppt hat, bisher habe ich mich nirgends so wohl gefühlt wie hier.

»Es tut mir leid, wenn Ihnen dieses Wort missfällt. Ich werde in Zukunft gern darauf verzichten.«

»Aber ist es nicht genau das? Eine Sitzung, weil es mir nicht gut geht?« Meine Augen brennen. Leider wird es nicht besser, selbst wenn man es ausgesprochen hat.

Dr. Garcia schüttelt den Kopf. »Das hier muss keinesfalls so etwas sein, was Sie von den Psychologen aus Ihrer Heimat kennen. Ich behandle lieber ganzheitlich, als einfach nur aus der Vergangenheit in wunderbarer Lehrbuchmanier Rückschlüsse auf eine mentale Erkrankung zu schließen. Ich bin der festen Überzeugung, dass es für fast alles eine relativ simple Erklärung und Lösung gibt, die im Hier und Jetzt zu finden ist.«

Ich wische mir einige Tränen von den Wangen und weiß gar nicht, wie ich mich genau fühlen soll. »Sie meinen also, dass ich gar nicht krank bin?«

Sofort zeigt sich ein anziehendes Lächeln auf den Lippen, das bestimmt sogar die Wolken dazu bringt, die Sonne freizugeben. »Krank ist ein ziemlich dehnbarer Begriff, Lexy.«

Kribbelnd huscht die Gänsehaut über meinen Rücken und erwärmt mein Herz. Ich spüre, wie meine Wangen rot werden. Selbst die Tränen werden durch die Hoffnung, die sich in mir ausbreitet, erstickt.

Dr. Garcia steht auf und kommt um den Tisch herum zu mir, wo er sich direkt neben mich setzt und meine Hand ergreift. »Lexy, ich werde Ihnen helfen. Sie werden sehr schnell merken, dass nichts an und in Ihnen verkehrt läuft. Aber dazu müssen Sie meine Regeln befolgen.«

»Regeln?« Fast schon ehrfürchtig sehe ich zu ihm hinauf und verliere mich für einen Moment in dem fließenden Blau, das wie das Meer an einem heißen Sommertag daliegt und Ruhe und Zuversicht vermittelt. »Und die wären?«

»Wir fangen mit der einfachsten an, in Ordnung?« Zu mehr als einem Nicken fühle ich mich nicht fähig.

»Regel Nummer 1: Sie befolgen das, was ich Ihnen sage. Und für den Beginn fangen wir damit an, dass Sie den Kontakt zu Ihrer Schwester so weit reduzieren, dass Sie das Gefühl haben, freier atmen zu können.«

Die Worte kommen in meinem Kopf an, aber es dauert, bis ich sie verarbeitet bekomme. »Ich soll was? Meine Schwester ignorieren?«

»Nein, ich bin mir sicher, dass Sie Ihre Schwester brauchen, und das ist vollkommen in Ordnung. Aber ich verlange von Ihnen, dass Sie Vivien nur dann anrufen, wenn Sie etwas Positives mit ihr teilen wollen. Nicht um sich den Frust von der Seele zu reden oder ihr dabei zuzuhören, wie schlimm sie ihre Universität findet.« Er reicht mir den Kaffee und ich trinke einen großen Schluck.

»Aber das wird ihr nicht gefallen«, erkläre ich.

»Davon gehe ich aus. Doch es ist wichtig, dass Sie zuallererst alle Möglichkeiten, die dieser Campus Ihnen bietet, nutzen, ehe Sie sich Menschen anvertrauen, die Ihnen gerade nicht helfen können.«

»Also, soll ich ...« Mein Kopf ist immer noch viel zu langsam.

»... sich mehr auf Ihre Kommilitonen und Freunde,

die Sie hier finden oder gegebenenfalls schon gefunden haben, verlassen.«

Ich trinke den letzten Schluck aus der Tasse. Dr. Garcia nimmt sie mir ab und stellt sie zurück auf den Tisch. »Und was mache ich, wenn mich Vivien nicht in Ruhe lässt?« *Warte, ziehe ich seinen Vorschlag ernsthaft in Betracht?*

»Mit der Zeit werden Sie lernen, damit umzugehen. Glauben Sie mir, es wird jeden Tag einfacher.«

»Und was gibt es noch für Regeln?«, will ich wissen, um mir mehr Bedenkzeit zu verschaffen oder zumindest zu überlegen, wie ich zu dieser Idee auch *Nein* sagen könnte. Doch es fällt mir partout nichts ein.

Er steht auf und zieht mich mit sich. »Immer eins nach dem anderen, Lexy. Zuerst lernen Sie, die Anrufe so zu steuern, dass Sie damit umgehen können. Danach erkläre ich Ihnen, wie es weitergeht oder ob wir Regel Nummer 1 in veränderter Weise verinnerlichen müssen.«

Wir stehen bereits an der Tür.

»I-ich werde es versuchen«, sage ich, ohne mir der Bedeutung der Worte wirklich sicher zu sein.

»Gut, bis Dienstag. Ich freue mich schon, von Ihren Erfolgen zu hören.«

Dann stehe ich vor seiner Tür. Mein Kopf dreht sich. Mir ist heiß und in meiner Brust wird es immer enger. Seine abschließenden Worte mildern seinen Vorschlag – äh, ich meine Regel – dezent ab. Ich habe keine Ahnung, ob es wirklich die Lösung sein soll. Immerhin ist Vivien die letzten Jahre immer für mich dagewesen. Und jetzt soll sie selbst das Problem sein? Das kann ich mir nicht vorstellen.Die Eingangstür geht auf. »Lexy?« Ich drehe mich um.

Sasha steht am Ausgang und lächelt mir freudestrahlend entgegen und läuft auf mich zu. »Ich habe mir schon Sorgen gemacht. Du hättest ruhig sagen können, dass du bei Jack bist.« Kaum steht sie neben mir, hakt sie meinen Arm bei sich ein und zieht mich zur weiterhin offenstehenden Tür.

»Du kennst Doktor Garcia?«

Sasha stößt genervt die Luft aus. »Fast jeder an dieser Uni kennt ihn. Er ist gut und seine Tipps helfen wirklich richtig gut.«

Ich drücke mich fester an sie. Irgendwie bin ich froh, dass sie mich gesucht und hier abgeholt hat, denn es mildert den Schmerz, auf den ich ungebremst zusteuere, weil ich etwas tun soll, das meine Seele tief erschüttern wird.

»Regel Nummer 1: Sie befolgen das,
was ich Ihnen sage.«

14
AUREL

Ich steuere direkt auf den Cupper-Pub zu. Der kalte Wind, der durch die Gasse weht, kommt mir gelegen. Dadurch fragt sich wenigstens keiner von den wenigen Leuten, die mir entgegenkommen, wieso ich die Kapuze meines Hoodies so tief in mein Gesicht ziehe. Das hier wird immer der heikelste Moment bleiben, den ich so schnell wie möglich hinter mich bringen will.

Endlich sehe ich das leuchtende Schild deutlich vor mir. Ich biege die Gabelung davor rechts ein, dann nach ein paar Schritten gleich wieder links und schon stehe ich am Hintereingang. Kurz schaue ich mich um, aber mir scheint niemand gefolgt zu sein. Ich gehe durch den Versorgungseingang hinein und die Treppe hinauf, wo ich in der vierten Etage über den Fluchtweg in das Haupthaus gelange und dort das Appartement mit der Nummer sieben öffne. Kaum schließe ich die Tür und lehne mich kurz dagegen, löst sich die Anspannung, die sich jedes Mal auf dem Weg hierher oder zurück zur Uni in mir aufbaut.

Noch während ich die Schuhe ausziehe und mir die Kapuze vom Kopf schiebe, beobachte ich den Schatten an der Wand des Wohnzimmers, dem ein Summen folgt. Ich gehe auf ihn zu, lehne mich an den Türrahmen zum angrenzenden Zimmer und sehe meinem Bruder dabei zu, wie er versucht, sich rhythmisch zu einem Musikvideo von Drake zu bewegen, das gerade im Fernsehen läuft. Er scheint schon sehr erfolgreich gewesen zu sein, denn sein Mikrowellenpopcorn liegt auf dem Hochflorteppich und der braunen Ledercouch verteilt.

Und wer darf das wieder aufräumen?

Genau: ich.

Sein Arsch wackelt noch einmal vor mir herum, dann dreht er sich zu mir und erschreckt sich. »Verdammt, Aurel! Was soll die Scheiße?«, schreit er über die Lautstärke des Fernsehers hinweg, sucht in seinem Chaos die Fernbedienung und macht leiser. »Ich hätte auch tot umfallen können.«

»Dann hättest du uns beiden eventuell einen Gefallen getan.« Verständnislos sieht er mich an, bis ich anfange, zu grinsen, und mich einfach auf seine Popcornreste fallen lasse. »Was hast du hier wieder für einen Saustall geschaffen?«

Er setzt sich neben mich und fängt an, die Stücke aus den Ritzen zu fischen, um sie genüsslich zu essen. »Ich hab heute halt noch nicht mit dir gerechnet. Sonst hätte ich schon geputzt. Was mich gleich zu der Frage bringt, wieso du hier bist?«

Ich lehne mich an und seufze. Da gibt es so einige Gründe. »Heute Morgen hat mich in der Mensa eine Studentin angesprochen und mich mit ihrem verträumten und gleichzeitig lasziven Blick fast ausgezogen.« Ich drehe den Kopf, bis ich meinem Bruder direkt in die Augen sehen kann. »Weißt du irgendwas darüber, Lio?«

Eine Spur zu häufig blinzelnd, schiebt er sich das nächste Stück gepoppten Mais in den Mund. »Sie hat nicht zufällig etwas mit Abenteuern, Geheimnissen und einer Peitsche zu tun?«, fragt er kleinlaut.

»Einer Peitsche?« Irritiert sehe ich ihn an.

»Na ja.« Auch er lehnt sich an. »Anfang dieser Woche kam eine Frau in die Bar. Sie war ziemlich geknickt, hat einen Kaffee mit Schuss bestellt und mir ihre halbe verkorkste Lebensgeschichte erzählt.« Das nächste Stück Popcorn landet in seinem Mund. »Und kaum werde ich von Frank nach hinten gerufen, komme wieder vor, da überfällt sie mich wie eine Nymphomanin, setzt sich auf meinen Schwanz und lässt mich dann einfach halb fertig liegen, nachdem sie ihren Spaß hatte.« Sein angeknackstes Ego schwingt in jedem seiner Worte mit. Irgendwie schön, dass ihm bei seiner Überheblichkeit endlich einmal Grenzen aufgezeigt worden sind.

»Und du meinst nicht, dass du mit mir über so etwas reden solltest, wenn ich ihr jeden Tag auf dem Campus begegne?«

»Und wie, du Schlaumeier? Soll ich einfach zur Uni kommen und dir davon erzählen?«

»Bei wichtigen Angelegenheiten machen wir das doch auch?«

Argwöhnisch sieht er mich an. »Also soll ich jetzt echt wegen einer Frau – einer durchaus ziemlich heißen Frau, bei der ich mich nur allzu gern revanchieren würde – vorbeikommen? Echt jetzt? Immerhin hat es fast eine ganze Woche gedauert, bis du ihr begegnet bist. Es wundert mich ohnehin, weshalb Valentin sie noch nicht auf dem Schirm hat und sie für dich ja fast aus heiterem Himmel aufgetaucht ist.«

»Das ... verdammt ja, wir hatten über sie gesprochen. Ich habe sie auf Bildern gesehen, aber ich habe nicht damit gerechnet, dass sie mir förmlich um den Hals fallen will. Weißt du, wie das vor Valentin ausgesehen hat?« Doch Lio hört mir gar nicht richtig zu und sieht gedankenverloren geradeaus. Denkt er gerade an Vivien? Das kann er jetzt vergessen. Also remple ich ihn hart an. »Hör mir gefälligst zu, wenn ich mit dir rede!«

»Sorry, aber über diesen Sex denke ich viel zu gern nach.«

»Wir haben andere Probleme als Viviens feuchte Pussy.« Erneut muss ich tief durchatmen, um konzentriert zu bleiben. »Ich glaube, Valentin fängt an, mir – oder besser gesagt uns – zu misstrauen.«

Endlich scheint es so, dass ich Lios komplette Aufmerksamkeit habe. »Wieso denkst du das?«

»Eigentlich bin ich davon ausgegangen, dass er mich ab diesem Semester mit zu Laurent nimmt und mich in die genauen Abläufe und Pläne hinter seiner Verbindung einweiht. Ich habe wirklich gedacht, dass wir so endlich herausfinden, was genau an dieser Universität vor sich geht. Doch das Gegenteil ist der Fall.«

Lio bleibt ruhig und legt mir seine Hand auf die Schulter. »Ich glaube, du willst schon wieder mehr, als möglich ist.«

»Dazu kommt, dass ich in Bezug auf Vivien einen Fehler begangen habe und in einem Gespräch mit Valentin etwas angedeutet habe, was ich bei dem Belauschen von Laurent und ihm aufgeschnappt habe und was ich gar nicht wissen kann.«

Jetzt ist es Lio, der tief Luft holt. »Okay, ich glaube, du brauchst eine Pause, wenn du solche banalen Fehler begehst. Lass mich dieses Wochenende einspringen und zur Erstsemesterparty bist du dann wieder einsatzbereit.«

Ich nicke, weil er den Nagel auf den Kopf trifft. Ich bin müde und gefrustet, dass ich nach zwei Jahren immer noch keine Erfolge vorweisen kann, doch die Rate an Vermissten oder sogar Todesopfern steigt.

»Aber du lässt die Finger von Vivien, ist das klar? Dass Valentin einen Narren an ihr gefressen hat, macht die Situation nicht leichter.«

»Aber auch nicht schlechter, weil er so eventuell etwas abgelenkter ist«, sagt Lio und zwinkert mir zu.

»Gibt es hier nicht genug Pussys,
die sich nach genau deinem Schwanz sehnen?«

15
VIVIEN

Vollbepackt mit einigen dicken Medizin-Wälzern aus der Bibliothek, laufe ich durch den Flur des Wohnheims. Dieser ist vollkommen menschenleer, denn wie ich herausgefunden habe, ist immer am dritten Dienstag nach Semesterstart Kaderauswahl bei den Rugbyspielern und das scheint sich niemand entgehen lassen zu wollen – außer mir. Ich kann es selbst kaum glauben, aber Lernen stellt die einzige sinnvolle Ablenkung für mich dar, um nicht in Schwierigkeiten zu geraten, die ich sonst wie magisch anziehe.

Endlich komme ich vor der Tür meines Zimmers an und bin komplett aus der Puste. Gleichzeitig fische ich in meiner Handtasche nach dem Schlüssel, den ich nach wenigen Versuchen zu fassen bekomme. Blind, weil mir die Bücher fast die gesamte Sicht nehmen, ich aber zu faul bin, um sie abzulegen, stochere ich unbeholfen im Schloss herum, bis ich ihn richtig platziere. Umständlich drehe ich ihn. Es macht Klick. Anschließend steige ich über einen Stapel neuer Flyer, die sich gefühlt jede Woche verdoppeln. Ich kann sie langsam echt nicht mehr sehen. Die anderen Studenten müssen mittlerweile doch kapiert haben, dass ich an Kontakt oder geheucheltem Interesse nicht interessiert bin. Da ist mir die Forderung vom Dekan auch vollkommen egal. Ich stelle nichts an und damit laufe ich einfach unter dem Radar. Fertig aus. Also werde ich sie auch weiterhin ignorieren.

Ich betrete mein Zimmer, schließe die Tür und schlüpfe sofort aus den Schuhen. Die Bücher lege ich samt Handtasche auf meinem Schreibtisch ab. Natürlich könnte ich die Informationen, die in den Wälzern stehen, auch über mein Smartphone oder den Laptop nachlesen. Aber dann würde ich auch viel zu oft auf meine Nachrichten gucken oder im Chat sehnlichst auf eine Mitteilung von Lexy warten. Also nutze ich vorerst die altmodische Variante, die mir vielleicht sogar etwas verrät, was über die ganzen Jahre einfach auf der Strecke geblieben ist. Wenn ich eins gelernt habe, dann, dass man sich nicht allein auf die moderne Technik, sondern vor allem auf sein Gespür verlassen sollte. Und dazu zählt für mich alles, was unter den Punkt Grundlagen fällt, und die finde ich in klassisch niedergeschriebenen Medien viel detaillierter.

Ich setze mich hin und zücke trotzdem zuerst mein Handy, um Lexy eine Nachricht zu schicken.

> Hey, du, heute Lust auf einen Videocall?

Ich drücke auf senden. Der zweite Balken, dass die Message angekommen ist, erscheint auf dem Display, ohne dass er blau wird. Meine Schwester ist nicht online.

Wie immer enttäuscht, lasse ich es zurück in meine Handtasche fallen und ziehe das erste Buch über die Grundlagen von Präparationstechniken der oberen Extremitäten auf meinen Schoß, da klopft es.

»Vivien?«

Missmutig sehe ich über meine Schulter. Wer stört mich? Ich habe mich mit niemandem verabredet und will nur meine verdammte Ruhe. Also wäge ich ab und verharre still auf dem Stuhl. Irgendwann wird derjenige schon aufgeben.

Doch es klopft erneut. »Vivien, bitte.«

Genervt hole ich Luft, lasse vom Buch ab und stehe auf. Leider wurde ich zu gut erzogen. Ich öffne die Tür einen Spaltbreit. Eine zierliche Frau in einem blaugrauen Cheerleaderoutfit lächelt mir entgegen.

»Schön, dass ich dich hier antreffe«, sagt die Frau mit den blonden Haaren, die sie zu einem strengen Pferdeschwanz zusammengebunden hat, und klingt dabei vollkommen wertfrei. »Ich bin Selma und für Whitehall die Vertrauensstudentin.«

Wie nett von ihr, sich mir vorzustellen, aber ... »Und was kann ich für dich tun, Selma?«

Ihr Grinsen wird breiter. »Oh, nein, ich wollte fragen, was ich für dich tun kann. Oder besser gesagt, wie ich dir helfen kann?«

Verdutzt sehe ich sie an. »Mir helfen?«

Sie nickt. »Ja. Ich habe gesehen, dass du dich bisher in keinem der Sportclubs oder einer AG eingeschrieben hast. Kann ich dir bei einer Entscheidung behilflich sein?«

Innerlich schreie ich auf. Wieso ist das hier jedem so verflucht wichtig? »Ich danke dir, Selma«, bleibe ich höflich. »Aber die Zeit, in der ich Spaß an außerschulischen Aktivitäten vorheucheln musste, sind mit dem erfolgreichen Abitur und der Aufnahme an diese Universität vorbei.« Aus Selmas aufgeschlossenem Lächeln wird pure Verständnislosigkeit. »Also wäre es wirklich total toll, wenn ich von so etwas«, ich blicke nach unten und schiebe den bunten Zettelhaufen mit meinen Regenbogensocken näher zu ihr, »in Zukunft einfach verschont bleiben würde.«

Ich bin schon dabei, die Tür zu schließen, doch Selma stemmt sich kraftvoll dagegen, was ich ihr ihrer Erscheinung nach gar nicht zugetraut hätte. »Aber an dieser Uni muss jeder einen Gemeinschaftskurs belegen.«

»Sagt wer?«, stelle ich mich dumm, obwohl Monsieur Chaliers Worte in meinen Ohren widerhallen.

»Das steht in den Campusregeln. Du musst doch auch ein Formular bekommen haben, das du beim jeweiligen Vorsitzenden einreichen musst und der das an den Dekan weitergibt, damit er ... du weißt schon.« Sie ringt förmlich um die Worte.

»Dich nicht fickt«, beende ich ihr Stottern. Ihre Wangen werden rot und der Blick, den sie von mir abwendet, ist eindeutig. Trotzdem kribbelt es mir in den Fingern, dieses Gespräch noch etwas mehr auf die Spitze zu treiben. »Also, wenn ich in knappen, bunten Röcken über den Platz hechte. Mich von den Studenten begaffen lasse und am Ende mit dem ein oder anderen in der Kabine verschwinden würde, wäre das hier so eine Aktivität, mit der ich diese Regel erfülle?«, frage ich nach.

Erneut wandelt sich Selmas Ausdruck und sie wirkt irgendwie nicht so abgeneigt, wie ich mir das wünschen würde. »Wenn du es so pragmatisch sehen möchtest: Ja.«

Kurz kaue ich auf meiner Unterlippe herum. »Gut, ich überlege es mir.« Dann schlage ich ihr sofort die Tür vor der Nase zu.

»Du kannst jederzeit zu mir kommen, wenn du Fragen hast«, erklingt Selmas Stimme dumpf von der anderen Seite. Ich beachte sie nicht weiter, laufe zum Fenster, das ich öffne, und setze mich auf die schmale Fensterbank. Tief atme ich die frische Abendluft ein und blicke mich um.

Was sind das nur für beschissene Regeln? Seit wann wird man dazu gedrängt, sich unbedingt einer wahllosen Ansammlung von Menschen anschließen zu müssen? Mein Blick bleibt auf der Bank, die direkt am Kiesweg unter einer der Lampen steht, hängen. Dort sitzt ein junger Mann mit braunen Haaren, der sich gerade einige Strähnen aus der Stirn wischt. Dazu wippt er auffällig angespannt mit dem Fuß auf und ab und sieht sich immer wieder nach links und rechts um, als würde er auf jemanden warten. Ich tue es ihm gleich, doch kann niemanden entdecken. Mit dem Summen meines Telefons werden meine Gedanken wieder in eine andere Richtung gelenkt. In freudiger Erwartung gleich mit Lexy zu telefonieren, springe ich auf und greife nach dem Handy in meiner Tasche. Doch es ist nicht ihr Name, der darauf blinkt, sondern der von meinem Vater. Alle negativen Schwingungen des Universums sammeln sich in meinem Körper. Die Wut über all die Geschehnisse, die mit ihm zusammenhängen, treiben als schmerzhafter Blitz durch jede meiner Fasern.

Ich lasse es sofort zurück in die Tasche fallen, warte darauf, dass das penetrante Klingeln aufhört und er mir meine Ruhe lässt. Er hat mich hierher verfrachtet und mich von meiner einzigen Bezugsperson getrennt. Dann braucht er jetzt auch kein Interesse heucheln oder mir mit irgendwelchen neuen Forderungen zu kommen. Die Aufgabe hat der heiße Dekan schon übernommen.

Angespannt fahre ich mir über das Gesicht. Wie gern würde ich einfach nur abschalten.

Ich gehe zurück zum Fenster, um es zu schließen. Der Mann, der eben noch dort saß, ist verschwunden.

16
VIVIEN

Auch einen Tag später habe ich den plötzlichen Anruf meines Vaters noch nicht so ganz verarbeitet, weil er alles, von dem ich dachte, unter Kontrolle zu haben, wieder ins pure Chaos versetzt hat. Deswegen versuche ich, mich so gut, wie es mir möglich ist, auf die Vorlesung zu konzentrieren.

Mit meinem Kopf auf dem Arm gestützt, blicke ich gelangweilt nach unten zum Pult und sehe Monsieur Randall dabei zu, wie er versucht, den molekularen Zellaufbau so bildlich darzustellen, dass es selbst der letzte Depp in der vordersten Reihe – in der meistens die Streber sitzen – versteht. Dabei ist das fast schon Allgemeinwissen. Jedenfalls gehe ich davon aus, dass es so ist. Sonst sollte sich die Uni nicht als Eliteuni ausgeben, wenn sie nicht das voraussetzt, was man von einer Elite erwarten würde.

»Psst.« Ich sehe mich nach links und rechts um. »Psst, Vivien.«

Ich drehe mich um und schaue in den erwartungs-
voll wirkenden Blick eines hageren Mannes, mit
schwarzen kurzen Haaren und herausstechenden
Wangenknochen. Die anderen beiden Typen, die neben
ihm sitzen, haben den Kopf weggedreht. »Ja?«

Er lehnt sich ein Stück zu mir vor. »Hast du schon
eine Begleitung für Freitag?«

»Freitag?«, frage ich nach.

»Ja, da ist doch Ersti-Party.«

Es macht Klick. Stimmt, da war ja was. »Ich dachte,
das ist eine Kennenlernparty? Wozu brauche ich da eine
Begleitung?«

»Da hast du recht, aber ich dachte, dass du vielleicht
nicht allein hingehen willst und Lust hättest, dich von
mir ausführen zu lassen.«

Eigentlich dachte ich, dass das testosterongesteuerte
Teeniegehabe mit Start in den Uni-Alltag hinter mir
liegen würde und mir die Männer auf andere Weise ihr
ernst gemeintes Interesse bekunden. Ja, mich vielleicht
auch einfach vom Kiesweg zerren und mir hinter einem
Gebüsch die Sterne vom Himmel holen. Stattdessen
bekomme ich dilettantische Einladungen in einem
Hörsaal, in dem irgendwann Frösche seziert werden.
Was kommt morgen? Der Zettel mit den drei Ankreuz-
Kästchen *Ja, Nein* oder *Vielleicht?*

»Sorry, ich weiß noch nicht einmal, ob ich hingehe«,
rede ich mich heraus, obwohl ich mir bereits vorgenommen habe, wenigstens eine der vielen Zerstreuungen mitzunehmen, bei der hoffentlich ordentliche
Getränke ausgeschenkt werden. Aber ich werde das

Glas bestimmt nicht mit dem Typen hinter mir erheben. »Trotzdem danke für das Angebot.«

Die anderen beiden neben ihm fangen an, zu grinsen, als hätten sie mit dieser Antwort meinerseits gerechnet. Nur mein potenzieller Verehrer guckt mich enttäuscht an. »O-okay«, stottert er. »Vielleicht sieht man sich ja trotzdem dort.«

Kurz nickend drehe ich mich wieder nach vorn und schaffe es kaum, das Gegrunze der anderen beiden Typen zu ignorieren. Also versuche ich, meine Aufmerksamkeit zurück auf den Professor zu richten. Dieser projiziert mit dem Beamer die nächste Folie an die Wand.

Mir fällt es immer schwerer, mich zu konzentrieren. Ich bin kaum drei Wochen hier und ich werde genötigt, irgendeinem Club beizutreten oder einen Kerl an mich heranzulassen, der in mir vermutlich nur eine gute Partie für die Zukunft sieht. Dabei hat doch schon *Gold Rodger* in *One Piece* klargemacht, dass man das nur durch die ewige Suche nach etwas, das womöglich nicht existiert, erreicht. Der Weg sollte doch das Ziel sein – den ich momentan ohne mein Crewmitglied Lexy bestreite. Deswegen sehe ich diese Situation sehr gern als das, was unerreichbar ist.

Mein Handy vibriert auf dem Tisch. Sofort erhellt sich mein Gemüt. Es ist bestimmt endlich Lexy, die mich jetzt schon seit mehreren Tagen mit ihrer ausstehenden Antwort hängen lässt.

In freudiger Erwartung drehe ich es herum. Doch es

ist nicht der Name meiner Schwester, der am oberen Rand erscheint, sondern eine Mail der Uni.

Ein Raunen geht durch den Raum. Selbst der Professor sieht auf sein Handy und wird kreidebleich.

Ich öffne die Nachricht. Sofort springt mir ein Bild vom Kiesweg ins Auge, auf dem deutlich eine Blutspur zu erkennen ist, und auf der Wiese dahinter, kurz vor den Büschen, eine Erhebung von einem weißen Tuch verdeckt wird.

Sondernewsletter

Studentenfürsprecher Chase Milford wurde vor wenigen Stunden tot am Rande des westlichen Geländes der Drewmore-Universität nahe Whitehall gefunden. Die Ermittlungen wurden von Seiten der örtlichen Polizei aufgenommen. Weitere Informationen liegen zum jetzigen Zeitpunkt nicht vor.

Studenten, die im Zusammenhang mit Monsieur Milford Hinweise zu der Sachlage beisteuern können, werden gebeten, sich bei Dekan Chalier oder der Polizei zu melden.

Vorerst besteht keine erhöhte Sicherheitswarnung. Alle Aktivitäten finden weiterhin in vollem Umfang statt. Trotzdem bittet der Dekan um eine gesteigerte, eigenständige Sicherheitskultur jedes Einzelnen.

Daneben befindet sich noch ein Bild von diesem Chase. Kurze braune Haare, die ihm ins Gesicht hängen. Er trägt einen komischen gelben Pullunder und ... mir dreht sich fast der Magen um, denn es ist der Mann, den ich gestern auf der Bank vor meinem Fenster sitzen gesehen habe. Er sah so nervös aus. Und jetzt ist er tot?

»Wieso weiß die Polizei nicht mehr?«, fragt die Studentin vor mir ihre Nachbarin.

»Letztes Jahr sind auch im westlichen Areal mehrere Studenten auf ziemlich mysteriöse Weise gestorben«, flüstert die andere. »Das kann doch kein Zufall sein.«

Mir stellen sich die Nackenhaare auf. Was heißt hier mysteriös und wieso habe ich davon nichts in den Nachrichten gehört? *Und verdammt!* Wieso schickt mein Vater mich an eine Uni, an der unheilvolle Dinge vor sich gehen?

»Bitte beruhigt euch!«, ruft Monsieur Randall und zeigt mit seinen Händen an, dass wir langsam zur Ruhe kommen sollen. »Ich weiß, dass das für alle ein Schock ist. Doch wie Sie alle den News entnehmen können, besteht aktuell kein Grund zur Beunruhigung.« Ich traue meinen Ohren nicht. *Kein Grund zur Beunruhigung?* Vor meinem Zimmer ist jemand gestorben – und das, wie es aussieht, nicht zum ersten Mal. »Sollten Sie Redebedarf haben, dann bitte ich Sie, sich nach der Stunde an das Büro des Dekans zu wenden.« Dann dreht er sich um und fährt mit dem Unterricht fort.

Ich höre das Blut in meinem Ohr rauschen und weiß nicht, welche Gefühle in mir überwiegen. Trauer, weil ein Student, den ich zwar nicht kannte, aber trotzdem ein menschliches Wesen war, gestorben ist. Wut, weil Monsieur Randall es schon fast als Routinen-achricht dastehen lässt. Oder Angst, verursacht durch die Worte von der Studentin vor mir, weil ich nicht weiß, ob sich dahinter ein Muster verbirgt und ich die Nächste sein könnte.

Und was ist, wenn solche Sachen nicht nur an der Drewmore-University geschehen? Sofort öffne ich den Chat mit Lexy, in dem meine letzte Mitteilung immer noch zwei graue Häkchen zeigt, und tippe drauflos.

> Bitte pass auf dich auf, Lexy! ♥

Doch auch diese Nachricht bleibt für den Moment ungelesen.

17
VALENTIN

Genervt und mit wippendem Fuß sitze ich im Büro des Dekans und warte. Worauf? Auf dieses tolle Verhör des Inspekteurs Emanuel Lawer, der momentan sein Klemmbrett mit den losen Zetteln darauf bewundert. Gleich wird er mir verkünden, dass Chase Milford durch ein Gewaltverbrechen gestorben ist – so wie alle Studenten, die man bisher auf oder um das Gelände herum gefunden hat.

Der Dekan wirkt genauso angepisst wie ich. Kein Wunder. Immerhin ist das heute nicht der erste Termin, bei dem wir uns den idiotischen Fragen der Polizei stellen müssen. Ja, langsam hat es was von *Täglich grüßt das Murmeltier*, nur dass die Personen, die leblos herumliegen, stets andere sind. Na ja, wenigstens waren sie dieses Mal etwas schneller und haben mich bereits einen Tag nach der Tat hierher geordert und nicht erst Wochen später.

»Monsieur Petersen«, beginnt Monsieur Lawer. »Wie gut kannten Sie Monsieur Milford?«

Und es geht los. Ich zucke mit den Schultern. »Wir haben keine gemeinsamen Studienfächer belegt. Daher war unser Kontakt nur sehr sporadisch.«

»Aber andere Studenten meinten, dass Sie zusammen in einer Studentenverbindung gewesen sind.«

»Das stimmt. Ich bin Vorsitzender der Blackhall-Verbindung. Er war ein Mitglied. Mehr nicht.«

»Und was macht diese Verbindung?«, will Monsieur Lawer wissen und kritzelt alles fleißig auf einem der Zettel mit.

Oh, eine neue Frage. »Nun ja, bei uns geht es vor allem um Hilfe.«

»Hilfe?«, wiederholt er und sieht kurz von seinem Klemmbrett auf.

»Ja, sehen Sie, Monsieur Lawer.« Ich beuge mich nach vorn. »Das Motto an dieser Uni ist es, dass der zweite Platz nun mal keinen Anspruch darstellt. Und das zählt für jede Disziplin, die es bei uns gibt. Die Blackhalls sind genau dafür da.«

»Wie darf ich das verstehen?« Dabei zieht der Inspekteur argwöhnisch eine seiner dicken schwarzen Augenbrauen nach oben.

»Das bedeutet, dass wir allen Studenten, die Hilfe benötigen, diese auch gewähren. Sei es, sich gegenseitig im Sport zu unterstützen und individuelle Angebote zu bieten oder zu vermitteln sowie auch in Lerngruppen

Wissen zu vertiefen. Dazu spornen wir uns unterein-
ander zu Höchstleistungen an.«

*Ich glaube, ich habe die Definition meiner Verbin-
dung noch nie so perfekt verschleiert wiedergegeben.*

Monsieur Lawer sieht zum Dekan, der meine Worte
absegnet. »Und ...«

»Darf ich fragen, wieso ich überhaupt dieses Verhör
über mich ergehen lassen muss?«, falle ich dem Inspekteur ins Wort.

Dieser sieht wieder zum Dekan, der mittlerweile
seinen Kopf auf die offene Hand stützt und mit seinem
kleinen Finger auf der Wange herumtippt.

»Nun ja.« Monsieur Lawer sieht zurück zu mir.
»Inzwischen steht fest, dass Monsieur Milford Opfer
eines Gewaltverbrechens wurde.«

Ich würde ja jetzt einen dummen Spruch machen,
aber den verkneife ich mir. »Und Sie denken jetzt, dass
ich ihn umgebracht habe?«

Erneut räuspert er sich. »Im Moment gehe ich allen
Spuren und Hinweisen nach, die an mich herangetragen
werden. Darunter fiel auch eine Aussage, dass Sie wenig
begeistert gewesen sein sollen, dass Monsieur Milford als
Vorsitzender der Studentenfürsprecher gewählt wurde.«

Skeptisch sehe ich ihn an. »Und Sie denken, dass so
ein banaler Grund mich dazu verleitet, einen anderen
Menschen umzubringen?«

»Wie gesagt, momentan versuche ich einfach nur,
allen Spuren nachzugehen. Also würde ich gern wissen,
welche Hilfe er in Ihrer Verbindung *beansprucht* hat.«

Ich lehne mich zurück. »Monsieur Milford hatte leider so einige Defizite im Debattieren. Er hat sich zu schnell einschüchtern lassen und genau in diesem Punkt haben wir ihn bereits die letzten beiden Semester unterstützt.« *Und wie redselig doch jemand wird, dem dauerhaft einer geblasen wird.* »Ich hatte ihm abgeraten, schon in diesem Jahr als Fürsprecher zu kandidieren, weil ich fand, dass er noch nicht bereit dafür war. Daher trifft die Formulierung, dass ich nicht begeistert war, durchaus zu. Nur in einem anderen Kontext.«

»Und das kann jemand bestätigen?«

»Ja, Aurel Durand. Er war bei beiden Gesprächen dabei.«

Monsieur Lawer nickt und vermerkt erneut etwas auf seinem Zettel. »Wenn das dann alles wäre, würde ich mich gern langsam verabschieden. Ich bin Mitorganisator der morgigen Erstsemesterparty und bin bestrebt, dass der Abend so reibungslos und sicher abläuft, wie es uns möglich ist. Sie können sich ja bestimmt denken, dass da noch einiges an To-dos auf meiner Liste steht.«

»Natürlich. Dann würde ich es begrüßen, wenn Monsieur Durand uns als nächstes ein paar Fragen beantworten könnte.«

»Das lässt sich einrichten«, sagt der Dekan und sieht zu mir. »Würden Sie Monsieur Durand anrufen und herbestellen?«

Ich zücke mein Handy und wähle Aurels Nummer.

»Ja?«, fragt er und klingt heute wieder wie Monsieur Sonnenschein höchst persönlich.

»Der Dekan möchte dich sprechen.«

»Ich bin unterwegs.«

Ich lege auf und lächele Monsieur Lawer herausfordernd an. »Ich weiß, Sie sind erst seit Kurzem als neuer Polizeichef im Amt. Und obwohl wir hier an der Drewmore sind, möchte ich Sie bitten, das nächste Mal vorerst mit dem Büro meines Vaters in Kontakt zu treten. Er ist bei *solchen* Terminen gern persönlich anwesend.«

Er lässt sich nicht aus der Reserve locken. »Das klingt ja fast so, als gehen Sie davon aus, dass es noch einmal passieren wird.«

Guter Konter. Ich lehne mich zurück. »An dieser Universität würde ich gar nichts mehr ausschließen.«

Es klopft, die Tür geht auf und Aurel tritt ein. Doch Monsieur Lawer sieht mich weiterhin an und ich erkenne, dass er ein anderer Gegner als sein Vorgänger ist.

»Monsieur Petersen, Sie haben es richtig erkannt. Auch wenn wir hier in Drewmore sind, gelten die Gesetze Frankreichs. Und das bedeutet, dass ich bei einem begründeten Verdacht jederzeit hierherkommen und mit jedem reden kann, bei dem ich es für nötig halte.«

»Natürlich.« Ich nicke freundlich und stehe auf. So ein eingebildeter Fatzke. Aber er wird seinen Anschiss dafür schon noch bekommen.

An das Hauptgebäude gelehnt warte ich auf Aurel. Dieser kommt nur wenige Minuten später heraus, sieht mich und kommt mit großen Schritten auf mich zu gelaufen.

»Der neue Inspekteur ist ziemlich penetrant«, beginnt er, stellt sich neben mich und zündet sich eine Zigarette an.

»Penetrant ist ziemlich gelinde ausgedrückt. Ich bin mir sicher, dass er uns noch Probleme bereiten wird.« Dabei weiß ich gar nicht, wieso diese Uniformträger immer zuerst bei mir anklopfen.

»Meinst du wegen Chase?«, fragt Aurel weiter.

Ich schüttle den Kopf. »Nein, ich denke eher, dass sein Gespür ihn früher oder später auf den Club stoßen lässt und dann ist die Kacke am Dampfen.«

Aurel pustet einen Schwall grauer Luft aus. »Dazu hast du deine Spuren zu gut verwischt. Und wenn du die Frauen nicht ganz so hart vergraulen würdest, dann halten sie eventuell auch alle dicht.«

Ich muss schmunzeln. Sogar nach einem Jahr an meiner Seite hat er immer noch nicht verstanden, wie das Spiel läuft. Dazu lasse ich mir zu selten in die Karten schauen. Gerade jetzt ist das auch besser so.

Monsieur Lawer verlässt ebenfalls das Gebäude und läuft ohne Umwege direkt zum Ausgang.

Ich sehe auf die Uhr. »Wir müssen uns langsam um die Party kümmern. Durch den Vorfall muss ich noch ein paar Sicherheitsmaßnahmen einplanen und koordinieren. Nicht, dass sich jemand beschwert.«

Aurel nimmt einen letzten Zug und schmeißt die

Kippe auf den Boden. »Du meinst, damit dir niemand in deine Abendpläne pfuscht?«

Bei seinen Worten blitzen die feurig funkelnden Augen von Vivien vor mir auf. Ja, es wird Zeit, dass sie mich besser *kennenlernt*.

»Keine Sorge, ich stehe auf Herausforderungen.«

18

VIVIEN

Amazon ist einfach toll. Pack ein neon-pinkes Kleid in den Einkaufswagen, dazu die passenden Accessoires wie Creolen und Kette und es wird dir am folgenden Tag pünktlich zum Partyabend geliefert.

So stehe ich jetzt vor dem geschlossenen Fenster meines Zimmers, um mich irgendwie in der Spiegelung der Scheibe zu bewundern, wie mir der Stoff lässig bis kurz über meinen Po fällt und bei jeder meiner Drehungen hin und her schwingt. Mit zwei Spangen fixiere ich meine wilden Locken, damit sie mir nicht ständig ins Gesicht hängen und ich bin fertig.

Gerade als ich meine Clutch aus dem Schrank hole, vibriert mein Handy auf dem Schreibtisch. Geradewegs stürme ich los, entsperre es und werde von Glückshormonen überschüttet, denn es ist eine Nachricht von meiner Schwester. Ich öffne sie.

Sofort springt mir ein Bild von ihr ins Auge, auf dem

sie mit dieser Sasha und ein paar anderen Mädels in die Kamera grinst, während sich im Hintergrund die Rugbyspieler aufwärmen und ihre knackigen Körper mit Bändern dehnen.

> Heute wird geschaut, was diese Uni noch so alles zu bieten hat, und morgen steigt bei uns die große Party. Hab viel Spaß auf deiner! ♥

Ich schaue mir das Bild noch etwas länger an. Meine kleine Schwester sieht glücklich aus. Sie strotzt nur so vor Energie. Ich will es mir nicht eingestehen, aber diese Uni und ihr Umfeld scheinen ihr gutzutun.

Und was mache ich? Heule immer noch der Trennung hinterher, obwohl ich genau weiß, dass das jetzt mein Leben ist. Ich muss es ihr endlich gleichtun, damit ich wenigstens ansatzweise das Gefühl von Frieden empfinden kann.

Also verdränge ich die erneut aufkommenden dunklen Wolken, stelle mich gerade hin und will endlich etwas Spaß haben. Vielleicht gibt es hier ja auch noch ein paar Typen, die aus ihrem Lovely-Boy-Alter raus sind und sich echte Männer schimpfen. Ich sehe zurück aufs Handy und fange an zu tippen.

> Genieß du deinen Abend ebenfalls.

Dazu schieße ich ein Selfie mit Kussmund von mir und schicke es ab. Danach lege ich es zurück auf den Schreibtisch, hänge mir meine kleine schwarze Tasche über die Schulter, stecke mir etwas Bargeld ein und entscheide mich gegen mein Handy, damit ich nicht wieder anfange, nachzuschauen, ob mir Lexy geschrieben hat.

Über den Kiesweg laufe ich zu der großen Halle, die sich etwas abseits der sonstigen Gebäude befindet. Dabei dröhnt mir die laute Musik schon entgegen und unterdrückt die sonst in der Abenddämmerung zwitschernden Vögel.

Ich stelle mich am Ende der Schlange von wartenden Studenten an, die hintereinander auf dem roten Teppich stehen und darauf warten, fotografiert zu werden. Dabei schaue ich mich um. Auf der weitläufigen Grünanlage wurden Fackeln aufgestellt, die das Areal erleuchten. So stand es ebenfalls im Sondernewsletter für diesen Abend, der wohl Sicherheit suggerieren soll.

Komischerweise ist von so etwas wie Trauer über den Verlust eines Studenten nicht zu spüren. Die, die miteinander unterwegs sind, sehen erheitert aus, grinsen oder lachen laut, sodass es jeder hören kann.

Ist das, was die Studentin in der Sitzreihe des Hörsaals vor mir gesagt hat, wahr? Ist das letztes Jahr auch schon geschehen und sind solche Tragödien hier bereits Routine? Das Gefühl, dass mich jemand beobachtet, kehrt zurück. Flüchtig sehe ich mich um, doch ich kann in dieser Dunkelheit nicht viel mehr über-schauen als das, was die Fackeln an Areal ausleuchten. Aber auch das sind bestimmt wieder die Spinnereien in meinem Kopf, die endlich einen weiteren Grund gefunden haben, sich hier nicht wohlzufühlen.

Langsam geht es vorwärts und fünf Minuten später lächele ich hinter einem neonfarbenen Bilderrahmen wenig begeistert in die Kamera des Fotografen und betrete danach die Festhalle. Das Licht ist gedämpft. Von überall leuchten mir die bunten Farben der vielen unterschiedlichen Outfits entgegen und der DJ auf der Bühne, der am anderen Ende des Saals über den Anwe-senden auf einem Podest thront, spielt gerade einen Mix von Calvin Harris.

Ich gehe zur Bar, hinter der sich die Kletterstangen befinden, die heute als Halter für provisorisch ange-brachte Netze, in denen bunte Lichter strahlen, dienen.

Der Barkeeper kommt zu mir.

»Bitte einen ...«

»... Sekt, halbtrocken«, spricht jemand neben mir. Der Barkeeper nickt und zieht ein Glas unter dem Tresen hervor. Während er es befüllt, drehe ich mich um und sehe in Erics Gesicht, das heute viel selbstgefäl-liger wirkt als bei unserer ersten Begegnung. »Oder wolltest du mit etwas Stärkerem starten?«

Okay, wieso ziehe ich diese langweiligen Typen wie Gold den *Niffler* bei *Harry Potter* magisch an? Hat mir jemand im Schlaf ein paar Locken abgeschnitten und den damit frisch gebrauten Liebeszauber im Trinkwasser verteilt? Habe ich eine Zielscheibe auf dem Rücken oder ist es eventuell der persönliche Rache-feldzug meines Vaters, der Männer, die nicht in mein Beuteschema passen, bezahlt, damit sie mir auf die Nerven gehen? Ja, das würde ich ihm sogar zutrauen. Immerhin war er mit der Wahl meiner nächtlichen Begegnungen nie zufrieden.

»Ich wollte mit etwas anfangen, das ich mir selbst kaufe«, kontere ich und muss mich dazu zwingen, nicht schon vor dem ersten Drink einem mir eigentlich fremden Mann eine Szene zu machen.

Eric lächelt nur, wodurch seine strahlend blauen Augen – die mich viel zu stark an die von Lexy erinnern – fast schon leuchten. »Sieh es als Entschuldigung für die forschen Fragen bei unserem ersten Aufeinander-treffen an«, versucht er, diese Situation zu entspannen.

»Ich glaube, deine *forschen Fragen* haben nur dafür gesorgt, dass ich mit dir Klartext reden konnte. Ich sollte mich ja deutlich ausgedrückt haben, als ich meinte, dass ich kein Interesse daran habe, mich irgendeiner AG anzuschließen. Und das hat sich innerhalb der letzten zwei Wochen nicht geändert. Also musst du dich auch nicht entschuldigen.«

Der Barkeeper stellt das volle Glas vor mir hin und ich schiebe es gleich weiter zu Eric, um meinen Stand-punkt deutlicher zu machen.

Dieser spannt seinen Kiefer an, legt ruppig seine Hand auf meine und beugt sich zu mir herunter. »Hör zu, du ...«

Ehe er weiterreden kann, wird er von mir weggezogen. Sofort rückt Valentin in mein Blickfeld, der zwischen uns stehen bleibt. Heute trägt er eine tiefsitzende Boyfriendjeans mit einem Tanktop, das mit unterschiedlichen Farben besprüht im Schwarzlicht bunt leuchtet. Wahrscheinlich hat er es sogar selbst kreiert, denn diese lässt sich auch in seinen zusammengebundenen Haaren wiederfinden.

»Wie nett von dir, dass du Vivien Gesellschaft geleistet hast. Aber jetzt kannst du gern gehen«, sagt er auf diese charmante Weise, die er bisher immer an den Tag gelegt hat.

»Ich glaube, da liegt ein Missverständnis vor«, meint Eric und versucht dabei, einen Schritt auf mich zuzugehen. Sofort stellt sich Valentin direkt vor mich und legt seinen Arm auf den Tresen.

»Nein, ICH glaube nicht, dass das so ist«, knurrt er unheilvoll.

Eric sieht zu Valentins Fingern, mit denen er unruhig auf dem Tisch tippt, schluckt schwer und schaut anschließend zurück in sein Gesicht. Dabei verzieht er keine Miene. »Wenn du das sagst.« Er besieht mich mit einem alles sagenden Blick, dreht sich um und geht.

Als er aus unserem Sichtfeld verschwunden ist, wendet sich Valentin mir zu. Erst jetzt fällt mir die kleine schwarze Rose auf, die an einem seiner Träger befestigt ist.

»Ich hätte keinen Retter gebraucht«, zische ich, ehe Valentin dazu kommt, den Mund zu öffnen.

»Wow, das ist ja mal ein interessantes Danke.«

»Danke? Sag mal, in was für einer Welt lebst du nur?«

Auch er beugt sich zu mir. »In meiner.« Dabei streicht er mir mit seinen weichen Fingern meinen Oberarm hinab, weiter über meine Hüfte und direkt unter mein kurzes Kleid. Überall hinterlässt er eine viel zu angenehme Gänsehaut, die sich gleichmäßig auf meinem gesamten Körper ausbreitet. »Aber das wirst du früh genug verstehen.«

Ehe er noch näher an meine Mitte, die so schon auffällig kribbelt, herankommt, haue ich ihm auf die Finger. »Okay, für den einen bin ich ein leichtes Ziel für eine unkomplizierte Zukunft und für den anderen was? Das Sexobjekt Nummer eins? Gibt es hier nicht genug Pussys, die sich nach genau deinem Schwanz sehnen?« Ich gehe einen Schritt zurück. Doch Valentin greift nach meinem Arm und zieht mich zurück an seinen definierten Oberkörper, in dem er nur für mich jeden seiner Muskeln anzuspannen scheint. Da er einen Kopf größer ist als ich, schaue ich zu ihm hinauf.

»Und genau weil es so ist, will ich diejenige haben, die sich mit Händen und Füßen gegen mich wehrt.«

Fuck, warum muss das nur wie eine Liebeserklärung klingen? »Das könnte ein ziemlich langer Kampf werden.«

Er greift in seine Hosentasche. »Keine Sorge, ich stehe auf Herausforderungen.«

»Hier bist du«, brüllt plötzlich eine mir bekannte Stimme. Wieder sehe ich mich um, bis ich in Lios

Augen blicke, der mit undurchsichtiger Miene vor uns beiden stehen bleibt.

»Was willst du hier?« Er soll ruhig verstehen, dass er in meiner Nähe nichts zu suchen hat.

Ehe Lio antworten kann, zieht Valentin mein Gesicht zurück in seine Richtung. Er trinkt den Sekt, beugt sich zu mir hinab und küsst mich, wobei er mir das prickelnde Getränk direkt aus seinem Mund einflößt. Von ihm überrumpelt schlucke ich und zurück bleibt ein bitterer schaler Geschmack, der meinen gesamten Mund ausfüllt.

Ich schüttle mich und stoße Valentin von mir weg. »Was soll die Scheiße?!«

Unbeeindruckt reicht Valentin mir das Sektglas. Es befindet sich noch ein kleiner Rest darin, aber ich nehme es nicht an. »Ich sorge dafür, dass sich endlich mal deine Anspannung löst, die dich seit dem ersten Tag an dieser Uni begleitet. Also trink aus oder ich wiederhole nur allzu gern den letzten Schritt.«

Lio steckt sich eine Zigarette an. »Ma belle dame, ich würde tun, was er von dir verlangt.«

»Ach, und seit wann hast du mir etwas zu sagen?« *Und wo kommt dieser schwache Akzent in seiner Stimme plötzlich her?*

Lio nimmt Valentin das Glas aus der Hand, hält es mir hin und beugt sich zu meinem Ohr hinab. »Seitdem du mich mit deinem Fick-mich-Blick angesehen hast.« Er setzt das Glas an meinen Mund und ich trinke ohne Widerworte aus. Alles kribbelt. Langsam breitet sich eine angenehme Wärme in meinem ganzen Körper aus.

Ob das von seinen Worten oder dem Alkohol kommt, kann ich nicht genau definieren.

Lio stellt das Glas zurück und sieht zu Valentin. Dieser nickt und bugsiert mich sanft zur Tanzfläche. Die Musik wird immer lauter. Gleichzeitig fühlt sich mein Körper stetig leichter an und der Grund, weswegen ich das hier nicht tun sollte, rückt in weite Ferne.

Valentin greift nach meinen Armen, die er über seine Schultern legt und mich mit dem Takt der Musik führt. »Dir scheint es schon viel besser zu gehen«, raunt er nahe an meinem Ohr, an dem er zu knabbern beginnt.

»Und du meinst, das liegt jetzt an dir?«, gebe ich mich weiterhin angriffslustig, obwohl mein ganzer Körper anfängt, nach Erlösung zu schreien, weil ich seit der Nummer mit Lio viel zu lange enthaltsam war. Doch so leicht mache ich es weder mir noch Valentin.

Ich löse mich von ihm, gebe mir selbst den Takt vor und sehe Valentin bei jeder meiner verführerischen Bewegungen tief in die Augen. Immer wieder verschwimmt das Bild vor mir. Deswegen konzentriere ich mich mehr auf das bunte Flimmern auf Valentins Shirt. Zwei Hände greifen von hinten um meine Taille. Ich sehe über die Schulter. Es ist Lio, der sich eng an mich schmiegt. »Vielleicht erlöse ich ja heute dieses fordernde Feuer in deinen Augen, mon amour.«

Ich stutze immer mehr. Wieso leugnet er unsere erste Begegnung, aber tut hier wie Casanova höchstpersönlich? Ist es, weil ich ihn nicht kommen lassen habe?

Wird er sich jetzt dafür rächen? Das Kribbeln wird immer stärker.

Mit der einen Hand fährt er an meinem unter Strom stehenden Körper nach oben, umschließt eine meiner Brüste und umspielt meinen Nippel, der steif wird. Die andere Hand gleitet unter mein Kleid und den Slip und drückt sich direkt auf meine Perle.

Meine Beine geben nach. Doch ich falle nicht um, weil Lio mich in seinem Griff gefangen hält. Mittlerweile steht Valentin direkt vor mir und fängt jede meiner Regungen mit seinem gierigen Blick ein.

»Was hast du mit mir gemacht?«, wispere ich völlig erregt. Mein gesamter Körper brennt.

Lios Finger lösen sich von meiner Brust. Gleichzeitig lässt er von meiner glühend heißen Mitte ab, greift nach meinem Slip und zieht ihn herunter.

»Auch das wirst du noch früh genug verstehen.« Wieder fasst Valentin in eine seiner Hosentaschen. In der Zeit greift Lio nach meinen Armen, fixiert sie fest hinter meinem Körper und presst sich eng an mich. Valentin kommt so nah an mich heran, dass sich mein Brustkorb bei jedem meiner hastigen Atemzüge gegen seinen drückt, beugt sich nur minimal nach unten und schiebt etwas Kleines, Rundes in mich, das vibriert. Damit wird mein Körper endgültig in den Ausnahmezustand versetzt.

»Du hast heute Glück«, raunt Valentin und legt seine Hände an meine Wangen. »Denn eigentlich gehört das bei meinen Aktivitäten in den Arsch.« Hart presst er seine Lippen auf meine, schiebt seine Zunge nach und kostet den Tanz zwischen uns in vollen Zügen aus.

Lios Finger haben den Weg zurück zu meiner Klit gefunden. Sie umkreisen diese, bis das Feuerwerk nicht mehr zu bremsen ist und ich völlig benebelt auf der Tanzfläche komme.

»Ma belle dame, ich würde tun, was er von dir verlangt.«

19
VALENTIN

Die Musik dröhnt in meinen Ohren. Mein Schwanz spannt in der Hose und noch immer presse ich meinen Mund auf den von Vivien. Mit jeder weiteren Berührung von Aurel löst sich die viel zu tief verwurzelt scheinende Anspannung, bis ich das Feuerwerk in ihren Augen sehe und durch ihre zitternden Lippen sogar spüren kann.

Ohne ihr Gesicht freizugeben, löse ich mich langsam von ihr. Aurel hat mittlerweile wieder beide Hände um ihre Brüste gelegt. Wie in Trance lässt sie sich von ihm führen und schwingt ihre Hüften simultan mit seinen mit. Sie sieht so perfekt aus. Ihre Augen zucken unruhig und zeigen deutlich, dass die Tablette, die ich ihr eingeflößt habe, wirkt und sie sich bislang eindeutig nicht genug befriedigt fühlt.

Wenn ich es ihr jetzt mit meinem Schwanz besorge, würde sie sofort kommen. Aber dann wäre dieses Spiel viel zu schnell vorbei. Stattdessen lasse ich doch ihr Gesicht los und öffne meine Hose.

Mein harter Schwanz wartet sehnsüchtig auf ihre Lippen. Vivien sieht von meinem Gesicht zu ihm und zurück.

»Hier?«, fragt sie entrüstet über die laute Musik hinweg.

»Bis jetzt hat es dich auch nicht gestört, oder?«

Ich setze mich schwungvoll auf die linke Seite des Tresens, auf den wir uns allmählich zubewegt haben, ohne dass Vivien es bemerkt hat. Aurel drängt sie zwischen meine gespreizten Beine, öffnet seine eigene Hose und zieht sie herunter. Er macht das, was er am liebsten bei unseren kleinen Spielereien tut: Leckt seine Finger an, fährt zwischen ihre Pobacken und dringt anschließend anal in sie ein. Vorsichtig dehnt er ihre Enge. Trotzdem bäumt sich Vivien auf und atmet gegen den Druck an, der sich mit den gleichmäßigen Vibrationen in ihr vermischen sollte. Dieser Blick mit einer Mischung aus Schmerz und Lust ist wunderschön. Ich greife nach ihren Händen.

»Und jetzt will ich wissen, ob du so gut bist, wie ich es mir bisher nur allzu gern vorgestellt habe.« Aurel stößt ein weiteres Mal zu und Viviens erhitzter Atem trifft auf die Haut, der sie sich endlich nähern soll. »Und wehe, du kleckerst.« Ich ziehe ihre Hände rechts und links neben mich. Sie kann nicht anders und beugt sich nach vorn und direkt zu meinem Schwanz, den sie sofort mit ihren Lippen umschließt.

Immer wieder fährt sie mit ihrer Zunge daran

entlang, umspielt ihn, saugt an meiner Eichel und gleitet mit ihren weichen, vollen Lippen an meinem gesamten Schwanz vor und zurück. Dabei verstärken Aurels Stöße ihre Berührungen, die als gleichmäßig wiederkehrende Vibration auch durch meinen Körper jagen. Definitiv weiß sie, was sie tut, und treibt mich bereits an die Klippe, von der ich mit ihr gemeinsam fallen werde.

Mein Schwanz spannt sich an. Viviens Schmatzen existiert nur in meinen Gedanken, weil es vollkommen vom Sound der Tanzfläche verschluckt wird. Ich sehe zu Aurel, der sie hart und dreckig nimmt. Ich beobachte jeden seiner Stöße, die sich weiterhin als sanfte Vibrationen auch auf Vivien übertragen. Sie lässt sich verdammt gut ficken. Mit einer meiner Hände fasse ich auf ihren Kopf, drücke sie tiefer und sie gehorcht. Nimmt ihn tiefer in sich auf, röchelt und macht trotzdem weiter. Diese Macht ist berauschend. Erneut sehe ich zu Aurel, der seine Augen schließt und immer härter in sie stößt. Der Druck und das Glücksgefühl, das ein richtig guter Blowjob in mir auslöst, übermannt mich. Ich komme selbst.

Vivien schluckt. Noch während mein Schwanz zuckt, nicke ich Aurel zu, der sie von mir wegzieht, eng an sich drückt und ihr einen seiner Arme an den Hals legt, sodass sie mir wieder direkt in die Augen sehen muss. Ich rutsche vom Tresen, ziehe mich an und beobachte die beiden noch immer beim Ficken. Mein Sperma glitzert auf Viviens Lippen, das ich wegwische. Ich schiebe ihr meinen Daumen in den Mund und sie saugt sofort daran. Herrisch grinse ich sie an, denn sie frisst mir vollkommen aus der Hand. Sie ist für mein dreckiges Spiel wie geschaffen, das jetzt erst richtig beginnt.

Aurel kommt ebenfalls und presst sich eng an sie. Er lässt ihren Hals los. Sofort umgreife ich ihren Kiefer, beuge mich zu ihr hinab und flüstere: »Ich verspreche dir, egal wen du in Zukunft ficken wirst, es wird allein mein Schwanz sein, der dir Erlösung verschafft.«

Viviens Augen zucken erneut. Immer wieder kneift sie sie zusammen, bis ihre Beine zittern und sie zusammenklappt. Aurel fängt sie auf und mein Vibrator kullert über die Tanzfläche. »Was für eine Dosis hast du ihr gegeben?«, fragt er leicht aus der Puste.

»Eine Tablette.« Was an dieser Uni echt nicht viel ist. Aber das zeigt nur, dass sie damit noch keine großen Berührungen hatte. Ich nehme sie ihm ab und er zieht sich an.

»Was machen wir jetzt mit ihr?«, fragt Aurel, vergräbt die Hand in seiner Hosentasche und zieht eine Kippenschachtel heraus.

Ich grinse dreckig und sehe zum Gerätelager auf der anderen Seite des Saals. Dabei entgehen mir die vielen echauffierten und teilweise auch schockierten Blicke einiger Studenten nicht. Zumal sie es von den Partys auf diesem Campus gar nicht anders gewöhnt sind. Aurel steckt sich eine an. »Also da komme ich grad nicht mit. Erst läufst du ihr wie ein notgeiler Trottel hinterher, fickst sie dann aber nicht, als du die Gelegenheit dazu bekommst, um sie anschließend völlig hilflos irgendwo liegen zu lassen?«

Ich setze mich in Bewegung. »Glaub mir, Eric und jeder andere Möchtegernkerl dieser Uni sollte nach der Nummer von eben wissen, dass Vivien mir gehört.«

»Sieht sie das denn genauso?«, fragt Aurel fast schon ketzerisch.

»Das wird sie – bald.«

»Vielleicht erlöse ich ja heute dieses fordernde
Feuer in deinen Augen, mon amour.«

20
VIVIEN

Mein Kopf dröhnt. Nur sehr widerwillig blinzle ich und versuche, die Augen aufzubekommen, weil das Licht so grässlich in ihnen brennt. Dabei versuche ich, zu verstehen, welchen Tag und welche Uhrzeit wir haben und wo ich mich überhaupt befinde, denn mein Zimmer sieht definitiv anders aus.

Bäuchlings liege ich auf einer blauen Turnmatte. Sofort stutze ich. Wieso bin ich hier? Wo ist hier und was ist überhaupt geschehen? Ich habe einen völligen Filmriss.

Mit der wenigen Kraft, die ich aufbringen kann, drehe ich mich auf den Rücken und atme tief durch, weil jede Bewegung dem Endspurt des Ironman-Wettbewerbs gleicht, und sehe mich um. Ich bin in einer Art Lager, dass voller Sportgeräte steht. Neben mir liegt der Slip, den ich auf der Party anhatte, und ein gelber, kleiner Ball. Mein Magen dreht sich auf links. Sofort setze ich mich auf und greife mir zwischen die Beine und o Gott: Ich bin nackt! Freiwild für jeden, der an mir vorbeigekommen ist!

Ich verspreche dir ... ficken ... Erlösung, kreisen die Worte durch meinen Kopf, die ich versuche, einer bestimmten Person zuzuordnen. Doch mehr als schwarzen Nebel finde ich in meinen Gedanken nicht.

Mit den verstörenden Befürchtungen, was letzte Nacht mit mir passiert sein könnte, greife ich nach meiner Tasche, dem Slip und dem gelben Ball, der in meiner Hand zu vibrieren beginnt. Vor Schreck lasse ich ihn fallen und sehe dabei zu, wie er langsam ausrollt. Mein Herz klopft wie wild gegen meine Brust. Dann wage ich einen zweiten Versuch, ergreife ihn ein weiteres Mal und erneut fängt er an, zu vibrieren.

»Das ist ein Vibrator!«, sage ich geschockt. »Was verflucht noch mal ist nur passiert?« War diese Party so abgefuckt, dass ich sie absichtlich vergessen habe, um meinen Geist zu schützen, oder war sie genau das Gegenteil? Und wieso liegt dieses *Spielzeug* neben mir?

Der Verzweiflung nahe, fange ich an, zu lachen. »Das kann doch nur ein schlechter Scherz sein!« Es dreht sich alles. Ich muss dringend in mein Zimmer. Also wickle ich ihn in den Slip. Anschließend ziehe ich das so schon kurze Kleid so lang wie möglich, hänge mir die Tasche um und torkele auf meinen wackeligen Beinen zur Tür, die ich einen kleinen Spalt öffne, und schaue nach draußen. Ich bin in der Turnhalle, in der die Erstsemesterparty stattfand. Jetzt ist sie leer und die meisten der Girlanden hängen verlassen von der Decke oder liegen auf dem

Boden verteilt, auf dem sich auch reichlich der recyclebaren und wiederverwendbaren Becher von der Bar finden.

Meine Hoffnung steigt, dass ich ohne groß Aufsehen zu erregen bis zu meinem Studentenzimmer komme. Also laufe ich los, quer durch den Raum und hinaus auf die Freifläche, wo ich scharf links abbiege und über den Rasen Richtung Whitehall. Ich habe keine Ahnung, wie spät es ist und wie hoch die Chancen stehen, dass mich niemand sieht, denn das schreit förmlich nach Skandal.

Hinter mir höre ich Stimmen, beschleunige mein Tempo und komme nach Luft ringend am Eingang des Wohnheims an. Natürlich habe ich hier drinnen nicht so viel Glück und ernte verdutzte und gleichzeitig neugierige Blicke, die ich alle so gut es geht, ignoriere. Einzig und allein die leicht angeekelt wirkenden Ausdrücke auf manchen Gesichtern verstehe ich nicht. Ich habe Sachen an, bin nicht dreckig und könnte ebenso einfach aus Blackhall gekommen sein, weil ich bei einem Kerl übernachtet habe.

Endlich erreiche ich meine Zimmertür, krame nach dem Schlüssel in der Tasche, schließe auf und rette mich in den sicheren Raum, in dem ich von den vielen unnötigen Blicken verschont bleibe. Mit immer noch wild klopfendem Herzen lehne ich mich gegen das kalte Holz und kämpfe mit einem ungüten Gefühl in meinem Magen, weil mich die Unwissenheit, was alles mit mir angestellt worden sein könnte, zu sehr piesackt. Der Ball in meinem Slip vibriert fröhlich weiter, also lege ich ihn auf mein Bett und frage mich immer noch, was das Ganze zu bedeuten hat.

Mein Handy klingelt. Ich schrecke zusammen, ehe das Gefühl von Glück wie pures Gold durch meine Adern strömt und mich kurz die quälende Ungewissheit vergessen lässt. Ja, ich brauche dringend jemanden, mit dem ich mich über den Abend unterhalten kann.

Ich nehme das Handy in die Hand, drehe es um und schiebe bereits den grünen Button nach rechts. Erst dann erkenne ich, wer anruft, und würde am liebsten schreien. Doch stattdessen atme ich tief durch und setze ein gekünsteltes Lächeln auf, was er zwar nicht sehen kann, aber mich dafür zur Kontrolle zwingt, weil er es mich jahrelang hat einstudieren lassen.

»Hi, Dad.« Ich versuche, nicht so zu klingen, als würde ich mir Sorgen darüber machen, dass eine Zahl X an unbekannten Männern die Nacht über meinen Körper gerutscht sein könnte.

»Hast du den Verstand verloren!«, schallt seine penetrante Stimme vom anderen Ende der Leitung schrill in mein Ohr.

»Es ist auch schön, dich zu hören«, bleibe ich komischerweise ruhiger, als ich es sonst tue. Aber wieso überfährt er mich so grundlos? Ich habe ihm noch gar keinen Grund geliefert, dermaßen aus der Haut zu fahren.

»Komm mir bloß nicht so, Vivien. Du überspannst den Bogen maßlos. Ist dir wirklich nichts mehr heilig und musst du nun die nächste Eskalationsstufe ausrufen, nur um mir zu zeigen, wie wenig du von meinen Plänen für deine Zukunft hältst?«

Ich verstehe nur Bahnhof. »Welcher Bogen, Dad?«, frage ich nach. »Was soll ich schon wieder angestellt haben?« Ich sehe es bildhaft vor mir, wie er mit seinem Kiefer mahlt. Wie er mich über die runden Gläser seiner Brille hinweg ansieht, als hoffe er, dass sich im nächsten Moment die Hölle auftut, mich verschluckt und das Problem Vivien für immer von dieser Erdkugel verschwindet.

»Hast du heute noch keine Uni-News gelesen? Da gibt es ein sehr aussagekräftiges Bild von dir direkt auf der Titelseite.«

Das mulmige Gefühl wird zur Übelkeit. Aber sie kommt nicht allein von diesem Telefonat, sondern mit Sicherheit von dem Sekt, den ich gestern auf fast nüchternen Magen getrunken habe. *Moment, der Sekt. Irgendetwas war doch mit dem.* »Nein, ich habe heute noch keine Nachrichten gelesen, Dad.«

»Dann tu es – jetzt!«

Genervt atme ich aus und schalte ihn auf Lautsprecher. Ich sehe auf meinen Bildschirm, schiebe die obere Leiste nach unten und weiß endlich, dass ich den halben Tag verpennt habe und es in der Mensa gerade Kuchen gibt.

Ich klicke auf den Button *Drewmore-News*. Die Seite lädt, dann kann ich mich selbst erkennen. Von hinten fasst mir jemand an die Brust. Mit der anderen Hand schlüpft man mir unter das Kleid und tut Dinge mit mir, die mir mit Sicherheit gefallen haben, aber definitiv nicht auf das Titelblatt der Uni-News gehören.

Der nächste Fetzen der Partynacht flammt vor

meinem geistigen Auge auf. Ich sehe Valentin vor mir stehen, der sich zu mir herabbeugt und mir einen Schluck Sekt einflößt. Er war viel zu bitter. Gefolgt von Lio der mich festgehalten hat. Valentin hat mir den Vibrator in die Pussy geschoben, hat mich kommen lassen und danach dabei zugesehen, wie mich Lio von hinten fickt.

Verfluchte Scheiße, meine Mitte kribbelt schon wieder. Und es erklärt, wieso mich die meisten Studenten mit so gemischten Gesichtsausdrücken ange-starrt haben. Ich spiele *Sherlock Holmes* und komme zu dem Schluss, dass dieses Bild nur von Valentin stammen kann. Nur er stand so nah vor mir – soweit ich das mit meinen aktuellen Erinnerungen beurteilen kann.

In mir braut sich ein Gewitter zusammen. Wieso hat er das getan? Was findet er daran so toll, mir mein Leben noch schwerer zu machen, als es eh schon ist? Allerdings lösen sich langsam die Ängste, dass ich Frei-wild gewesen bin, wenn ich an den Moment zurück-denke, als Valentin Eric deutlich gemacht hat, dass er sich verpissen soll.

»Und?«, grummelt mein Dad und holt mich aus den Gedanken.

Ich habe keine Ahnung, wie ich ihm das erklären soll, und fahre mir vollkommen überfordert durch die Locken. »Dad, ich ...«

»Komm mir nicht mit Ausreden!«, platzt es aus ihm heraus, als wäre er ein Vulkan, der sich spontan zum Ausbruch entschieden hätte. »Ich hatte wirklich gedacht, dass du deine Lektion gelernt hast. Dass du verstanden hast, dass ich für Lexy und dich nur das Beste will. Dass ich die Trennung für euch beide gewählt habe, damit du endlich erwachsen wirst und deine Schwester lernt, auf eigenen Beinen zu stehen, um sich auch ohne dich durchsetzen zu können. Aber das«, ich höre ihn gegen die ausgedruckten Blätter schlagen, »überschreitet eine Grenze, von der ich dachte, dass ich sie dir nicht aufzeigen muss.« Das hier fühlt sich fast wie ein Déjà-vu an, das mich erst vor ein paar Wochen ereilt hat. »Das ist jetzt der letzte Fehltritt, den ich bis zum Ende deiner akademischen Laufbahn tolerieren werde. Ich kenne Lexys und deinen Plan für die Zukunft. Ich befürworte ihn mehr, als du denkst. Aber sollte sich dein Verhalten nicht ändern, dann sorge ich dafür, dass es niemals zu dieser Zukunft kommen wird. Haben wir uns verstanden?«

In meinem Kopf herrscht Ausnahmezustand. Seine Worte klingen so lächerlich. Niemand kann mir mein Leben vorschreiben. Nur leider ist mein Vater einer der einflussreichsten Mediziner dieses Jahrhunderts. Sein Lobbyismus ist einfach viel zu stark und ich glaube ihm gerade jedes Wort. Meine bereits rosarot ausgemalte Zukunft steht auf der Kippe und das nur wegen Valentin, der mein Dilemma bestimmt auch noch lustig findet.

»Vivien!«

»J-ja?«

»Haben wir uns verstanden?«

»Ja«, gebe ich kleinlaut von mir.

»Du wirst dich mit dem Dekan treffen. Du wirst

dich entschuldigen und ihn fragen, wie du diesen Fauxpas wiedergutmachen kannst. Und wenn es bedeutet, dass du Küchendienst bekommst oder die Vogelscheiße von den Parkbänken kratzen sollst, dann wirst du das tun.«

Ohne meine Antwort abzuwarten, legt er auf und lässt mich mit so vielen gemischten Gefühlen zurück, dass sie die perfekte Schlammbowle ergeben würden, wenn ich jetzt auf einer Party den Gastgeber spielen müsste.

Ich schließe den Artikel, den ich mir nicht einmal durchlesen muss, um zu wissen, dass ich nicht gut wegkomme, und öffne den Chat mit Lexy. Dort sind die Häkchen unter meiner letzten Nachricht immer noch grau.

Resigniert schließe ich auch diesen, lege mein Handy weg und sehe zurück zu meinem Slip, in dem immer noch der gelbe Ball gewickelt liegt. *Sonst gehört der in den Arsch.*

Was auch immer Valentin mit mir gemacht hat, es war viel zu gut. Und trotzdem muss ich ihm einen Riegel vorschieben, sonst sind die ganzen Opfer, die ich hier bringe, vollkommen umsonst. Ja, ich glaube, es wird Zeit für meine erste Szene in diesem Semester und danach werde ich mir wohl oder übel einen Termin beim Dekan geben lassen müssen.

21
VALENTIN

Mittlerweile lese ich mir den Artikel um Viviens heiße Nacht zum fünften Mal durch und könnte mich immer noch selbst dafür feiern, das Bild von ihr an die richtige Stelle gegeben zu haben. So sitze ich mit meinem Handy in der Hand in der Mensa und rühre meinen Kaffee um.

»Okay, nur noch mal zum Mitschreiben«, beginnt Aurel und beißt von seinem French Toast ab. »Du lässt sie semi-befriedigt in der Turnhalle liegen, gibst Skandalbilder an die Uni-Zeitung und erwartest jetzt, dass sie sich immer noch von dir ficken lassen will?«

Ohne das Handy wegzulegen, sehe ich zu ihm. »Ich gehe nicht nur davon aus, ich weiß es. Spätestens in einer Woche steht sie vor den Türen von *Blackhall* und wird mich anflehen, Teil meiner Verbindung sein zu dürfen. Auf Knien bettelnd und mit meinem Schwanz in ihrem Mund wäre zwar das Optimum, aber bei ihrem Wesen wohl wirklich Wunschdenken.«

»Ich finde, dass alles an deinen Plänen nach Wunschdenken klingt«, schmatzt Aurel.

Die Tür zur Mensa wird so stark aufgedrückt, dass das Holz hart und laut scheppernd gegen die Wand knallt. Dann betritt Vivien den vollen Raum, in dem es sofort still wird. Kurz sieht sie sich nach links und rechts um, erblickt mich und steuert zielstrebig auf mich zu. Jetzt lege ich das Handy weg.

»Es ist alles eine Frage des Anreizes«, antworte ich Aurel und setze mich so an den Tisch, dass ich den Arm darauf ablegen kann, stütze meinen Kopf mit der Hand ab und rühre mit der anderen gelangweilt tuend meinen Kaffee um. Aus dem Augenwinkel sehe ich Vivien dabei zu, wie sie in ihrer Skinny Jeans und dem weit ausgeschnittenen schwarzen Shirt direkt auf mich zugelaufen kommt. Derweil folgen ihr fast alle Blicke der anderen Studenten. Aurel dreht sich flüchtig um, atmet tief durch und beißt erneut von seinem Toast ab.

»Guten Tag, die Herren«, begrüßt sie uns und klingt völlig unverfänglich. Ich tue so, als hätte ich sie nicht bemerkt, hebe den Kopf und sehe ihr direkt in das angespannt wirkende Gesicht, wobei das Grün in ihren Augen nur umso intensiver erstrahlt, als wäre in ihnen gerade der Frühling erwacht.

»Das wünsche ich dir auch.« Ich zeige neben mich. »Möchtest du dich setzen?«

Sie legt ihre Hände auf die Kante des Tisches, wobei sie eine davon zu einer Faust ballt, die sich kaum sichtbar bewegt. »Steck dir deine falschen Angebote sonst wo hin«, zischelt sie.

Ich stelle mich dumm und lächele sie lediglich an.

»Welche Laus ist dir denn über die Leber gelaufen?«

»Die Laus, die meinte, gestern von mir schlecht belichtete Fotos zu machen, um sie gleich am nächsten Tag an den höchstbietenden Skandalreporter zu verkaufen, ohne mir mindestens 50 % des Honorars auszubezahlen.«

Aurel gegenüber verschluckt sich am Kaffee.

»Also verkauft habe ich sie ganz bestimmt nicht«, rede ich mich heraus. »Ich empfand es eher als meine Pflicht, allen anderen Studenten zu zeigen, wie wahnsinnig sexy du bist, wenn du den Stock aus deinem Hintern bekommst.«

»Und ich dachte schon, du meinst eher, wie heiß ich bin, wenn man mir vibrierende Bälle in die Pussy schiebt.« Sie öffnet ihre zur Faust geballten Hand und mein Minivibrator kullert aus einem Taschentuch auf den Tisch, wo er leicht wackelnd an meiner Tasse liegen bleibt.

»Den hättest du mir auch gern erst bei unserer nächsten Runde zurückgeben können.«

»Ich habe einen viel besseren Vorschlag für dich. Wieso lässt du nicht lieber eine Reinigungsanleitung für abhandengekommenes Sexspielzeug abdrucken? Immerhin scheint man ja hier nicht immer zu wissen, ob es vorher anal oder vaginal benutzt wurde. Ich glaube, damit hilfst du einer viel größeren Masse, als nur einer einzelnen Studentin, die einen guten Grund kennt, einen Stock im Arsch zu haben, denn der sorgt dafür, dass Typen wie du dort keinen Platz haben.«

»Mh, dabei schien es dir ziemlich gut zu gefallen, was ich mit deinem Arsch veranstaltet habe«, kommt es von der anderen Seite des Tisches.

Vivien dreht sich zu Aurel um. »Vielleicht schiebst du das lieber dem Bitterstoff in meinem Sekt zu.«

Ich beuge mich zu ihr. »Dabei fand ich, dass dir der wirklich sehr gutgetan hat. Besonders, wenn ich mir all die anderen Bilder ansehe, die ich von dir jetzt an meinem Zimmerschrank hängen habe.«

Vivien tut es mir gleich. »Weißt du was? Behalte die Bilder von mir, genieß sie oder wichse dir darauf einen ab, denn näher als auf ihnen wirst du meinem Körper nicht mehr kommen!«

»Oder ich ziehe dich jetzt einfach auf diesen Tisch und wir zeigen all den unwürdigen Studenten, die meinen, ein Anrecht auf dich zu haben, dass du allein mir gehörst«, raune ich nah an ihrem Ohr, damit nur sie die Worte hören kann, die ihr mit Sicherheit die Gänsehaut über den Körper treiben und sich als heißes Kribbeln an ihrer Pussy zeigen.

Leise lacht sie auf, schüttelt den Kopf und löst sich vom Tisch, wobei sie die Beine auffällig zusammendrückt, was mir genau zeigt, dass sie solche Worte nur noch mehr antörnen. »Dir ist nicht mehr zu helfen.« Sie dreht sich um und will gehen, da greife ich nach ihrem Handgelenk.

»Ich habe dir gestern etwas gesagt und glaub mir, genau so wird es kommen. Ich allein werde dein Erlöser sein, Vivien.« Mit diesen Worten lasse ich sie los, genieße den kurzen intensiven Blick, den sie mir über ihre Schulter zuwirft und anschließend den Raum verlässt, ohne jemand anderem Beachtung zu schenken.

»Und das nennst du jetzt erfolgreich?«, fragt Aurel und lehnt sich zurück.

»Und wehe, du kleckerst.«

22

LEXY

Ein letztes Mal drehe ich mich vor dem großen Spiegel in meinem Zimmer im Kreis, um zu schauen, ob auch wirklich alles dort sitzt, wo es hingehört, denn so kurze Kleider habe ich bisher selten getragen.

»Du siehst fantastisch aus«, baut mich Sasha auf. Dabei fühle ich mich alles andere als das.

»Meinst du?«, frage ich verunsichert, gehe zurück zu meinem Schreibtisch und trinke einen Schluck von dem Kaffee, den mir Sasha vorhin mitgebracht hat.

»Glaub mir, in dem roten Minikleid wirst du das Highlight der Party sein.«

»Genau das befürchte ich.« Ich setze den Becher erneut an.

»Und bestimmt wird auch der Typ vom Rugbyteam, den du angesprochen hast, nicht eine Sekunde die Augen von dir nehmen können.«

O Gott! Wenn ich nur daran denke, wie ich ihm

gestern verklickert habe, dass seine enge Hose viel verspricht, werde ich gleich wieder rot. Wie konnte ich nur? Langsam habe ich das Gefühl, dass ich mich zu Vivien entwickle. Dabei will ich das gar nicht, aber es passiert einfach.

Sasha in ihrer schwarzen Oversizebluse und den glitzernden High Heels steht auf. »Komm, trink aus und dann lass uns in die Partynacht starten.«

Ich nicke und sehe zu meinem Handy, auf das ich seit gestern nicht mehr geschaut habe. Doch kaum ist Sasha neben mir angekommen, hakt sie sich bei mir unter, wartet, dass ich den Kaffee komplett ausgetrunken habe und zieht mich voller Elan zur Tür.

Schon durch die geöffneten Fenster im Flur ist das Dröhnen der lauten Musik deutlich zu hören. Selbst der Bass legt sich bereits auf meinen Brustkorb und wird mit jedem Schritt, den wir auf den Festsaal zugehen, kräftiger.

Sasha drängelt sich an den anderen Studenten, die artig darauf warten, vom Fotografen abgelichtet zu werden, vorbei, schiebt mich vor den rosaroten Hintergrund mit den Rosen und drückt mich eng an sich.

»Cheese«, ruft sie laut, zeigt ihr einnehmendes Lächeln, von dem ich mich anstecken lasse, und es ihr gleichtue. Kaum bringt mich das Blitzlicht zum Zwinkern, zieht mich Sasha auch schon weiter und wir betreten den Raum, der in denselben Farben wie der Hintergrund geschmückt ist. Eigentlich hatte ich nicht erwartet, dass überhaupt irgendwelche Dekoration verwendet wird. Doch jetzt laden die rosa gehaltenen

Blumenarrangements dazu ein, sich einfach vom Beat treiben zu lassen. Das tun Sasha und ich auch, ehe die Mädels ihrer – nein, mittlerweile *unserer* Clique – sich uns anschließen und wir uns im Takt der Musik über die Tanzfläche bewegen.

»Wir müssen nachher dringend noch ein Bild von uns zusammen aufnehmen lassen«, schreit Sasha in die Runde und alle nicken.

Die Hitze steigt mir, trotz meines knappen Outfits, in die Wangen. »Ich gehe etwas trinken«, sage ich zu Sasha.

»Aber bleib nicht so lange weg, in Ordnung? Ich will dabei sein, wenn der erste Typ versucht, dich abzuschleppen.«

Ich lächele nur, streiche mir eine meiner dunklen Strähnen hinters Ohr und schlängele mich zur Bar. Solche Worte haben bisher immer eine Panikreaktion zur Folge gehabt, die ich dank Vivien schnell in den Griff bekommen habe. Doch mittlerweile scheinen sie ihren Schrecken verloren zu haben.

Ich kann bereits den Tresen vor mir sehen, als ich angerempelt werde, mit meinen Pumps wegrutsche und hart auf dem Boden lande.

»Oh, entschuldigen Sie.«

Mit pochendem Knie blicke ich auf. Dr. Garcia steht über mir und sieht mich mit besorgter Miene an. Er reicht mir die Hand, die ich wie an Fäden geführt ergreife und mich von ihm hochziehen lasse. Durch den Schwung kann ich mich immer noch nicht ausreichend halten, falle vorn über und direkt in Dr. Garcias Arme und werde von seinem muskulösen Oberkörper festgehalten. So stehen wir da. Keiner von uns beiden bewegt sich. Eigentlich sollte ich es komisch finden. Eigentlich sollte es mir nicht gefallen und doch tut es das. Liegt es daran, dass mir seine Ratschläge bisher helfen, meinen Alltag besser zu überstehen? Selbst dieses Wort passt nicht mehr, denn mittlerweile bestreite ich souverän und voller Tatendrang jeden Tag, egal welches Hindernis sich vor mir auftut.

Doch dann greift er nach meinen Oberarmen und drückt mich von sich weg. »Geht es Ihnen gut? Haben Sie sich wehgetan?«

»N-nein. Es ist alles in Ordnung.« Bei dem intensiven Blick und der Fürsorge, die er mir schenkt, ist das schmerzhafte Pochen bereits in den Hintergrund gerückt. »Aber was machen Sie hier?«

Mit großen Augen sieht er mich an. »Na, das hier ist doch eine Uni-Party.« Er legt seine Hand auf meinen Rücken und führt mich zum Tresen.

Kaum sind wir angekommen, lässt er mich los und ich verstehe nicht, wieso mir das nicht gefällt. »Das stimmt«, antworte ich stattdessen und sehe ihm dabei zu, wie er den Barkeeper heranruft. Wenige Augenblicke später bekommen wir zwei Cuba Libre vor die Nase gesetzt.

Dr. Garcia nimmt einen großen Schluck, während ich verunsichert das Glas betrachte. »Mögen Sie ihn nicht?«

Ich schüttle den Kopf. »Ehrlich gesagt, weiß ich das nicht. Bisher war ich niemand, der Alkohol gebraucht hat, um Spaß zu haben.« Oder besser formuliert, wegen ihrer Medikamente darauf verzichtet hat.

Dr. Garcia lehnt sich mit einem herausfordernden Lächeln auf den Lippen zu mir. »Sie denken immer noch viel zu viel nach. Genießen Sie einfach den Augenblick. Und«, er schiebt den Drink näher an mich heran, »wir beide wissen, dass Ihnen ein Cocktail absolut nichts anhaben kann. Oder wollen wir die Therapie hier fortsetzen. Sie wissen noch, was Regel Nummer 1 war, oder?«

Jedes seiner Worte rieselt wie feiner Sand über meine Seele. Diese schwache Reibung ist Fluch und Segen zugleich, denn sie schmerzt und gleichzeitig sammelt er alles ein, was mich davon abhält, den Drink stehen zu lassen, bis nichts mehr von meinen Zweifeln vorhanden ist. Ich hebe das Glas, setze es an meinen Mund und trinke einen Schluck. Der Alkohol brennt meine Kehle hinab und ich verziehe das Gesicht. »Puh, ziemlich stark«, stelle ich fest.

Dr. Garcia schnaubt. »Nur für Jungfrauen.«

Sofort halte ich inne. »Was haben Sie gesagt?«

Er nimmt den nächsten Schluck. »Dass es für Anfänger immer etwas schwieriger ist, Routine in die angenehmen Dinge des Lebens zu bekommen. Finden Sie nicht auch?« Für einen Moment bin ich mir nicht sicher, was ich darauf antworten soll. Gerade fühle ich mich ertappt und nackt und weiß nicht einmal, wieso. »Möchten Sie sich nicht endlich von den Fesseln, die Sie immer noch daran hindern, einfach loszulassen und das Leben zu genießen, befreien?«

Sasha taucht völlig aus der Puste neben uns auf und stellt meine Rettung dar. »Ich habe dich schon gesucht.« Dabei legt sie mir ihre Hand auf die Schulter und stützt sich an mir ab. »Oh, Doktor Garcia, Sie hier?«

Er weicht meinem Blick keine Sekunde aus. »Ja, aber nicht mehr lange.«

Sasha nickt. »Gut, dann sage ich den anderen Bescheid.«

Schon ist sie wieder auf der Tanzfläche verschwunden. Was meint sie damit? Ich verstehe die Welt nicht mehr.

Dr. Garcia dreht meine Handfläche nach oben. »Es wird Zeit, dass du auch die anderen Regeln kennenlernst.«

»U-und die wären?«

»Was war Regel Nummer 1, Lexy?«

»Ich folge den Anweisungen.« Dr. Garcia nickt und legt eine runde rosafarbene Pille in meine Hand. »Was ist das?«, will ich wissen.

»Regel Nummer 2: Stell keine Fragen und erst recht keine, auf die du die Antwort bereits kennst.«

In meinem Körper herrscht Ausnahmezustand. Was wird das hier? Und wieso bin ich noch nicht blindlings aus dem Saal gestürmt, weil das, was gerade geschieht, gegen jede meiner Moralvorstellungen verstößt?

Er nimmt die Pille, schiebt sie mir in den Mund und drückt sie mit dem Daumen so tief hinein, dass ich ihn komplett mit meinen Lippen umschließe. »Und jetzt, schluck!« Unter Strom stehend, befolge ich seine Aufforderung und schlucke die bunte Pille hinunter.

Dabei ist sein Blick dermaßen intensiv, dass ich nicht wegsehen kann oder vielleicht auch nicht wegsehen will. Behutsam fährt er mit dem Daumen über meine vollen Lippen. Sofort jagen die Stromstöße durch meinen Körper, die seine Berührungen in mir auslösen. *Verdammt, was passiert hier?*

»Brav. Jetzt bist du bereit für Regel Nummer 3.«

»Ich verspreche dir, egal, wen du in
Zukunft ficken wirst, es wird allein mein
Schwanz sein, der dir Erlösung verschafft.«

23
VIVIEN

Nachdem ich letzte Nacht kaum geschlafen habe und mich heute auf so gut wie nichts konzentrieren kann, laufe ich seit Stunden durch die Stadt. Die meisten Geschäfte sind geschlossen. Trotzdem kann man in den Schaufenstern teure Öle bestaunen oder sich in Kleidung mit dem Versace-Logo verlieben. Nur die Türen der kleinen Cafés stehen offen, deren bunte Muffins und mit essbaren Perlen verzierten Petits Fours dazu verleiten sollen, eine Weile im Inneren zu verbringen. Aber ich habe keinen Hunger, denn noch immer hat sich meine Schwester nicht bei mir gemeldet und geht nicht einmal bei meinen Anrufen ran. Dabei bräuchte ich dringend jemanden, mit dem ich mich unterhalten kann – nein, um es genau zu sagen, brauche ich Lexy.

Valentins Worte kreisen dauerhaft durch meinen Kopf. Er will zeigen, dass alle anderen Männer an dieser Uni unwürdig sind? Dass ich nur ihm gehöre? Was soll das denn bitte schön für ein Unsinn sein? Das wirkt ja fast so, als würde er jetzt über meine Zukunft bestimmen. Dabei habe ich nicht vor, mir hier überhaupt jemand Festes zu suchen. Und wie es aussieht, darf ich nicht einmal einfach nur Spaß haben, weil ich dafür öffentlich angeprangert werde.

Ich ziehe meine Lederjacke etwas fester, biege in die kommende Seitenstraße ein und stehe, wie bereits bei meiner Ankunft in Montbéliard, vor dem Eingang des *Cupper-Pubs* und seufze.

Mit Lio war es so unkompliziert. Dank ihm bin ich überhaupt erst bereit gewesen, mich endlich meinem Leben an diesem fremden Ort zu stellen. Und dann ... muss er ja unbedingt der beste Kumpel von Valentin sein, ignorieren, dass wir uns bereits kennen und Sex hatten, aber vögelt mich eiskalt auf der Party vor allen anderen und dann auch noch in den Hintern.

Ich mache nicht einmal den Versuch, in die Bar zu gehen, sondern laufe weiter und zücke mein Handy aus der kleinen Handtasche, die über meiner Schulter hängt. Erschöpft und in einem seltenen mentalen Breakdown öffne ich den Chat mit Lexy. Die Hoffnung, dass sie in der Viertelstunde, in der ich nicht auf mein Handy geschaut habe, geschrieben hat, wird zu meinem Strohhalm zurück an das rettende Ufer unseres Zusammenhalts. Doch der Haken ist weiterhin grau und ich fühle mich immer einsamer. Trotzdem tippe ich eine neue Nachricht.

> Hey, du. Ist alles in Ordnung? Wie war die Party?

Ich drücke auf *Senden*, die Mitteilung kommt an, aber bleibt ebenfalls grau. Langsam mache ich mir wirklich Sorgen. Zwei Tage ohne Antwort sind zwei Tage zu viel für mich. Sie wird sich ja kaum völlig abgeschossen haben und immer noch ihren Rausch ausschlafen.

Mittlerweile bin ich aus der Gasse raus. Es ist schon dunkel, die Lichter der Straßenlaternen leuchten meinen Weg aus und ich mache einen weiteren Versuch und rufe Lexy an. Doch auch hier geht nach mehrmaligem Tuten nur die Mailbox ran. Resigniert stecke ich das Handy zurück und betrete den Campus.

Vielleicht sollte ich mich doch in den Zug setzen und nach Zürich fahren. Wenn ich schnell bin, bekommt es bestimmt niemand mit. Vor allem nicht mein Dad. Nur leider wird es ein unerfüllbarer Wunsch bleiben, denn die Gefahr, dass ich Lexys Studium riskiere, ist zu groß.

Mittlerweile stehe ich vor dem Hauptgebäude. Da ich weder etwas zu erledigen noch Hunger habe, laufe ich an der Gabelung den Kiesweg nach links und genieße die frische Abendluft und das Trällern der Nachtigall. Vor Whitehall betrete ich die Rasenfläche und lehne mich an eine der großen Buchen, die mit direktem Blick zu meinem Zimmer stehen. Wenn ich bis morgen nichts von ihr gehört oder gelesen habe, werde ich notgedrungen unseren Vater anrufen. Irgendwie habe ich das Gefühl, dass er dafür verantwortlich ist und ihr eventuell verboten hat, mit mir in Kontakt zu bleiben. Das würde ich ihm sofort zutrauen. Gerade nach dem Fauxpas mit dem Zeitungsartikel. Aber dann will ich es wenigstens von ihm hören und kann anschließend an einer Lösung arbeiten. Ja, genau so mache ich es. Mit diesem gefassten Entschluss stoße ich mich vom Baum ab, um auf mein Zimmer zu gehen.

»Nein!« Jemand rennt gehetzt über den Kiesweg. Das helle mahlende Geräusch der Steine hallt in meinen Ohren wider und holt mich aus meinen Gedanken. Ich drehe den Kopf so weit, dass ich hinter dem Baum hervorschauen kann. Eine Frau in einem knielangen, gelben Kleid scheint förmlich vor etwas zu flüchten, sieht immer wieder gehetzt über die Schulter und verschwindet in der Dunkelheit, die die Bäume bieten.

In Gedanken folge ich ihrem Weg, der auf der anderen Seite des Baumes, hinter dem ich stehe, lang führen muss, und drehe mich genau dahin um. Erneut betritt jemand den Kiesweg. Nur sind diese Schritte viel ruhiger.

»Nein!«, ruft die Frau erneut. Ihre Umrisse bewegen sich nur wenige Meter von mir entfernt und werden immer unkontrollierter, je mehr sich die anderen Schritte auf sie zuzubewegen scheinen. »Bitte, ich wollte doch nur ...«

Ein leises Summen durchbricht die Nacht und kurz danach fällt die Frau vornüber ins Gras.

Für einen Moment scheint die Welt stehen zu bleiben, genauso wie mein Herz, das mir immer stärker und schneller gegen die Brust schlägt. Wieder wird der Kies bewegt, bis ein zweiter Schatten vor der Person, die auf dem Boden liegt, stehen bleibt und sich zu ihr herabbeugt.

In meinem Kopf herrscht Leere. Meine Finger sind kalt und zittern. Ich kann das Bild vor mir nicht greifen, außer dass es mir ein ungutes Gefühl im Magen verschafft.

Ohne es steuern zu können, taumle ich zwei Schritte zurück und trete dabei auf einen herumliegenden Zweig, der unter meinem Gewicht knackt. Der Schatten hält inne, steht auf und setzt sich langsam in meine Richtung in Bewegung.

In meinem Kopf springen sämtliche Alarmglocken an. Bevor ich verstehe, was passiert, drehe ich mich bereits um und stürme blindlings los. Dabei bleibe ich an einem Ast hängen, stürze fast und sprinte weiter, ohne zu wissen, wohin ich eigentlich renne, denn um mich herum herrscht nur Dunkelheit. Mit meinem Tunnelblick kann ich nicht ausfindig machen, wo sich der Kiesweg befindet. Laternen? Scheinen allesamt kaputt zu sein.

Hinter mir knackt es ebenfalls mehrfach. Ich bin mir sicher, dass man mich verfolgt. Mir steigen die Tränen in die Augen, weil ich langsam realisiere, was hier gerade passiert ist.

Erneut durchdringt dieses kurze Summen die Stille, gefolgt von einem stechenden Schmerz, der mir durch die Schulter treibt. Wie im Automodus hechten meine Beine nach links, über den Kies, und am hinteren Ende des Hauptgebäudes von Whitehall vorbei.

Mit jedem Zentimeter, den ich mich zum Eingang hinarbeite, scheint der Kloß in meinem Hals kleiner zu werden. Dafür wird das Stechen in meiner Taille immer schmerzhafter, weil ich null Ausdauer besitze. Aber ich kann nicht anhalten. Ich muss weiterrennen und endlich die Türen von Whitehall erreichen, hinter denen ich sicher sein werde – hoffe ich.

Etwas trifft die Mauer neben mir. Als hätte jemand zwei Feuersteine aneinander gerieben, glüht kurz ein Funke auf. Intuitiv weiche ich zwischen die Baumreihen aus, wo ich mich hinter einem der Stämme positioniere und versuche, so leise wie möglich zu atmen, damit man mich nicht hört.

Ich kann definitiv niemanden ausfindig machen, traue mich aber auch nicht, nachzuschauen, ob da wer ist, so sehr lähmt mich die Angst. Meine Augen brennen. Das Bild von diesem Chase flammt immer wieder in meinen Gedanken auf. Werde ich es sein, die man morgen auf dem Titelblatt unter einem weißen Leichentuch bestaunen kann und die man ebenfalls als Routine-Tote abstempeln wird?

Irgendetwas trifft den Baum seitlich. Ich schreie auf und hechte erneut los. Duckend und Haken schlagend renne ich weiter am Gebäude entlang. Endlich sehe ich die Tür des Wohnheims. In mir macht sich die Hoffnung breit, dass ich gleich in Sicherheit sein werde, da packt mich jemand am Arm und zieht mich in ein Gebüsch.

Schlagartig setzt der letzte klare Gedanke aus und mein blanker Überlebenswille übernimmt die Kontrolle. Ich will losschreien, wehre mich mit Händen und Füßen, da presst mir die Person hinter mir die Hand auf den Mund und drängt mich eng an seinen kräftigen Körper heran.

»Schh, sei leise«, flüstert mir derjenige ins Ohr.

So weit ich kann, drehe ich den Kopf. Der Geruch nach kaltem Zigarettenqualm liegt in der Luft. Es ist Lios angespannt wirkendes Gesicht, das vor mir erscheint und schaut, ob er draußen etwas ausfindig machen kann.

Da wurde jemand erschossen! Genau vor meinen Augen! Als hätte mein Geist mit hundert Sachen beschleunigt und dann scharf gebremst, kommen erst jetzt alle anderen Gedanken hinter mir zum Stehen und überschlagen sich. Tränen laufen meine Wangen hinunter bis zu Lios Fingern, welche sich noch immer auf meine Lippen pressen.

Mein rechter Oberarm brennt. Mein gesamter Körper zittert und ich wünschte, ich würde aus diesem Albtraum aufwachen.

Lios Schultern senken sich. Er nimmt die Finger von meinem Mund und zeigt mir an, immer noch leise zu sein. Dann dreht er sich zur Seite weg.

Er wird mich doch wohl nicht allein lassen?! Sofort greife ich nach seiner Hand. Er hält inne, dreht sich zu mir um und sieht mich an.

»Komm«, flüstert er und zieht mich sanft unter dem Busch vor.

»Ich habe dir gestern etwas gesagt und glaub mir,
genau so wird es kommen. Ich allein
werde dein Erlöser sein, Vivien.«

24
LIO

Vivien hat sich ohne Gegenwehr von mir durch die dunklen Gassen Montbéliards ziehen lassen. Ihre ausdruckslose Miene hat ganze Bände gesprochen. Bestimmt hat sie nicht einmal mitbekommen, dass wir am Cupper-Pub vorbei sind und über den Hintereingang der Bar meine Wohnung erreicht haben.

Jetzt stehe ich etwas ratlos vor ihr. Wie ein Häufchen Elend sitzt sie auf der braunen Ledercouch und starrt ins Nichts. Und ich habe keine Ahnung, was ich mit ihr machen soll. Überhaupt war nichts von dem, was gerade passiert ist, geplant. Die Situation, die so schon völlig verzwickt ist, habe ich mit meiner eigenmächtigen Entscheidung, sie zu retten, gleich noch einmal auf ein ganz neues Level gehoben. Aber ich hätte sie schlecht dort zurücklassen können.

Ihre Handtasche, die sie dabeihat und jetzt auf dem Boden liegt, hebe ich auf und hänge sie an den Haken neben der Eingangstür. Dann gehe ich in die Küche, befülle ein Glas mit Wasser und laufe zurück zu Vivien, die sich immer noch keinen Zentimeter bewegt hat.

Beim Abstellen klirrt es auf dem Glastisch. Vivien zuckt, blinzelt und sieht mich endlich an. »Lio?«, flüstert sie. »Nein, Aurel«, berichtigt sie sich selbst.

»Na, wer soll ich denn sonst sein?« Irgendwie süß, wenn sie nicht die zickige Tochter, sondern die verletzliche Frau von sich zeigt. Obwohl ihre sich alles nehmende Art auch durchaus ihren sehr anregenden Reiz hat.

Sie zieht die Augenbrauen zusammen. Jetzt ist sie eindeutig verwirrt. Langsam sieht sie sich im Raum um. »Wo bin ich?«

»In meiner Wohnung?«

»In deiner ... Wohnung?«, wiederholt sie mehr zu sich selbst und bleibt mit ihrem Blick auf der Karte vom Campus hängen, die hinter dem kleinen Esstisch auf der anderen Seite des Zimmers hängt und auf der viele bunte Stecknadeln stecken.

»Und was hast du«, sie schluckt schwer und fängt erneut zu zittern an, »auf dem Campus gemacht?«

Ich stutze. Hat sie vergessen, dass ich dort Student bin? Tief hole ich Luft und kratze mich an der Schläfe. »Tja, das ist etwas komplizierter.«

»D-du ... hast doch auch ... wir müssen zur Polizei, Lio.«

In meinem Kopf rattert es, wie ich diese Situation noch irgendwie retten soll. Ich knie mich vor ihr hin. »Vivien, das ist ...«

Ein Schlüssel wird ins Schloss gesteckt.

Kurz schließe ich die Augen. *Verdammt!*

»Lio, wo warst du? Wir wollten doch heute im Wohnheim tauschen.«

Vivien dreht den Kopf und während sie die Person, die gerade durch die Tür tritt, mustert, werden ihre Augen immer größer. »Was?«, fragt sie schockiert.

»Hallo, Aurel«, begrüße ich meinen Bruder und zeige auf Vivien. »Das ist ...«

»Merde! Ich weiß, wer das ist.« Aurel schmeißt die Tür zu und sieht uns beide völlig überfordert an. »Lio, was soll das?«

Ihr Blick huscht zwischen uns beiden hin und her, bis sie aufsteht und sich von uns wegbewegt. »Soll das hier ein schlechter Scherz sein? Spielen wir Versteckte Kamera oder Wie viel kann Vivien ertragen?«

»Beruhig dich, Vivien«, versuche ich, sie nicht weiter aufzuregen, und drehe mich zu Aurel. »Ich war schon auf dem Weg zu dir. Aber dann habe ich jemanden schreien gehört und habe eine leblose Studentin in der Nähe von Whitehall gefunden. Als ich den Tatort sichern wollte, habe ich Vivien entdeckt, die völlig planlos über das Gelände gerannt ist. Was hätte ich denn machen sollen? Sie dort lassen und dem Täter aussetzen?«

Immer noch steht Aurel mit undurchsichtiger Miene an der Tür und sieht zu Vivien, die die Welt nicht mehr zu verstehen scheint. »Und hast du den Täter gesehen?«, fragt er wieder an mich gerichtet.

Ich schüttle den Kopf. »Nein.« Aurel reibt die Finger aneinander und holt tief Luft. Langsam geht er auf unseren Gast zu, die so weit zurückgewichen ist, dass sie mit dem Rücken gegen die halbhohe Kommode stößt, die der Raumtrenner zum Esstisch darstellt. Aurel streckt die Hand nach ihr aus, die sie wegstößt.

»Was soll das hier? Was veranstaltet ihr ... ihr beiden hier?«

Mein Bruder wagt einen zweiten Versuch und lässt sich dieses Mal nicht von ihr abschütteln. »Reste calme, du bist verletzt«, raunt er und fährt über ihre Schulter. »Que s'est-il passé?«

Flüchtig schüttelt sie den Kopf. »Ich weiß es nicht. Nachdem es ... passiert ist, bin ich weggerannt. Es tat nur kurz weh.«

Aurel blickt über die Schulter zu mir. »Das ist ein Streifschuss. Hol den Sanikasten.« Ich nicke und hole aus dem Hängeschrank an der Wand zur Küche das Verbandszeug. »Zieh dein Shirt aus«, fordert Aurel Vivien auf.

»Wie bitte?«

Ich komme nicht drumherum, zu schmunzeln, weil ich mir denken kann, wie dieses Spiel trotz ihrer Verfassung laufen wird.

»Du bist verletzt.«

»Auf dem Campus wird jemand eiskalt abgeknallt. Ihr spielt doppeltes Lottchen und jetzt willst du, dass ich mich ausziehe?«

»Ich habe keinen Röntgenblick, also muss ich es mir schon selbst ansehen«, sagt Aurel konzentriert.

Immer heftiger schüttelt Vivien den Kopf. »Nein, ich werde jetzt zur Polizei gehen.«

»Merde!« Die Anspannung spiegelt sich in jeder Faser von Aurels Körper, der merkwürdig ruhig bleibt, obwohl er sonst eine tickende Zeitbombe ist, wenn jemand nicht nach seiner Pfeife tanzt. »Alles, was an dir interessant sein könnte, habe ich bereits kennengelernt«, brummt er und rückt etwas näher an sie heran, was mich hellhörig macht. »Und wir werden auch nicht zur Polizei gehen.« Er greift nach ihrem Arm.

»Was? Nein, aber wir müssen das doch melden!«

Aurel zerrt sie unter ihrem sexy aussehenden Protest zur Couch und bugsiert sie zurück auf das kalte Leder. Ich folge ihnen, öffne den Sanikasten und stelle ihn so hin, dass mein Bruder problemlos an alles herankommt. Dieser dreht sich zu mir. »Und was machen wir jetzt?«, knurrt er mich an.

Ich zucke mit den Schultern. »Ich glaube, viele Möglichkeiten bleiben da nicht mehr. Entweder sie geht zu Lawer und wir werden vom Fall abgezogen oder ...?« Den Rest kann er sich denken.

»Dann wäre die ganze Arbeit umsonst gewesen«, presst Aurel zwischen seinen Lippen hervor.

»Dann musst du das Risiko eingehen.«

Aurel wirkt leicht ratlos, schließt kurz die Augen und dreht sich beim Öffnen zurück zu Vivien, die immer noch völlig verunsichert aussieht. »Zieh endlich deine Jacke und das Shirt aus. Dann erkläre ich dir alles.«

Mit glasigem Blick sieht sie erneut zwischen uns hin und her, dann kommt sie seiner Aufforderung nach und zieht die Lederjacke, gefolgt von ihrem Langarmshirt, dessen rechter Schulterbereich von Blut getränkt ist, aus. Ihre Brüste bewegen sich bei ihrer immer noch hektischen Atmung in ihrem schwarzen Spitzen-BH verführerisch mit. Nur allzu gern erinnere ich mich an das Gefühl in meinen Händen zurück, als sie mich eiskalt im Cupper-Pub überrumpelt hat. Aurel kniet sich, so wie ich vorhin, vor Vivien und zieht etwas Desinfektionsmittel und Tupfer aus dem Verbandkasten. »Hör zu«, beginnt er sachlich, obwohl ich mir sicher bin, dass er gerade lieber an die Decke gehen würde, und beträufelt den Tupfer. »Du hast bestimmt schon mitbekommen, dass mehrere Studenten an der Uni auf unerklärliche Weise verschwunden und nun ja ... auch ermordet worden sind.« Er drückt ihn auf die Wunde.

Vivien verzieht das Gesicht. »Ermordet, ja. Verschwunden?«, wiederholt sie und Aurel nickt.

»Aufgefallen ist das Ganze vor knapp zwei Jahren, nachdem sich zwei Elternpaare unabhängig voneinander bei der hiesigen Polizei gemeldet haben. Sie konnten nicht nachvollziehen, wieso ihre Kinder einfach verschwunden sind, obwohl sie vorher nie den Anschein gemacht haben, zu so etwas fähig zu sein.« Aurel drückt jetzt einen trockenen Tupfer auf die Wunde, der sich mit ihrem Blut tränkt. »Gib mir die Tape-Streifen raus«, wendet er sich an mich. Sofort krame ich danach und gebe ihm die flache Verpackung. »Es kam davor schon dazu, dass Studenten dem Druck nicht gewachsen waren und deswegen von heute auf morgen verschwunden sind. Aber in den meisten Fällen sind diese nach einer gewissen Zeit wieder aufgetaucht.

Aber manche auch nicht. Das hat die hiesige Polizei stutzig gemacht.«

Mein Bruder nimmt den ersten Streifen aus der Verpackung, setzt ihn auf einer Seite ihrer Schulter an und zieht ihn unter Zug auf die andere, wodurch sich die Wunde leicht blutend zusammenzieht.

»Puh, ziemlich stark.«
»Nur für Jungfrauen.«

25
VIVIEN

Meine Schulter tut so verdammt weh. Die Schmerzen scheinen sogar durch Aurels Behandlung schlimmer zu werden. Gleichzeitig herrscht in meinem Kopf immer noch das absolute Chaos und ich versuche, so gut es geht, Aurels Ausführungen zu folgen. »Also seid ihr beide Polizisten?« Lio nickt. »Und Brüder?«

»Zwillinge, um genau zu sein. Wir können dir auch gern unsere Ausweise zeigen«, meint Aurel mit einem Schmunzeln, weil die Frage aufgrund der Ähnlichkeiten der beiden überflüssig scheint, und nimmt den nächsten Strip, den er mir auf die Haut klebt.

»Deswegen hast du mich in der Mensa nicht erkannt?«

»Genau«, bestätigt er mir konzentriert. »Ich bin häufiger bei Valentin. Lio übernimmt meine Aufgaben auf dem Campus in der Regel nur, wenn ich Berichte schreiben muss.«

»Ansonsten sammele ich Informationen, die wir manchmal auch im Cupper-Pub aufschnappen«, mischt sich Lio ein, in dessen Augen es merkwürdig funkelt, als wäre er nicht ganz bei der Sache.

»Da die Probleme an dieser Uni ziemlich umfänglich sind, wollte Inspekteur Lawer, dass wir vierundzwanzig Stunden und sieben Tage die Woche vor Ort sein können. Und trotzdem steigen wir bei vielen Sachverhalten einfach nicht dahinter.«

Ein kalter Schauer läuft meinen Rücken hinab. Das klingt immer mysteriöser. »Nicht das einzige Problem?«, hake ich nach.

Aurel befestigt den letzten Streifen auf meiner Schulter und zieht ein Pflaster aus dem Sanikasten, dass er wenig gefühlvoll fast schon draufklatscht. »Ich glaube, das Wichtigste weißt du jetzt.« Er will aufstehen.

Ich greife nach seiner Hand und hindere ihn daran. »Das reicht mir nicht.«

»Das muss es aber. Du steckst jetzt schon viel zu tief mit drin, was uns in eine schwierige Lage versetzt. Daher ...«

»Ich war gerade Zeuge eines Mordes«, falle ich Aurel ins Wort. »Meine Seele ist dadurch ohnehin angeknackst, also will ich gefälligst auch alles wissen.«

Unentschlossen sehen sich die beiden an. Lio zuckt bloß mit der Schulter. »Sie weiß jetzt schon zu viel. Da ist der Rest auch egal.«

Aurel seufzt und nimmt neben mir Platz. Lio geht in die Küche und kommt mit zwei geöffneten Bieren und einem Glas Wasser zurück, dass er vor mir hinstellt.

Er setzt sich auf die andere Seite, reicht Aurel eine Flasche und führt seine eigene zum Mund. Doch ich nehme sie ihm ab, trinke selbst einen großen Schluck, der nicht annähernd meine Nerven beruhigt, und gebe sie ihm zurück. Der verblüffte Ausdruck in seinen Augen wandelt sich, bis er sein schelmisches Grinsen aufsetzt und selbst trinkt.

Aurel stellt sein Bier neben mein unberührtes Wasserglas. »Es geht das Gerücht herum, dass an manchen der Eliteuniversitäten Schicksal gespielt wird und dass die Vermissten- und Todesfälle damit in Verbindung stehen.«

Mit hochgezogenen Augenbrauen sehe ich ihn an. »Du meinst mit Schicksal ...?«

»Mh.« Aurel scheint nach den richtigen Worten zu suchen. »Genau das, was ich sage. Die Leiter der Universitäten scheinen die Pärchenbildung aktiv zu lenken.«

»Du machst Witze?«

»Leider nein.« Aurel nimmt erneut das Bier in die Hand, lehnt sich an und trinkt einen Schluck.

Ich sehe zu Lio. »Wollt ihr damit andeuten, dass sobald man einen Fuß durch das Tor setzt, feststeht, mit wem man mal zusammenkommt?« Wieder nicken beide. »Hört doch auf. Das zieht ihr euch an den Haaren herbei.«

Aurel trinkt den nächsten Schluck. »Ach so, und wieso ist dann Eric so aufmerksam? Glaub mir, er redet öfter über dich, als du vielleicht denkst.«

»Das ist Valentin auch«, kontere ich.

Aurel schmunzelt. »Oh ja, sehr sogar.«

Erneut springt mein Kopfkino von der Erstsemesterparty an, was ich sofort verdränge. »Und ihr denkt, dass beides zusammenhängt? Also eure Theorie und die toten Studenten?«

»Ja, davon gehen wir aktuell aus, aber uns fehlen die Beweise«, erklärt Lio.

»Wir denken auch, dass Valentin mit drinhängt, weil sich gerade nach seinem Zutun relativ viele Paare finden. Aber belegen können wir es nicht«, führt Aurel weiter durch das Gespräch.

»Aber ihr seid Tag und Nacht mit ihm zusammen. Er müsste doch etwas planen, erklären oder zumindest mit dem Dekan die Formalitäten und Ähnliches besprechen.«

»Ja, aber zu den Terminen nimmt er uns nicht mit. Sie finden immer unter vier Augen statt. Auch das, was innerhalb der Blackhall-Verbindung läuft, ist sehr undurchsichtig.«

Lio reicht mir das Bier, aus dem ich erneut etwas trinke und ihm zurückgebe. »Aber, was ist denn so schlimm daran, wenn hier Kuppler gespielt wird? Ich meine: Vielleicht ist es ja für manche genau das Richtige?«

»Da beginnen sich die beiden Faktoren zu überschneiden«, lenkt Aurel sofort ein. »Denn die Fälle der letzten zwei Semester sprechen dafür, dass sich die Studenten gegen dieses Abkommen gestellt oder davon Wind bekommen haben müssen und es an die große Glocke hängen wollten. Aber bevor es dazu kam, waren sie verschwunden. Und das ist nicht nur hier so. Allerdings können es andere Universitäten deutlich besser vertuschen. Nehmen wir als Beispiel die Star-High in Zürich.« Kaum hat er es ausgesprochen, wird mir schlecht.

»D-die Star-High i-in Zürich?«

»Ich weiß nicht, ob dir diese Uni etwas sagt, aber …«

»Meine Schwester studiert dort«, falle ich ihm ins Wort und merke, wie meine gerade erst wieder warm gewordenen Füße zu Eis gefrieren. »Sie hat mir die letzten Wochen nur sporadisch geantwortet und reagiert schon seit Freitag nicht mehr auf meine Nachrichten.«

»Okay, ich glaube nicht, dass du jetzt voreilige Schlüsse ziehen solltest, nur weil sie vielleicht auch einfach den Abstand von dir genießt.«

Ausdruckslos sehe ich Aurel an. »Was soll das heißen?«

»Dass du ziemlich anstrengend bist«, erwidert er kühl.

»Ich bin nicht anstrengend. Ich weiß einfach, was ich will, und dazu zählt nun mal nicht, an dieser Uni zu versauern, sondern mit Lexy Zeit zu verbringen.« Ich stehe auf und suche meine Tasche, die ich an einem der Haken neben der Eingangstür erblicke. »Außerdem hat dich das bei der Party nicht davon abgehalten, meinen Arsch zu ficken.«

Lio neben uns spukt sein Bier aus, während Aurel keine Miene verzieht. »Was? Davon hast du mir nichts erzählt, Aurel.«

Ich gehe zu meiner Tasche und hole das Handy raus.

»Ich fand es auch nicht wichtig«, redet er sich heraus. »Immerhin gehört das zu der Rolle einfach dazu.«

Ich schnaube belustigt. »Für die du einen Oscar verdienst.« So schnell wie möglich suche ich den Chat mit Lexy, in dem weiterhin alle Häkchen grau sind. Also rufe ich an. Doch es springt wie die letzten Male immer nur die Mailbox an. Nach all den Informationen, die ich gerade bekommen habe, glaube ich nicht mehr an einen Zufall. Nein, in meinem Kopf verheddern sich die wildesten Fantasien zu einem riesigen Knäuel zusammen, bei dem ich weder den Anfang noch das Ende erkenne und ich mich darin immer weiter verstricke.

Gefrustet, weil ich wegen Lexy im Dunkeln tappe, schmeiße ich mein Handy in die Tasche, gehe zu den Männern zurück, um mein Shirt und die Jacke zu suchen. Beides finde ich vor dem Tisch auf dem hellen Hochflorteppich, auf dem überall Popcornreste liegen.

»Was hast du jetzt vor?«, fragt Lio, der plötzlich neben mir steht.

»Was wohl? Ich werde jetzt zu meiner Schwester fahren und schauen, ob bei ihr alles gut ist.«

»Hast du niemanden, den du vorher anrufen und fragen kannst?«

Gequält lächle ich Lio an. »Ich habe dir doch erklärt, dass mein Vater uns auf die beiden Unis verfrachtet hat. Denkst du wirklich, er wäre jetzt ehrlich zu mir und würde mir sagen, dass er uns zum Freiwild auf dem Uni-Verkupplungsmarkt erklärt hat, oder dass meine Schwester eventuell nicht kooperativ gewesen ist und deswegen nie wiederkommen wird?«

»Und was, wenn nicht?«, mischt sich Aurel ein, der sich ebenfalls erhebt und eine Zigarette aus einer Kippenpackung klopft.

»Was?«

Er zündet sie an. »Was machst du, wenn dieser mehr als unwahrscheinliche Zufall eintreffen sollte? Rennst du dann zum Dekan der Star-High oder suchst deine Schwester auf eigene Faust?« Er pustet den ersten Schwall graue Luft aus. »Solange niemand eine Vermisstenanzeige aufgibt, dein Vater dir keine Auskunft gibt und dir die Beweise für unsere Theorie fehlen, wirst du nichts erreichen. Am Ende könntest du diejenige sein, die mit aufgeschnittenen Pulsadern in irgendeinem Graben liegt.«

Seine Worte treffen mich hart. Nur leider hat er nicht ganz unrecht. Zumal ich eigentlich gar nicht von hier weg darf und ich es am Ende nur schlimmer machen könnte, wenn mein eigensinniges Verhalten Lexy ihr Studium kostet. »Ach, und was soll ich deiner Meinung nach machen? Einfach nur dumm rumsitzen und auf die Nachricht warten, dass ich recht hatte?«

Aurel sieht zu Lio. »Oh nein«, brummt dieser. »Kommt gar nicht infrage. Damit überschreitest du dann wirklich eine Grenze.«

»Was denn?«, knurrt Aurel. »Du hast sie hier angeschleppt und ich sollte ihr alles erklären. Jetzt kann sie auch einen Schritt weitergehen.«

Ich verstehe nur Bahnhof.

»Das lässt Lawer niemals zu«, redet Lio weiter und unterstreicht das Ganze mit einer aussagekräftigen Handbewegung, die deutlich NEIN sagt.

»Er muss davon ja nichts wissen.«

Ich stelle mich zwischen die beiden. »Okay, ihr zwei. Was ist hier los?«

Aurel öffnet den Mund, aber Lio ist schneller mit der Antwort.

»Aurel will vorschlagen, dass du dich uns anschließt und uns hilfst.«

Mir entgleiten die Gesichtszüge. »Was?« Ich blicke zu Aurel, der den nächsten Zug nimmt. Die stickige Luft hat sich bereits im gesamten Raum ausgebreitet und kribbelt unangenehm in meiner Nase.

»Du hast Angst, dass deiner Schwester etwas zugestoßen sein könnte. Du kannst nicht einfach dort aufschlagen und mit der Tür ins Haus fallen und du hast niemanden, der von dort Informationen besorgen kann. Also, für mich sieht es fast danach aus, als hättest du gar keine andere Wahl.«

»Und wie soll diese *Hilfe* aussehen?«, frage ich pampig und setze das Wort Hilfe in Gänsefüßchen, die ich mit meinen Händen forme.

»Du könntest dich als allererstes Mal einer Verbindung anschließen, damit das ewige Buhlen um dich endet.«

Schon wieder dieses Thema. »Welches Buhlen?«, will ich wissen.

»An dieser Uni ist es nun mal so, dass man sich für

irgendetwas Außerschulisches interessieren muss. Wie es scheint, bekommst du es selbst nicht mit. Aber es ist das Gesprächsthema Nummer eins, wer deinen zucker-süßen Hintern in die Finger bekommt und Stolz verkünden darf, dass Miss-Tochter-des-Nobelpreisträ-gers bei uns ist.«

»Aber ich will n...«

»Was du willst, ist nebensächlich, wenn du deiner Schwester helfen möchtest.« Dieses Gespräch entwi-ckelt sich immer mehr zu einer Unterhaltung, die ich mit meinem Vater führen würde. Und genauso fange ich an, mich zu fühlen. Aurel atmet tief durch und fährt sich über den Nasenrücken. »Es gibt ein Thema, das wir bisher nicht besprochen haben.« Dann sieht er mir wieder direkt in die Augen. »Da draußen läuft ein Mörder frei herum, der dich gesehen haben könnte. Da wir nicht zu einhundert Prozent wissen, wie alles zusammenhängt, musst du aus der Schussbahn und aus den Top fünf der Gesprächsthemen an dieser Universi-tät. Und das geht nur, indem du dich endlich entschei-dest. Wahrscheinlich wäre es wohl sogar noch besser, wenn du dich gleich Valentin anschließt.«

Das hat er jetzt nicht wirklich gesagt, oder? »Ich soll was?«

»Brav. Jetzt bist du bereit für Regel Nummer 3.«

26

AUREL

»Dich Valentin anschließen.« Ich glaube selbst kaum, was ich da sage. Aber wenn ich alle Optionen vergleiche, erscheint mir diese als am sinnvollsten.

»Niemals!« Vivien ist außer sich. »Das kannst du vergessen! Nicht bei diesem Arschloch oder hast du schon verdrängt, was er mit mir gemacht hat?«

Unberührt von ihrem Gefühlsausbruch drücke ich die Zigarette aus. »Valentin hat auf der Party deutlich gezeigt, dass er was von dir will.« Sie öffnet den Mund, doch da zeige ich ihr an, dass sie noch kurz innehalten soll. »Die Wahrscheinlichkeit, dass man dich angreift, solange er die Hand über dich hält, ist am geringsten. Außerdem«, ich gehe auf sie zu, »fährt Valentin jedes Jahr zum Sommerball auf die Star-High. Wenn du dich bei ihm gut führst und seine Aufnahmepraktiken überstehst, nimmt er dich vielleicht mit. Eine einfachere

Möglichkeit, zu deiner Schwester und an Informationen zu kommen, wird es nicht geben.«

»Ach, und das soll echt so leicht ablaufen?«, fragt sie bissig und lässt ihre Augen nur umso stärker strahlen. »Diese ganze Idee klingt einfach nur völlig bescheuert.«

»Sollte sich deine Schwester zwischendurch doch melden, kannst du jederzeit aussteigen.« Ich sehe zu Lio. Dieser wirkt nicht ganz so überzeugt davon.

»Ich frage mich gerade noch, wie dieser Plan dabei helfen soll, an Informationen zu kommen. Mehr als das du sie aus der Schussbahn holst, geschieht nicht. Abgesehen davon, dass du sie Valentin förmlich zum Fraß vorwirfst.«

»Ich bin mir ziemlich sicher, dass er ein Verbot vom Dekan bekommen hat. Ohne Viviens ausdrückliche Zustimmung geht er nicht weiter.«

»Oh, na das sind ja tolle Aussichten«, gibt sie immer gereizter von sich.

»Aber ich gebe dir recht, Lio«, rede ich weiter und beachte Vivien nicht, um das vermeintliche Flammenmeer in ihr nicht noch stärker zu befeuern. »Damit allein bekommen wir keine Informationen.«

Auch dafür bräuchten wir Vivien. Deswegen sehe ich zurück zu ihr, aber sage nichts weiter, in der Hoffnung, dass sie selbst auf die Lösung kommt. Doch sie reagiert nicht. Also muss ich leider nachhelfen und bin bereit für die nächste Fluchtirade.

»Es müsste sich jemand Zutritt zum Büro des Dekans verschaffen. Dort gibt es definitiv die Antworten, die wir suchen.«

Ihre Augen werden immer größer. »Das … ist jetzt endgültig ein Scherz, oder? Kennt ihr diesen Mann überhaupt? Habt ihr das Seil, was er in seiner Schublade hat, noch nicht gesehen? Ich bezweifle, dass ich solche pikanten Informationen bei einem banalen Gespräch aus ihm herauskitzeln kann.«

»Nope«, meint Lio trocken und lässt das P dabei ploppen.

»Ich habe bereits mehrere Anläufe für so eine Aktion unternommen. Doch leider verliefen alle erfolglos«, führe ich das Gespräch weiter.

Vivien wirkt kein bisschen überzeugt. »Nach all dem, was ihr mir erzählt habt, müsste es da nicht genug Indizien für einen Durchsuchungsbefehl geben?«, versucht sie, sich weiterhin mit Händen und Füßen gegen diesen Plan zu wehren.

»Ja, aber eine Verbindung zu den Morden in Zusammenhang mit der Universität gibt es nicht. Allein der Grund, dass es eine Verkupplungsuni sein könnte, reicht nicht aus.«

»Und wie soll ich das anstellen? Ihm einfach sagen: Hey, Laurent, schönes Büro, darf ich auch mal in deine Schränke schauen?«

»Du bist Vivien van Jones«, sage ich ruhig, während Lio zu kichern beginnt und mich zum Innehalten zwingt.

Lio winkt ab. »Sorry, ich muss immer noch an die Peitsche und den Hut denken.«

Genervt hole ich Luft und fahre fort. »Du bist die

Tochter des aktuell berühmtesten Wissenschaftlers der Welt. Glaub mir, du bist interessant genug für ihn.«

»Ich bin für ihn nur eine große Nervensäge, die Probleme macht. Und nachdem das Bild von mir bestimmt auch auf seinem Tisch gelandet ist, hat sich seine Einstellung zu mir mit Sicherheit nicht verbessert.«

»Na wunderbar, dann hättet ihr doch eine Grundlage, über die ihr euch verständigen könnt.« Bei diesen Worten scheint ihr Körper in den Automodus zu wechseln. Sie holt aus, doch ich fange ihre Hand spielend ab. »Quoi, ma belle dame? Dass du dich gut ficken lässt, ist kein Geheimnis mehr.«

»Ja, aber es ist meine Entscheidung, wen ich an meinen Körper lasse, wenn man mich nicht gerade unter Drogen setzt.«

Ich schmunzle. Ihre Art, mit Problemstellungen umzugehen, gefällt mir. »Im Grunde würde es schon reichen, wenn du uns überhaupt irgendwie einen Weg ins Gebäude sicherst, ohne dass wir *einbrechen* müssen, um keine Spuren zu hinterlassen. Und entweder nimmst du diesen Deal ganz oder gar nicht.«

»Das hier ist kein Deal, das ist eine Win-Win-Situation für euch beide. Ich bin diejenige, die sich dabei auf mehr als nur zwielichtige Kompromisse einlassen muss.«

»Ja, und ich dehne die Regeln meines Vorgesetzten, was meinen Bruder und mich den Job kosten könnte. Also?« Ich lasse ihre Hand los. Kurz schiebt sie die Lippen aufeinander hin und her und scheint über mein Angebot nachzudenken. Dabei kann ich selbst nicht glauben, dass ich eine Studentin, die eigentlich unter meinem Schutz steht, zur Prostitution animiere.

»Ich hasse es, wenn mir die Pistole auf die Brust gesetzt wird.«

»Das glaube ich dir.«

»Aber ich bin mir leider sicher, dass du recht hast. Mein Bauchgefühl täuscht mich selten.« Sie schließt die Augen. Beim Öffnen wirken die Zweifel, wie weggeblasen. »Gut«, sagt sie entschlossen.

Sofort reiche ich ihr die Hand. »Ich wusste, dass du nicht nein sagen wirst.« Sie ergreift sie. »Bienvenue à l'équipe, Vivien.«

Vor dem Glastisch stehend, zünde ich mir die nächste Kippe an, die ich mehr als dringend brauche. Die Situation mit Vivien ist vollkommen aus dem Ruder gelaufen. Und jetzt habe ich die Person, auf die die gesamte verfickte Uni mit Adleraugen schaut, auch noch in mein Team eingeladen und mache gemeinsame Sache mit ihr.

Ob das überhaupt funktioniert und sie wirklich hilfreich sein wird, bleibt abzuwarten. Aber sie wird Valentin in Schach halten und dadurch wird er irgendwann einen Fehler begehen, was der Schlüsselmoment zu unserem Erfolg sein wird.

»Du wirst doch nicht schon gehen wollen«, sagt Lio und holt mich aus meinen Gedanken. Ich drehe mich um und sehe dabei zu, wie Vivien die Jacke enger schnürt und sich zur Tür herumdreht.

»Ich glaube, der Abend war lang genug.« Sie klingt ziemlich erschöpft.

»Und mir gefällt es nicht, wenn du nach diesen schlimmen Erfahrungen einfach so gehst.«

Innerlich schmunzle ich. Lio, dieser Träumer. Er ist so schlecht im Verbergen von den Dingen, die er will. Ungebremst huschen meine Erinnerungen zu dem Bild, das Valentin von ihr gemacht hat. Dabei ist dieses nicht einmal das Verruchteste. *Ich will es nicht zugeben, aber ihren Hintern zu ficken war einfach gut.*

»Ich glaube, ich bin ein großes Mädchen und kann sehr gut auf mich selbst aufpassen. Ich werde es schon lebendig in mein Zimmer schaffen. Der Mörder wird ja wohl nicht die ganze Nacht vor Whitehall stehen und auf mich warten, wenn er mich nicht richtig erkennen konnte.«

Während ich schmunzle, weil ihre Schlagfertigkeit ihresgleichen sucht, ist Lio bereits aufgestanden und drückt sie mit dem Oberkörper nach vorn gegen die Tür.

»Das würde ich dir sofort glauben, ma plus chère, wenn deine Finger nicht immer noch zittern würden.«

»Und wo holst DU jetzt deinen französischen Akzent her?«

Ich nehme den nächsten Zug und sehe den beiden bei ihrem kleinen Gerangel zu.

»Aus den Tiefen meiner guten Seele, die langsam glaubt, dass du drauf stehst.«

»Und deswegen fängst du jetzt damit an? Dann war es ganz richtig, dass ich dich halbfertig zurückgelassen habe«, stichelt sie ihn noch weiter an. »Und wir sind ab sofort Partner, sitzen im selben Boot und sollten das Ganze in einem professionellen Rahmen halten.«

Lio fährt mit seinen Fingern unter ihre Jacke und mit Sicherheit auch unter das Shirt, während er mit der anderen ihre Hände hinter dem Rücken zusammenhält.

»Aber findest du nicht, dass wir alle auf demselben Stand sein sollten? Meinen Teil betreffend, fühle ich mich schon etwas benachteiligt.« In einer fließenden Bewegung dreht er sie zu mir um, sodass ich in ihren gemischten Gesichtsausdruck blicke und genüsslich einen weiteren Zug nehme. »Oder wie siehst du das Bruderherz?«, raunt Lio und umspielt eine ihrer Brüste.

Eigentlich haben wir gerade wirklich andere Probleme. Aber damit er glücklich wird, von mir aus. Ich gehe auf Vivien zu, in deren Augen sich neben der Erschöpfung, die dieser Tag gefordert hat, auch Erregung widerspiegelt.

Ich fahre durch ihre störrischen Locken. »Nimmst du die harte oder nachdem, was heute geschehen ist, lieber die sanfte Tour?«

Lios Hand wandert von ihrer Brust abwärts.

»Da ich die Sanfte schon kenne«, sagt sie ketzerisch, »können wir ja einen Schritt weitergehen.«

Ich nehme einen letzten Zug. Lio greift unter den Bund ihrer Hose und Vivien stöhnt auf. Ich umgreife ihren Kopf, presse meine Lippen auf ihre und puste ihr direkt den Zigarettenqualm in Mund. Sofort fängt sie an, zu husten. Irgendwie war mir das klar. Dann lasse ich sie los. »Dafür, dass alles an dir nach Skandal ruft, scheinst du kein Interesse an Drogen zu haben.«

Lio gibt ihre Hände frei und hilft Vivien dabei, die Jacke auszuziehen.

»Glaub mir, das, was ich bisher gemacht habe, hat meinem Vater schon gereicht, um regelmäßig an die Decke zu gehen. Sonst wäre ich nicht hier. Und sonst würde ich mich nicht selbst um meine Verhütung kümmern.«

Ich umgreife den Saum ihres Shirts und ziehe es ihr über den Kopf. Sofort legt sie die Hände um meine Schultern und Lio zerrt ihr, während sie aus den Schuhen schlüpft, Hose und Slip vom Körper.

»Dachte er, du kommst hier an eine züchtige Uni?«, raune ich in ihr Ohr und schiebe meine Finger in sie. Sofort umschließt sie sie mit ihrer Enge, japst nach Luft und kann eindeutig die Ablenkung, die wir ihr gleich bieten, gebrauchen.

»Wahrscheinlich hat er gehofft, dass mir jemand den Teufel austreibt« wispert sie und wird noch etwas enger.

Lio schiebt seine Hose hinunter, platziert sich und in dem Moment, in dem ich meine Finger aus ihr ziehe, stößt er sich in sie. Gleichzeitig greift er in ihre Haare und reißt ihren Kopf nach hinten, sodass er ihr Ohr mit den Lippen berührt. »Für dich wird es wohl nur eine Art Erlösung geben können« knurrt er.

Ich umfasse Viviens Handgelenke, gehe zur Seite weg und lasse sie sich gegen die Wand stützen, während das Geräusch von nackter Haut auf Haut unseren kleinen Flur erfüllt. In einer fließenden Bewegung knie ich mich vor sie, spreize ihre Schamlippen und umspiele mit meiner Zunge ihre Klit, die deutlich angeschwollen ist. Sofort dringt mir dieses stöhnende Knurren in die Ohren, dass sie bereits auf der Party so verdammt geil wirken lassen hat.

Eine ihrer Hände vergräbt sich in meinen Haaren. Mit jeder neuen Umkreisung meiner Zunge und mit jedem weiteren Stoß von Lio wird ihr Griff fester. Ihre erhitzte Stimme füllt den gesamten Raum aus, ehe sie in ein ersticktes Japsen übergeht und sie meine Haare freigibt. »Verdammte Scheiße«, wispert sie immer noch vollkommen erregt.

»Und jetzt beenden wir endlich, was wir angefangen haben.« Lio zieht sich aus ihr zurück. Hastig dreht er sie zu sich herum, hebt sie hoch und läuft mit ihr zur Couch. Kaum hat er sich selbst auf das Leder gelegt, bugsiert er Vivien auf seinen harten Schwanz, fasst mit den Händen um ihr Gesicht und küsst sie.

Ich weiß, er würde sie gerade gern für sich allein haben. Aber nach der Nummer auf der Party und den Geschehnissen, die uns zu diesem Punkt gebracht haben, gönne ich ihm das nicht. Also gehe ich auf die beiden zu. Aus nächster Nähe und so, dass mich Vivien beobachten kann, ziehe ich mich aus. Dabei streife ich selbst über meine Brustwarzen die hart werden. Vivien beobachtet jede meiner Handbewegungen. Langsam streife ich mir die Hose runter, entledige mich meiner Schuhe und der Unterwäsche und nehme meinen Schwanz in die Hand. Gleichmäßig schiebe ich meine Haut immer wieder über meine Eichel.

Lio drückt sie tief auf sein Becken. Mit jedem

weiteren Stoß japst sie erregter und sieht mir dabei zu, wie ich mich selbst befriedige. Beobachtet, wie ich mir auf die Lippe beiße und sie dabei keine Minute aus den Augen lasse, weil ich alles will. Ihren erregten Blick, der nach immer mehr schreit. Mehr Gefühl, mehr Ekstase und verdammt noch mal mehr Sex.

Und ich will es ihr geben, so wie bei der Party. Nur dass ihre Konzentration allein auf mir und meinem Bruder liegt, der seiner Ekstase ebenfalls immer lauter Luft macht.

Noch immer liegt mein Schwanz in meiner Hand. Ich gehe auf die beiden zu. Knie mich neben sie und greife meinem Bruder in die Haare, ziehe sein Gesicht zu mir heran und küsse ihn. Seine rauen Lippen, auf denen noch immer die letzte Zigarette liegt, kribbeln auf meinen. Gleichzeitig greife ich nach ihrer Brust, die ich fest knete und sie schmerzerfüllt zuckt.

»Scheiße«, raunt Vivien, aus deren Japsen ein stoß-artiges Hauchen wird. Ich ziehe auch ihr Gesicht zu uns. Unsere Lippen vereinen sich. Sie legt ihre Hand um meinen Schwanz. Sofort weise ich sie ab. Statt-dessen lasse ich von beiden ab, knie mich gerade hin und strecke ihr meine Härte entgegen. Fast schon flehend wartet sie darauf, dass ich ihr erlaube, ihn zwischen ihre Lippen zu schieben. Doch zuvor ist es mein Daumen, der über sie streicht. Lio tut es mir gleich. Dann saugt sie gleichmäßig an beiden.

»Ja?«, brummt Lio und konzentriert sich auf die Bewegungen seines Beckens. Ich dagegen erfülle ihr den Wunsch, der allgegenwärtig in ihren Augen aufblitzt und fasse um ihren Hinterkopf. Sofort öffnet sie den Mund. Ich dringe in ihn ein. Sie schließt ihre Lippen um meinen Schaft und dann hallt ihr gleichmäßiges Schmatzen durch den Raum.

Langsam verstehe ich, was Valentin an ihr findet. Sie ist so eine Frau, die sich danach sehnt, benutzt zu werden. Die gefickt werden will und es genießt, wenn das Zusammenspiel zwischen Macht *ausnutzen* und *geben* für alle Beteiligten zum Ergebnis führt.

Mit einer Hand stützt sie sich an meinem Oberschenkel ab. Mit der anderen umspielt sie selbst eine ihrer steifen Spitzen, während ihre andere Brust bei jedem Stoß sich rhythmisch mitbewegt.

Langsam wird die Erregung zur Ekstase. Immer stärker krallt sie sich in meine Haut. Auch Lio bewegt sich auf den Tunnel zu und ich genieße den Druck, den ich kaum mehr halten kann.

Ich will noch nicht, aber Vivien macht es mir unmöglich, diesen Moment länger hinauszuzögern. Ich drücke sie noch etwas tiefer. Sie röchelt. Genau dieses Geräusch sorgt dafür, dass es in mir knallt. Mein Schwanz spannt sich an und ich komme. Brav schluckt sie, was dafür sorgt, dass ich dieses Spiel gern ein weiteres Mal spielen würde.

Doch der Blick in Lios Augen verlangt etwas anderes. Ich rutsche etwas von ihnen weg. Lio stoppt, greift um Viviens Taille und legt sie auf den Rücken, nimmt eines ihrer Beine nach oben und dringt hart in sie, sodass erneut das Geräusch von aufeinandertreffender

Haut, den Raum erfüllt. Ihr Stöhnen wird fast zu einem Dauergeräusch.

Sie ist bereit. Genauso wie Lio. Ein weiteres Mal, trete ich an ihn heran, drehe seinen Kopf zu mir und küsse ihn. Dringe mit meiner Zunge in seinen Mund und genieße das Kribbeln, dass sich erneut bis zu meiner Lende zieht. Mit der anderen greife ich ihm zwischen die Beine, ziehe an seinem Hoden und streife gleichzeitig Viviens Po.

»Verfickte Scheiße«, schreit sie, krallt sich mit den Fingern ins Kissen hinter sich und kommt. Ihr gesamter Körper zittert. Stockend kommt ihr Atem über die Lippen und endlich liegt so etwas wie Befriedigung in ihrem Blick, der unruhig zwischen uns hin und her springt. »Ihr beiden«, japst sie.

»Sind noch nicht«, ergänzt Lio, der sich aus ihr zurückzieht. »Aurel sah nach deinem Blowjob ziemlich zufrieden aus?« Kurz sieht er zu mir. Ich verstehe ihn, auch ohne dass er mir etwas erklären muss. Also gehe ich zurück zu Vivien. Sie setzt sich bereits hin. Doch das reicht nicht.

»Knie dich hin«, fordere ich, küsse sie wie Lio gerade eben und bugsiere sie anschließend auf die Couch, sodass wir beide vor ihr stehen. Lio streckt ihr seinen Schwanz entgegen, der von ihr noch glänzt. Ohne mit der Wimper zu zucken, öffnet sie ihren Mund, nimmt ihn auf und leckt mit ihrer Zunge genüsslich über die gespannte Haut. Lio legt den Kopf in den Nacken. Mit einer seiner Hände greift er um meinen

Schwanz und fängt an, ihn genauso rhythmisch zu bewegen, wie sich Vivien über seinen bewegt.

Wieder beobachtet sie unser Spiel greift sich selbst mit den Fingern in ihren Schritt und stöhnt auf.

Lio sieht zu ihr, greift mit der anderen Hand so wie ich eben ihren Hinterkopf und drück sich, während er kommt, so tief wie möglich. Dabei schallt seine Stimme durch den Raum. Vivien schluckt ein weiteres Mal. Ich nehme Lio die Arbeit an mir ab.

»Ich glaube, mit dem Versuch können wir heute beide leben?«, raunt er und küsst sie, führt seine Hand in ihren Schritt und treibt ihr einen Ausdruck aufs Gesicht, der alle Gedanken in meinem Kopf zum Stehen bringt. Lio kniet sich vor Vivien hin. Der erneute Druck kommt viel zu schnell. Wieder ist es Viviens Mund, in dem ich komme. Schwallartig ergießt sich die Lust in ihr. Sie schluckt und krallt sich schon im nächsten Moment in Lios Schulter, legt den Kopf in den Nacken und kommt ein weiteres Mal.

Entkräftet fällt sie nach hinten, landet auf dem weichen Stoff der Couch und japst angestrengt nach Luft. »Und das macht ihr beide öfter?«

Wir tun es ihr gleich und legen uns jeweils auf eine Seite von ihr. »Nur wenn ein Mörder im Spiel ist, der unschuldige Zivilisten in die Sache mit hineinzieht?«

»Hast du gedacht, du kommst
hier an eine züchtige Uni?«

27
LIO

Befriedigt und zufrieden, weil ich Vivien dieses Mal nicht entkommen lassen habe, sitze ich nackt auf der Couch, trinke einen Schluck Bier und höre in der Ferne das Plätschern des Wassers, weil sie unter der Dusche steht. Eigentlich hätte ich sie nicht so schnell gehen lassen dürfen. Aber was nicht ist, kann ja noch werden.

»Bist du dann endlich wieder aufnahmebereit?«, rügt mich Aurel, der mit verschränkten Armen ebenfalls auf der Couch sitzt und mich mit einem missmutigen Ausdruck in den Augen straft.

»Wieso sollte ich nicht?«

»Weil dein Blick, den du immer wieder zum Bad richtest, nicht danach aussieht.«

Ich trinke einen letzten Schluck und die Flasche ist leer. »Keine Sorge. Das, was ich noch im Kopf habe, kann ich eh erst machen, wenn Vivien fertig ist«, sage ich zwinkernd und stelle die Flasche auf den Tisch zurück.

»Schluss jetzt damit!«, meckert Aurel. »Ich glaube, wir haben andere Probleme als eine nackte Frau in unserer Dusche!«

»Eine nackte Frau, die jetzt alles weiß, was auf dem Campus vor sich geht«, ergänze ich seine Aussage.

»Und dafür bist du verantwortlich«, keift er weiter, während ich mich entspannt zurücklehne und seine Show genieße. »Das geht weit über unsere Befugnisse hinaus. Wie erklären wir das Lawer, wenn ihr etwas zustößt? Wie konnte ich mich nur darauf einlassen, sie mit ins Boot zu holen? Dabei ist sie einfach nur eine Studentin mit einem viel zu starken Beschützerinstinkt ihrer Schwester gegenüber. Bestimmt haben wir ihr nur Futter für ihr überfordertes Kopfkino geliefert.«

»Du denkst schon wieder zu viel nach.«

Verständnislos sieht er mich an. »Und du zu wenig, weil dir die Konsequenzen nicht bewusst sind. Du bist einfach nicht vorausschauend genug. Hast du dich überhaupt schon um die tote Person auf dem Campus gekümmert? Oder liegt sie wie auf dem Präsentierteller unter einer Laterne? Dann wirst nämlich du derjenige sein, der mit in Chaliers Büro sitzt und sich diesen finsteren Blick Lawers geben darf, weil wir erneut versagt haben.«

»Was sollte ich denn bitte schön machen? Den Typen von der Verbindung hat man doch auch gefunden. Meinst du, jetzt den nächsten verschwinden zu lassen, macht die Situation besser?«

»Nein, aber dann halten wir uns wenigstens an die Vorschriften. Ohnehin beginnt es dieses Semester viel schneller als im letzten. Das kann nichts Gutes bedeuten.«

Erneut huscht mein Blick zur Badtür. »Wir können heute nicht noch einmal hier weg. Vivien versteckt es zwar gut, aber ich bin mir sicher, dass sie die ganze Sache nicht so kaltlässt, wie sie es uns glauben lassen will.«

Aurel sieht ebenfalls in Richtung Bad. Anschließend seufzt er und vergräbt das Gesicht in seinen Händen. »Da stimme ich dir ausnahmsweise zu. Das, was wir erst recht nicht gebrauchen können, ist, dass sie seelisch zusammenbricht.«

»Und ich kann dich beruhigen. Die Leiche liegt gut in einem Gebüsch versteckt. Wenn man sie nicht gerade sucht, findet man sie nicht so schnell. Ich kümmere mich später darum.«

Zuerst wirkt Aurel wenig begeistert. Doch er scheint müde und abgeschlagen zu sein, bis er schließlich nickt. »In Ordnung. Also nachher noch.« Er erhebt sich. »Dann schaue ich jetzt nach Vivien.«

»Was ist los, mein kleiner Entdecker?
Gefällt dir die Reise, auf die ich
dich schicke, nicht?«

28
VIVIEN

Müde und ausgelaugt stehe ich unter der Dusche von Aurel und Lio. Das heiße Wasser läuft über meinen Körper und bringt die nötige Entspannung, die mir selbst Lios Schwanz nicht geben konnte. Trotzdem bekomme ich die Bilder der letzten Stunden einfach nicht aus dem Kopf und sollte dankbar sein, dass die beiden Männer im Wohnzimmer verlangen, dass ich heute hier bei ihnen schlafe. Dabei möchte ich eigentlich nur in mein Studentenzimmer und solange Lexy anrufen, bis sie ans Handy geht und mir endlich die Sorge, dass ihr etwas zugestoßen sein könnte, nimmt.

Ich glaube nicht an einen Zufall. Nicht nach diesen ganzen Informationen und dem Gedanken, eventuell irgendeinem der Studenten versprochen zu sein. Und dann haut Aurel auch noch Eric raus, der sich auf der Party im Tonfall vergreifen wollte. Nein, danke.

Kaum habe ich den gesamten Schaum von mir

gewaschen, wird die Tür der Dusche geöffnet. Ich blicke über meine Schulter. Einer der beiden Brüder kommt nackt herein. In einer fließenden Bewegung schließe ich den Wasserhahn, drehe mich zu ihm um und lehne mich mit auf dem Rücken verschränkten Armen gegen die kalte Wand. Es ist eine Fifty-Fifty-Chance, wer vor mir steht, weil ich die beiden nicht wirklich auseinanderhalten kann. Deswegen rate ich.

»Willst du jetzt auch noch deine Einzelrunde?«, frage ich und schnalze dabei genervt mit der Zunge, weil ich keinen Bock auf Small Talk habe.

»Excitant, du kannst uns ja schon gut unterscheiden«, sagt Aurel, greift nach dem Duschbad und zeigt mir an, mich wieder umzudrehen.

»Ich habe mich schon geduscht.«

»Je m'en fiche. Also dreh dich um.« Er unterstreicht seine Worte mit der Drehung seines Zeigefingers.

Da ich gerade keine Kraft für unnötige Streitereien habe, folge ich seiner Aufforderung. Die Flasche quietscht beim Zusammendrücken, dann wird es kurz kalt auf meinem Rücken und er verreibt das Duschgel, bis nur noch die Wärme seiner Finger zurückbleibt. »Sprichst du bei Valentin auch so oft in deiner Muttersprache.«

Er schäumt meinen Hals ein. »Nein, bei ihm muss ich mich sehr stark dazu zwingen, es nicht zu tun, weil er irgendeine Aversion dagegen hat.«

»Kann er allgemein kein Französisch leiden oder nur deins nicht?«, frage ich ketzerisch.

»Was soll das denn heißen?« Dabei scheine ich, einen Nerv zu treffen, der wohl sein Ego ankratzt.

»Also, was willst du hier?«, lasse ich das Geplänkel sein.

»Zuallererst dir und mir eine Rüge verpassen, weil das Pflaster schon durchgeweicht ist.« Erst jetzt kehrt der Schmerz zurück, der bis eben nur nebensächlich war, und ich fahre mit der Hand über meine Schulter. »Das müssen wir dann neu machen.«

»Das hättest du mir auch nach dem Duschen sagen können.«

Er massiert meinen Nacken. »D'accord.« Langsam gleitet er weiter zu meinem Schlüsselbein. »Da ich mir sicher bin, dass du nachher mit der erstbesten Begründung aus der Wohnung türmst, wollte ich mich einfach nur erkundigen, ob es dir gut geht und ob du dir wirklich sicher bist, dass du das durchziehen willst?«

»Fragt mich das Aurel, der Polizist, oder Aurel, der Fick-Freund von Valentin?«

Leise lacht er auf, zieht seine Hände zurück und an meinen Armen nach unten und legt seinen Kopf auf meine Schulter. »Heute ausnahmsweise mal der Polizist, der sich Sorgen um die psychische Verfassung der Zeugin machen muss.« Mit den Fingern wandert er weiter, streift mein Becken, bis er sich mit der Hand zwischen meine Oberschenkel schiebt.

»Mh, wieso glaube ich dir das nicht?«, wispere ich, schließe die Augen und nehme den Moment, in dem er die vielen Stimmen in meinem Kopf zum Schweigen bringt, dankend an.

»Ich ficke eher selten Frauen, Vivien.«

Ich stutze und sehe ihn von der Seite an. »Dann spielst du deine Rolle bei Valentin aber mehr als gut. Vielleicht solltest du, wenn es mit der Karriere als Polizist zu Ende ist, lieber nach Hollywood gehen.«

»Ich glaube, Netflix würde mir reichen«, kontert er und ich muss schmunzeln. Gleichzeitig kribbelt mein gesamter Körper, der nach jedem Strohhalm zu greifen scheint, um nicht an die ermordete Frau denken zu müssen. »Aber ich gebe zu, du bist ein sehr willkommener Grund, eine Ausnahme zu machen.«

»Und das soll mir jetzt schmeicheln?«

»Mehr wirst du von mir dazu nicht hören.« Er löst die andere Hand von meinem Arm und scheint, vor mir etwas zu suchen. Doch das ist mir egal. Der Druck, den er ausübt, steigert meinen inneren Frieden. Ich lehne mich zurück, bis mein Kopf an seiner Schulter Halt findet. Dann lege ich meine Hand auf seine, drücke seine Finger fester auf meine Klit und kann bereits die erste Sternschnuppe sehen, die er mir vom Himmel zaubert, bis ... das heiße Wasser eiskalt wird.

Erschrocken und starr vor Kälte schreie ich auf. Aurel hinter mir lacht. All der Frieden ist verschwunden und wird durch puren Kampfgeist ersetzt. Ruckartig drehe ich mich.

»Du Idiot! Was soll das?«, blaffe ich ihn an und schubse ihn rücklings aus der Kabine, sodass er krachend zu Boden geht. Trotzdem lacht er weiter aus vollem Herzen.

Zitternd drehe ich die Dusche zurück auf heiß und

wärme mich auf. Währenddessen erhebt Aurel sich und reicht mir, nachdem ich mich geringfügig besser fühle, ein Handtuch.

»Du bist heute genug auf deine Kosten gekommen. Trockne dich ab, dann machen wir das Pflaster neu und gehen schlafen. Also so richtig, ohne Anfassen und ohne stöhnende Geräuschkulisse.«

Mit diesen Worten lässt er mich immer noch ange-fixt und bereit für den gedanklichen Sprung über die Klippe stehen. Jetzt will ich erst recht nicht mehr hier übernachten. Aber irgendwann wird dieser Tag seinen Tribut fordern. Also trockne ich mich ab, schlüpfe in die Hose und das Shirt, das Aurel mir hingelegt hat, und laufe zu den beiden zurück, die vor der Karte stehen und eine weitere Stecknadel in das Papier stechen.

Die kommenden Wochen werden bestimmt nicht einfach. Wenn ich allein schon an das Gespräch mit Valentin und seinen siegreichen Gesichtsausdruck denke, könnte ich verzweifeln. Und dann noch der Dekan? Aber daran will ich heute keinen weiteren Gedanken verschwenden. Stattdessen mache ich meine Schulter frei und warte auf Aurel, der das Pflaster erneuert.

»Unter Präsenten verstehe ich Blumen, von mir aus auch eine kitschige Kutschfahrt, aber nicht vibrierende Bälle, die, wer weiß, wie viele Frauen schon in sich drin hatten.«

29
LIO

Mit tief ins Gesicht gezogenem Hoodie laufe ich über den leeren Campus. Es ist stockduster und der Weg vor mir wird nur ab und zu von dem Licht einer Laterne erhellt. Dabei würde ich viel lieber neben Vivien liegen und ihr beim Schlafen zusehen. Aber nein, ich muss mich ja um die Leiche kümmern.

Genau vor dieser komme ich zum Stehen. Trotz des dicken Stoffes schaffe ich es, mich irgendwie am Hinterkopf zu kratzen, und blicke etwas ratlos auf den leblosen Körper, deren Fuß aus dem Gebüsch ragt.

Eigentlich müsste ich diesen Fall melden. Eigentlich müssten hier bereits die Polizeiwagen vorfahren und den Tatort sichern, aber dieser ganze Papierkram, der am Ende wieder an meinem Bruder und mir hängen bleibt, ist einfach nur scheiße. Und diese Unruhe erst, die diese ständigen Eskapaden mit sich bringen, lassen Valentin nur noch vorsichtiger werden. Dabei soll er doch endlich einen Fehler begehen, damit dieses

Debakel endet. Außerdem könnte Aurel dank Vivien der Wahrheit ein großes Stück näherkommen. Da können wir eine weitere offen zur Schau gestellte Leiche nicht gebrauchen.

Mit dem Schuh trete ich gegen den der Toten. Also wäre es das Sinnvollste, wenn ich meine gesetzlich übertragenen Kompetenzen dezent ausweite und dafür sorge, dass sich dieses Problem vor mir in Luft auflöst.

Ich blicke mich um. Noch schützt mich die Dunkelheit. Trotzdem zücke ich zuerst mein Telefon und tippe eine Nachricht an Aurel.

> Die Leiche ist weg.

Ich warte, dann sehe ich, dass Aurel schreibt.

> Wie, sie ist weg????

Seinen Gesichtsausdruck kann ich mir bildlich vorstellen.

> Ich bin den gesamten Campus abgelaufen. Dort, wo ich sie zurückgelassen habe, liegt sie nicht mehr.

> Scheiße. Such noch mal.

> Okay.

> Ich melde es nachher Lawer.

Ich knurre. Dieser verdammte Idiot. Muss er so verflucht pflichtbewusst sein?

> Was willst du ihm denn sagen? Dass uns eine Leiche abhandengekommen ist? Bei dem Gespräch will ich nicht dabei sein.

Wieder tippt er. Das Zeichen verschwindet, erscheint erneut und ... ich beobachte das Schauspiel.

> Mist. Aber wir können es nicht einfach verheimlichen.

> Wir verheimlichen es nicht, wir wissen dann einfach nur von nichts.

Das Spiel beginnt von Neuem.

> Such noch mal, dann geh aufs Zimmer. Lass uns später darüber reden.

Zufrieden drücke ich die Taste an der Seite des Smartphones um es zu sperren. »Geht doch«, murmle ich zu mir selbst. Ich stecke es weg und fange an, die Spuren der letzten Nacht zu beseitigen.

»Das Safeword wird mein
zuckender Schwanz in dir sein.«

30
VIVIEN

Am nächsten Tag stehe ich mit gemischten Gefühlen vor den Türen des Blackhall-Gebäudes. Den gesamten Weg über habe ich mich dazu gezwungen, mich nicht umzusehen, um nicht doch aus Versehen Lio zu entdecken, der sich um die tote Frau kümmert. Aurel hat mir eine genaue Beschreibung gegeben, wo sich die Räumlichkeiten von Valentins Verbindung befinden. Ebenso die Auskunft, dass er Montag morgens vor seiner ersten Vorlesung dort noch einen durchzieht. Aber er hat mir nicht genau erklärt, was er da drinnen nun eigentlich tut. *Find es selbst heraus, mon amour. Deine Reaktion ist so viel authentischer.* Also trete ich ein, biege sofort nach links und steige die Treppe hinab, bis ich vor einer weiteren Tür ankomme. Ich will klopfen, da vibriert mein Handy. *Lexy!* Sofort halte ich inne und krame danach. Doch wieder werde ich enttäuscht. Stattdessen blinkt mein Terminkalender, den ich öffne und mir der Name *Chalier* ins Auge springt.

Verdammt! Für heute sechzehn Uhr ist ein Termin angesetzt. Dann muss ich mir ganz schnell etwas einfallen lassen, wie ich an diese beschissenen Informationen zu dieser Kupplungsuni komme.

Ich stecke das Handy zurück, atme tief ein und kümmere mich jetzt erst einmal um meine Fahrkarte zur Universität meiner Schwester.

31
VALENTIN

Breitbeinig sitze ich auf einem der Sitzsäcke und rauche einen Joint. Die schlichten, schwarzen Lampen sind gedimmt, sodass man die unverputzten Steine des Fundaments nur erahnen kann. Dafür reicht das Licht, das auf Ricky, einen Studenten im sechsten Semester seines Physikstudiums, scheint, aus. Dieser fickt gerade Anastasia, die Jahrgangsbeste in Astrophysik, im Doggystyle und ich genieße das Schauspiel aus erster Reihe. Dafür, dass mir Laurent zum Semesterstart die Aufgabe gegeben hat, die beiden zu verkuppeln, läuft es vier Wochen später ziemlich gut. Ja, ich kann mir nur selbst auf die Schulter klopfen, denn Ricky ist, was das Thema Frauen angeht, eine Niete. Doch ab jetzt ist er nicht mehr mein Problem und ich mache gedanklich ein Häkchen auf der Liste, ehe ich es dem Dekan nachher persönlich mitteile.

Mit den sinnlichen Geräuschen vor mir ziehe ich ein weiteres Mal an meinem Joint, lehne mich zurück und lasse den ausgeschalteten Vibrator, den ich Vivien vor ein paar Tagen *geschenkt* habe, durch meine Finger gleiten. Wie gern würde ich genau das Wiederholen und ihr dabei zusehen, wie sich ihr Verlangen für den Bruchteil einer Sekunde in Luft auflöst, ehe es sofort zurückkommt. Aber dann würde ich ihr ja einen Gefallen tun. Nein, sie wird schon noch um ihre Erlösung flehen.

Es klopft. Ich puste den nächsten Schwall verbrauchter Luft aus und schaue mit hochgezogenen Augenbrauen zur Tür. Niemand stört mich zum Wochenstart, wenn ich mitten in einem *Termin* bin. Es klopft erneut. Davon lassen sich die zwei vor mir nicht stören. Trotzdem gehe ich zur Tür und öffne sie einen Spalt.

»Was ...?«, knurre ich und traue meinen Augen nicht. Der Groll, der sich in mir breitgemacht hat, wird durch das Gefühl, triumphiert zu haben, ersetzt. Ich lehne mich gegen den Türrahmen, während Anastasia hinter mir immer lauter stöhnt. »Hallo, Christopher Kolumbus, was machst du denn hier?« *Bringt meine Behandlung ihr gegenüber wirklich schon so schnell Erfolg?*

Kurz blinzelt Vivien, reckt flüchtig den Kopf, als würde sie gern wissen wollen, was hinter mir los ist, und findet ihren Fokus wieder. »Es hieß, wenn man Hilfe braucht, dann kommt man zu dir?«, fragt sie frei heraus und ich spüre, wie schwer ihr jedes Wort fällt, was mich nur umso mehr beflügelt.

»Ja, das kann durchaus sein. Welche Hilfe wird

denn benötigt?«, frage ich gehässig und mustere ihre Erscheinung, wie sie in ihrem Karomusterrock und dem grauen Oversize-Pulli vor mir steht.

»An dieser Uni scheinen alle darauf zu warten, dass ich mich endlich in einen der blöden außerschulischen Kurse eintrage.«

Ich verschränke die Arme vor dem Oberkörper. »Ja, das ist hier durchaus so üblich.«

»Ich will das aber nicht.«

Ich schmunzle. »Was du willst, zählt in diesem Fall nicht. Es sind die Regeln der Uni, an die sich jeder Student halten muss.«

»Und genau da kommst du als meine Rettung ins Spiel.«

»Ich?« Verblüfft zeige ich auf mich, weil ich vieles bin, aber mit Sicherheit kein Retter.

»Ja, das Tuscheln auf den Fluren, in dem immer wieder mitschwingt, dass du und deine Verbindung den Studenten helft, ist mir durchaus bekannt. Also will ich bei dir mitmachen.«

Mein Grinsen wird immer breiter. »Du hast es ganz treffend formuliert, Miss-Sunshine-wenn-sie-etwas-möchte«, gluckse ich. »Ich helfe Studenten«, *und dem Dekan*, »und diese wiederum mir. Es ist ein Geben und ein Nehmen.« So etwas wie Hoffnung schwingt in jedem neuen Augenaufschlag Viviens mit. »Aber die Auswahl an Mitgliedern, die die eine oder andere Aufgabe übernehmen, ist für dieses Semester bereits abgeschlossen.« So schnell, wie der Funke gekommen ist, löscht er sich. Ihr schwaches Lächeln verflüchtigt sich, während meins immer selbstgefälliger wird. »Und dich einfach *nur* aufzunehmen, damit du von den anderen Clubs in Ruhe gelassen wirst, erscheint mir ein wenig viel verlangt. Immerhin zeigst du mir ja ständig die kalte Schulter. Wahrscheinlich trägst du mit dieser Einstellung auch nichts dazu bei, dass diese Verbindung so erfolgreich bleibt, wie sie ist. Also wirst du dich deinem Schicksal ergeben und dir eine andere Gemeinschaft suchen müssen.«

Dieses Zucken ihres rechten Auges sieht so verdammt heiß aus. Dass mein Versprechen, dass ich ihr auf der Party gegeben habe, wahr wird – daran habe ich keinen Zweifel, aber es erscheint mir mehr als sinnvoll, sie noch ein wenig länger zappeln zu lassen.

»Und das ist dein letztes Wort?«, fragt sie mit einem merkwürdigen Unterton, den ich nicht deuten kann und in dem eine Spur Verunsicherung mitschwingt. »Du ... weißt nicht, was dir entgeht.«

Meine Gedanken stocken. So kenne ich sie ja gar nicht. Ein weiterer Grund, heute nicht nachzugeben.

Ich hebe die Hand und präsentiere ihr den gelben Ball, der in ihrer Pussy immer noch gut aufgehoben wäre. »Weißt du, Geschenke zurückzugeben, gehört sich nicht. Du kannst dir vorstellen, wie verletzt ich gewesen bin, als du ihn mir einfach so auf den Tisch geknallt hast.« Das Zucken ihres Auges wird stärker. Langsam verstehe ich, was sie hier versucht. Also stachle ich sie noch etwas mehr an. »Dabei sehnt sich doch jede Frau nach kleinen Aufmerksamkeiten ihres Angebeteten.«

Nach und nach verfärben sich ihre Wangen rot.

»Du bist aber nicht mein Angebeteter!«, platzt es aus ihr heraus. Anastasia kommt. Auch Rickys Stimme ist unüberhörbar. »Und unter Präsenten verstehe ich Blumen, von mir aus auch eine kitschige Kutschfahrt, aber«, sie zeigt auf den gelben Ball, der sich nur minimal in meiner Hand bewegt, »nicht über Bälle, die, wer weiß wie viele Frauen schon in sich drin hatten.«

Und da ist sie wieder: Die kleine Furie, die dringend einen Schwanz in ihrem Mund braucht, damit ihre Zicken-Tour für einen Moment auf Stand-by schaltet.

»Ach so, du willst neues Spielzeug und kein benutztes?«, stelle ich amüsiert fest. Vivien holt Luft, öffnet den Mund, aber ich lasse sie nicht zu Wort kommen. »Na, wenn das so ist, könnte ich das bei unserem nächsten gemeinsamen Ausflug realisieren. Aber jetzt wünsche ich dir erst einmal viel Spaß bei der Suche nach einem Club, bei dem du einfach nur hübsch aussehen musst, wenn du dich schon nicht aktiv beteiligen willst.« Mit diesen Worten schlage ich ihr die Tür vor der Nase zu. Immer noch breit grinsend stelle ich mir vor, wie sie auf der anderen Seite steht und gleich der heiße Dampf aus ihren Ohren kommt, weil ich sie wunderbar zur Weißglut gebracht habe. Doch das Einzige, was ich höre, sind ihre Schritte, die sich sehr schnell von der Tür entfernen, ehe sie einen Moment später verstummen. Schade, ich hätte mir etwas mehr Kampfgeist gewünscht. Überhaupt überlege ich, wieso Vivien aus dem Nichts plötzlich doch in meine Verbindung möchte. Allein um dem Stress aus dem Weg zu gehen, kann es kaum sein. Sie weiß, dass sie vor mir keine Minute Ruhe hätte.

Mein Handy vibriert. Ich ziehe es aus der Tasche.

19 Uhr – Büro des Dekans

Na, wenigstens passt das. Hinter mir ist es still. Ich drehe mich um. Ricky und Anastasia sind verschwunden. Mit Sicherheit sind sie in eines der anderen Zimmer gegangen, um noch etwas länger Spaß zu haben. Da ich alles gesehen habe, was wichtig gewesen ist, verlasse ich den Keller, um den Bericht für den Dekan zu schreiben.

32
VIVIEN

Zähneknirschend sitze ich in der Vorlesung und schaffe es nicht, mich zu konzentrieren. Valentin ist so ein verdammter Idiot. Eigentlich hätte mir klar sein müssen, dass ich ihn mit meiner Anfrage eher den Bauch pinsle, als dass er mir wirklich helfen würde. Und jetzt habe ich gar keine Idee mehr, wie ich in diese beschissene Verbindung komme. Wie soll ich das Aurel und Lio erklären, denen ich gesagt habe, dass ich ihnen helfe. Dabei gibt es nur einen Menschen, dem ich Rechenschaft schuldig bin, und das bin ich selbst, weil ich Lexy nicht retten kann. Denn ich habe diesem Plan zugestimmt und mich förmlich aufgedrängt. Und dann dieser billige Spruch zu Valentin. Ich vergrabe mein Gesicht in den Händen. Das ging gar nicht. Mich so anzubiedern und zu hoffen, dass dieses arrogante und von sich vollkommen überzeugte Arschloch einknickt.

Mein Handy vibriert und ich schaue darauf. Eine Nachricht von Aurel.

> Und?

Wow, ist er neugierig. Vielleicht hätte ich ihm doch nicht so vorschnell meine Nummer geben sollen.

»Er hat«, ich suche nach den richtigen Worten, denn es gibt so viele, die passen würden, aber ich entscheide mich für das, was irgendwie noch am verträglichsten in meinen Gedanken klingt, »abgelehnt.« Und drücke auf *Senden.*

Sofort kommt die Antwort.

> Er spielt nur mit dir. Gib ihm etwas Zeit.

Zeit? Er will keine Zeit, sondern dass ich bettelnd vor ihm niederknie und ihm mit meinen flehenden Worten in den Arsch krieche. Aber darauf kann er lange warten.

> Wir werden sehen.

Es klingelt und die letzte Stunde dieses Tages ist geschafft – also fast, denn jetzt folgt die nächste Hürde, die ich meistern muss. Ich packe meine Sachen zusammen und mache mich auf zum Dekan.

Dekan Chaliers Assistentin begrüßt mich freundlich, steht auf und geleitet mich durch den Raum hindurch, ehe wir vor der Tür des Büros stehen bleiben. Sie klopft und nur einen Moment später wird die Tür nach innen geöffnet.

»Mademoiselle van Jones wäre da.« Dann tritt sie zur Seite. Ich folge der stummen Aufforderung, übertrete mit meinen gemischten Gefühlen die Schwelle und hinter mir schließt sich die Tür.

Laurent Chalier sitzt über einem Text. »Bitte setzen Sie sich«, fordert er mich auf, ohne den Kopf zu heben. Auch das tue ich stillschweigend und setze mich ihm gegenüber. Die Nervosität kriecht in jede noch so abgelegene Faser meines Körpers. Ich habe weiterhin keine Ahnung, wie ich an irgendwelche Informationen kommen soll, weil meine Gedanken um das Seil kreisen, das er das letzte Mal, ohne einen Hehl daraus zu machen, in eine seiner Schubladen gelegt hat.

Ich lenke mich ab und schaue durch die Lamellen des Rollos auf die weitläufige Parklandschaft und die Sporthalle mit ihren zwei Marmorsäulen, die das nächstgelegene Gebäude darstellt. Nichts dort draußen lässt vermuten, wie merkwürdig und verzwickt es innerhalb dieser Einrichtung aussieht.

Laurent räuspert sich. Ich blinzle und fokussiere mich auf sein schmales Gesicht mit den gut proportionierten Wangenknochen und dem leichten Graustich, der sich durch sein sonst noch volles schwarzes Haar zieht.

»Danke, dass Sie meiner Einladung gefolgt sind«, beginnt er.

»Hatte ich denn eine Wahl?« Sofort würde ich mich

gern selbst dafür ohrfeigen, aber schlimmer kann es wohl kaum mehr kommen.

Er faltet die Hände übereinander und legt den Kopf darauf. »Sie wissen, wieso ich Sie hierher bestellt habe, Mademoiselle van Jones?«

»Na ja, nachdem mich die letzten zwei Wochen immer wieder dieselbe Frage verfolgt hat, denke ich, dass Sie sich bei mir erkundigen wollen, wieso ich bisher in keiner Verbindung oder AG gemeldet bin.« Erstmal dumm stellen. Das hilft immer.

Schmunzelnd nickt er. »Knapp daneben.« Er öffnet eines der Schubfächer und ich schlucke schwer.

Das bringt er doch jetzt nicht wirklich?

Er zieht eine Zeitung und ein einzelnes Bild heraus. Beides legt er auf den polierten Eichentisch und schiebt es zu mir herüber. »Kommt Ihnen das bekannt vor?«

Ich sehe die Zeitung mit mir als Titelbild und ebenfalls mich, wie ich an einem fremden Daumen lutsche, während eine Hand um meinen Hals liegt. Und schon wünschte ich, dass sich das Höllentor, auf dessen Öffnung mein Vater vermutlich jeden Tag hofft, wirklich auftut und ich vor Scham für immer dahinter verschwinden kann. Doch diese Hoffnung wird sich wohl nicht erfüllen. Höchstwahrscheinlich bin ich sogar für den Teufel zu sündig.

Und erneut würde ich Valentin am liebsten erwürgen, der nicht gelogen hat, als er meinte, er habe noch mehr von diesen Bildern. Uni-News sind das eine, aber dem Dekan direkt eine Nahaufnahme zuzustecken, wie ich einen Vorgeschmack darauf biete, was ich mit einem Schwanz machen kann, geht zu weit!

Ich atme tief durch und versuche, mir die Wut nicht anmerken zu lassen. »Es tut mir sehr leid«, beginne ich. »Ich weiß, es ist eine schlechte Ausrede, aber mir wurde etwas in den Drink gemixt. An das meiste, was an diesem Abend geschehen ist, kann ich mich nicht mehr erinnern und war genauso geschockt wie Sie, als ich mich auf der Titelseite der Zeitung wiedergefunden habe.«

»Ich glaube, dass wir beide nicht die Einzigen sind, die davon überrascht waren?«, formuliert er es so deutlich, dass ich, auch ohne dass er es direkt aussprechen muss, weiß, wovon er redet.

»Ja, aber für meinen Vater trage allein ich die Schuld an diesem Skandal«, rechtfertige ich mich und fühle mich wie das missverstandene Kind in seiner Sturm-und-Drang-Phase.

»Ihr Vater möchte nur das Beste für Sie, Mademoiselle van Jones. Sonst wären Sie nicht an meiner Universität.«

Ja, so ganz allein, ohne Schwester, aber mit Mister-Ich-mache-geile-Aufnahmen-von-dir-und-versteigere-sie-an-den-Höchstbietenden-oder-verschenke-sie-einfach-an-den-Dekan. Das ist wirklich das Beste für mich.

»Ich glaube, es gibt so einige Studenten, von denen Sie sich distanzieren sollten.«

Am liebsten würde ich laut loslachen. »Und Sie meinen, dass das so einfach möglich ist?«

Er zuckt mit den Schultern. »Da wären wir jetzt bei

der Frage, wieso Sie sich noch in keine Verbindung oder AG eingeschrieben haben.«

»Weil ich das nun mal nicht will.«

»Aber es sind die Regeln dieser Institution, die es länger gibt, als Sie auf dieser Welt leben.«

»Und Sie wissen, dass ich gar nicht hier sein will.« Und schon herrscht Stille zwischen uns, obwohl ich doch eigentlich die Wogen glätten und Informationen erhalten wollte.

»Mademoiselle van Jones«, beginnt Laurent erneut und nennt meinen Namen viel zu oft, was nichts Gutes zu bedeuten hat. »Ich bin mir Ihrer Lage durchaus bewusst. Trotzdem müssen Sie sich an die Regeln halten und anfangen, diesem Ort irgendwas Positives abzugewinnen.«

Etwa so etwas wie den heißen Dekan in seinem Armani-Anzug, bei dem sogar der Stoff spannt, weil er deutlich zeigt, dass er im Fitnessstudio pumpen geht?

»Und ich weiß ebenfalls, dass Sie genau wegen diesem Artikel noch stärker unter Strom stehen. Ich wäre bereit, dieses Missverständnis aus dem Weg zu räumen und die Sache mit Ihrem Vater zu klären.«

»Ach ja?«, frage ich verhalten.

Er nickt. »Und ich glaube, dass Sie endlich lernen, was es bedeutet, sich zu fügen.« Abermals öffnet er eine Schublade und zieht jetzt das Objekt hervor, das in mir Ekel und zugleich Faszination hervorruft. Mit berechnender Präzision legt er es auf dem Tisch ab. »Ich habe schon bei unserem letzten Gespräch das Funkeln in Ihren Augen gesehen. Ich weiß, was es bedeutet, und ich bin bereit, Ihnen zu zeigen, dass es an dieser Universität Dinge gibt, die diesen Ort zu etwas ganz Besonderem machen.«

Oh, davon bin ich auch so überzeugt. Aber damit bekomme ich vielleicht endlich die ersten Antworten, nach denen ich suche.

Mehrfach sehe ich vom Seil in sein Gesicht und beiße mir dabei auf die Unterlippe. Das hier wird gerade meine vierte Männer-Baustelle auf und um diesen Campus herum. Aber Deal ist Deal und lässt mich dem Plan, meine Schwester vor etwas zu schützen – oder zu retten – einen Schritt vorankommen. Und ganz ehrlich: Es könnte mich auch echt schlechter treffen.

»Nur, wenn Sie mir erklären, wieso es so verdammt wichtig ist, einer AG, einem Club oder einer Verbindung beizutreten. Denn ich werde das Gefühl nicht los, dass es mehr damit auf sich hat als einfach nur der Spaß an einer jahrhundertealten Tradition.«

»In Ordnung.« Er steht auf, kommt um den Tisch gelaufen und lehnt sich mit dem Hintern gegen die Kante des Eichholzes, wo er Kugelschreiber, Memoblöcke und ebenfalls seinen Schlüssel zur Seite räumt. »Aber glauben Sie mir, wenn wir fertig sind, wird diese Frage bald nicht mehr wichtig für Sie sein.« In einer fließenden Bewegung greift er nach dem Seil. »Steh auf«, fordert er.

Ich schlucke all die gemischten Gefühle hinunter. *Nein, sie wird bald alles sein, was ich brauche, um das zu bekommen, was mir am wichtigsten ist.*

Ich befolge seinen *Wunsch* und sehe flüchtig zur Tür. Will er nicht abschließen oder ist das Durchgangszimmer, das sich zwischen seiner Assistentin und ihm befindet, extra dafür da, dass man nichts von dem hört, was hier drinnen geschieht?

Begierig mustert er mich. Bevor er etwas Weiteres sagen kann, greife ich den Saum meines Pullis und ziehe ihn mir über den Kopf. Zuerst bleibt sein Blick auf dem Pflaster auf meiner Schulter hängen. Sein Auge zuckt, doch er sagt nichts dazu.

Mit den Fingern fährt er an meinem Oberarm Richtung Brust hinab, die ich heute in einen bordeauxroten Spitzen-BH gesteckt habe. Aber er zieht den Träger nicht hinunter, sondern gleitet, mit seinen Fingern über meinen Nippel. Er erhöht so lange den Druck, bis er hart wird. Sofort zeigt sich ein zufriedenes Lächeln auf seinen Lippen. »Streck die Arme aus.« Mehr als diese primitiven Befehle scheine ich nicht zu bekommen und befolge auch diese ohne Widerworte.

Als würde er jeden Tag mit dem Seil hantieren, wickelt er es gekonnt um meine Handgelenke, ohne sie einzuengen, aber eng genug, dass ich keinen Spielraum für ein etwaiges Veto erhalte.

»Gibt es hierbei ein Safeword?«, frage ich und versuche, die leichte Nervosität, die sich gleichzeitig mit Erregung mischt, nicht in meiner Stimme mitschwingen zu lassen.

Mit einem letzten Knoten und dem zurrenden Geräusch des Seils, dass fertig gebunden ist, drängt er sich an mich heran.

»Das Safeword wird mein zuckender Schwanz in dir sein.« Mit diesen Worten zieht er mich zur kurzen Front des Schreibtisches und wickelt das längere Ende des Seils auf der anderen Seite um das Wappen der Universität, das darin eingelassen ist. Mit jedem neuen Zug des Dekans werde ich in Richtung Tisch gezogen, bis ich mich nicht mehr halten kann und bäuchlings darauf zum Liegen komme. Meine Zehen berühren kaum mehr den Boden. Genau an diesem Punkt zurrt Laurent das Seil am Wappen fest, das sich danach keinen Zentimeter bewegt.

»Machen Sie das öfter?«, frage ich und versuche, ihm mit meinem Blick zu folgen, bis er direkt hinter mir steht und ich ihn nicht mehr sehen kann.

»Öfter? Ja. Es so sehr genießen wie heute? Eher selten.«

Ich weiß nicht, ob ich mich davon geschmeichelt fühlen sollte.

»Weil Sie so fast nie eine Frau hier drauf festbinden, die eine Schuld begleichen will?«

»Nein, weil es noch nie so eine Berühmtheit war.«

Wieder dasselbe Lied. »Sie wissen aber schon, dass es mein Vater ist, dem der Ruhm gehört. Soll ich vielleicht lieber ihn anrufen und Sie machen das hier noch mal mit ihm?«

»Sie sind nie um eine Antwort verlegen, oder?« Er greift um meine Taille, öffnet den Verschluss meines Rockes und zieht ihn samt Strumpfhose und Slip nach unten, ohne sie mir komplett auszuziehen.

»N-nein«, stottere ich. »Wieso sollte ich auch?«

»Weil Sie Ihr freches Mundwerk genau in diese Situation manövriert hat.«

»Und ich dachte schon, es war die Tatsache, dass mich einer Ihrer Studenten unter Drogen gesetzt und schmutzige Bilder geschossen hat.«

»Da gebe ich Ihnen recht. Und vielleicht bin ich sogar ein klein wenig dankbar, dass Sie ihm an diesem Abend vertraut haben.«

»Vertraut ist das falsche Wort.«

»Und wie würden Sie es beschreiben?« Sanft streicht er über meine rechte Pobacke.

»Na ja, im Märchen erwartet man immer den rettenden Kuss. In meinem Fall hat er genau das Gegenteil bewirkt.«

Im nächsten Moment prallt seine Hand auf meine weiche Haut. Das Klatschen hallt von den Wänden wider. Mit schmerzersticktem Schrei bäume ich mich auf, aber kann mich weder drehen noch den Boden berühren, um mich neu zu positionieren und den stechenden Schmerz, der sich pulsartig durch meinen Körper treibt, erträglich werden zu lassen.

»Die Vorstellungen der klassischen Märchen sind definitiv die falsche Ausgangslage für diese Universität.«

»Wieso? Weil es am Ende keine Moral gibt, von der man etwas fürs Leben lernen kann?«

Abermals holt er aus. Erneut treibt der Schmerz durch jede Faser meines Körpers und ein weiteres Mal erfüllt mein kurzer Aufschrei den hohen Raum. »Das und weil nicht die Studenten ihr Schicksal bestimmen.«

»Ach nein?« Wieder ist es seine Hand, die exakt die gleiche Stelle trifft. Ein Kribbeln, das über den Schmerz hinaus verbleibt, breitet sich in meinem Körper aus.

»Nein, es ist die Gesellschaft.« Mit seinen Fingern dringt er ruckartig und tief in mich. »Aber wie ich sehe, benötigen Sie ohnehin keine Moral.« Er zieht sie zurück. Ich höre, wie er seine Hose öffnet. Der samtige Stoff gleitet zu Boden. Irgendetwas raschelt und ich bin mir sicher, er streift sich ein Kondom über. Anschließend umgreift er auf beiden Seiten meine Hüfte. »Obwohl Ihr Vater von Ihnen genau das erwartet.«

»Und das hier soll dabei helfen, dass ich sie wiederfinde?«

Sein Griff wird kräftiger. Im nächsten Moment stößt er sich mit seinem Schwanz in mich, füllt mich vollkommen aus und drückt mich mit seiner Kraft fest gegen das unnachgiebige Holz des Tisches.

»Ich glaube nicht, dass das möglich ist«, knurrt er und bewegt sich gleichmäßig in mir, trifft immer wieder den Punkt, der in mir eine Welle an Glückshormonen ausschüttet, und lässt seine Hand erneut auf meinen Hintern schnellen. »Aber ich denke, dass Sie solche Nachmittage davon ablenken könnten, sich in Skandale zu verwickeln.«

»Ich dachte, das soll eine AG erledigen?«, japse ich und warte förmlich auf den nächsten Klapps, der in meinem Körper nachhallt und ich nicht weiß, ob ich den Schmerz hassen oder lieben soll. Wieso müssen die Männer an diesem Campus nur genau wissen, was sie tun müssen, um in mir ein Verlangen zu wecken, das kaum mehr gestillt werden kann. Selbst der verfickte Dekan schafft es, dass ich am liebsten Morgen wieder vor seiner Tür stehen will, damit er mich ein weiteres Mal bestrafen kann. Laurent wird schneller und ich kann bereits das Sternenmeer über mir leuchten sehen und warte darauf, dass es zu strahlen beginnt.

»Diese dienen einem anderen Zweck.«

»Und welchem?« Ich kann kaum noch klar denken, weil seine Art, mich zu ficken, mir den Verstand vernebelt.

»Das klären wir beim nächsten Mal.«

Nächstes Mal.

Mein gesamter Körper steht unter Strom. Seine Stöße werden härter und mit dem darauffolgenden erbarmungslosen Schlag komme ich. Laurent presst seine Leiste eng an mich. Sein Schwanz zuckt pulsartig in mir, während ich neben den Sternen, die meinen Geist vernebeln, versuche, das eben Geschehene irgendwie einzuordnen. Denn das hier war kein Sex. Es war ...

33
VALENTIN

Zur vorgegebenen Zeit stehe ich pünktlich vor Astrids Schreibtisch.

»Hallo, Valentin.«

Ich nicke und zwinkere ihr mit meinem gesamten Charme zu.

Wer weiß, wofür das irgendwann einmal gut sein könnte. »Ich habe einen Termin.«

»Ich weiß«, gluckst sie, drückt auf dem Telefon zu ihrer Linken eine Nummer und spricht drauflos. »Monsieur Chalier, Monsieur Petersen ist da.«

Kurz knistert es, dann höre ich Laurents Stimme. »Schicken Sie ihn rein.« Sie steht auf, läuft los und ich folge ihr zur Tür des Durchgangszimmers.

»Der Termin ist heute ganz schön spät.«

»Der Dekan hatte vor dir eine andere Besprechung. Und wer weiß, was du wieder angestellt hast, dass er am selben Tag noch unbedingt mit dir sprechen wollte.«

»Ich bin mir keiner Schuld bewusst«, gebe ich mich

nichts ahnend, obwohl es mit Sicherheit mit den Uni-News und dem Foto, das ich ihm separat geschickt habe, zu tun hat.

»Ja, ja.« In ihrem grauen Businesskostüm öffnet sie die erste Tür. »Sein jetziger Termin dauerte etwas länger als geplant.« Kaum kommen wir an der gegenüberliegenden Tür an, geht diese auf und Vivien tritt hinaus. Sie sieht mich und schaut sofort zu Boden. Trotzdem sehe ich, dass ihre Wangen gerötet sind und sie aus der Puste ist. Ja, sie wirkt, als hätte ich sie bei etwas Verbotenem erwischt. Laurent wiederum zieht gerade seine Krawatte zurecht und agiert wie immer.

»Vielen Dank für das Gespräch, Dekan«, sagt Vivien kleinlaut.

»Jederzeit wieder, Mademoiselle van Jones.«

Ohne ein Wort geht sie an mir vorbei.

» Monsieur Petersen wäre dann da«, sagt Astrid erneut.

»Danke.« Laurent nickt und ich trete ein. Die stickige Luft im Raum schreit förmlich nach Sex. Ich komme nicht umhin, dreckig zu grinsen, setzte mich auf den kalten Stuhl und beobachte den Dekan dabei, wie er die Gegenstände auf seinem Tisch ausrichtet und so wirkt, als würde er etwas suchen.

»Ich dachte, Vivien van Jones wäre tabu?«, frage ich herausfordernd und bekomme die Spur Eifersucht, dass er sie bereits ficken konnte und ich nicht, nicht aus meiner Stimme.

»Ja, das ist korrekt«, stimmt er mir zu, ohne sich von seinen Unterlagen zu lösen.

»Und was hast du dann hier mit ihr veranstaltet?«

Als wäre es das Normalste der Welt, greift Laurent neben sich auf den Boden und legt anschließend sein Seil zu gleichmäßigen Schlaufen zusammen. »Ich wüsste nicht, was dich das angeht. Aber wenn du es unbedingt wissen willst: Ich richte mich ausschließlich nach dem Wunsch ihres Vaters.«

Ich muss mir gewaltig das Lachen verkneifen. »Was? Ihr Vater will, dass du sie auf deinem Schreibtisch fesselst und fickst?«

»Ihr Vater will, dass sie erwachsen wird«, erklärt er bestimmt. »Dass sie sich den richtigen Mann sucht und in eine blendende und skandalfreie Zukunft blickt.« Nachdem er das Seil aufgerollt hat, öffnet er eine Schublade und legt es hinein. Anschließend schiebt er mir ein Bild über den Tisch zu, auf dem Vivien meinen Daumen lutscht. Mein Schwanz wird hart, denn allein das war schon genial von ihr.

»Und das hier sorgt nicht dafür, dass sich diese Wünsche erfüllen«, raunt Laurent gefährlich. »Nein, ich muss unliebsame Telefonate führen und ebenso die Wogen mit einem besorgten und wenig geduldigen Nobelpreisträger glätten. Dabei bin ich beides nicht gewohnt, außer es verschwindet mal wieder einer unserer Studenten oder wird auf dem Gelände rücksichtslos abgeschlachtet. Also, wieso, Valentin? Wieso kannst du dich nicht einmal an die Anweisung halten, die ich dir gebe? Es gibt hier weiß Gott genug Frauen, die genau auf dich warten. Wieso unbedingt sie?«

Gerade für ihn sollte das auf der Hand liegen.

»Ganz einfach: Weil sie mich nicht will«, sage ich kurz und knapp, was vollkommen der Wahrheit entspricht. »Und wenn du dein Verbot zurücknimmst, kann ich aufhören, mir zu überlegen, wie ich sie immer und immer wieder zu solchen skandalträchtigen Szenarien verleiten kann. Sonst könnte ich sie problemlos in meine Verbindung aufnehmen und beschäftigen, damit sie keinen Blödsinn macht und ...«

»Spaß mit ihr haben, den du nicht haben sollst?«, fällt er mir ins Wort.

Das wäre zu einfach. »Eventuell.« Mit vorgerecktem Kinn sieht er mich an und scheint es wenigstens abzuwägen. »Aber ich kann der Zeitung auch gern weiterhin jede Woche ein neues Bild zustecken, das pikanter ist als das, was ich bereits abdrucken lassen habe.«

»Wie vorausschauend du doch immer planst«, sagt Laurent und der sarkastische Unterton in seiner Stimme ist nicht zu überhören. Er seufzt und zieht das Bild zurück. »In Ordnung«, sagt er anschließend. »Aber, du wirst ihr keine weiteren Drogen einflößen und du sorgst dafür, dass, wenn du deinen Spaß mit ihr hattest, sie auf Eric zugeht. Sperr sie von mir aus nackt mit ihm in ein Zimmer oder binde sie aneinander. Aber am Ende des Semesters sind die beiden unwiederbringlich *das* Vorzeigepaar dieser Universität.«

Mit hochgezogenen Augenbrauen sehe ich ihn an. »Eric? Echt jetzt? Dieser Trampel ist viel zu grob für sie.«

»Und doch gehört seinem Vater eine der größten

Arzneimittelfirmen der Welt, zu der Vivien ausgesprochen gut passt.«

Hach, er stellt sich das wieder so einfach vor. Hat er sie bisher noch nicht von ihrer charmanten Seite kennengelernt? Weiß er nicht, dass sie sich nichts aufdrücken lässt? Aber das ist erst einmal egal.

»Und du?«, frage ich. »Behältst du dann auch deine Finger bei dir?«

Er sieht erneut auf das Foto. »Ich habe ja auch noch bis Ende des Semesters Zeit, oder?«

Sein gieriger Blick gefällt mir nicht. Genauso wenig wie die Gegebenheit, dass Vivien an diesen Idioten gehen soll, der ihr Potential nicht erkennt. Vielleicht ist es aber auch die Tatsache, dass überhaupt ein anderer Kerl den Kontakt zu ihr sucht oder in ihr steckt, ohne dass ich ein Mitspracherecht habe. Doch wenn Laurent es verlangt, werde ich mich seinem Befehl beugen – vorerst, aber nach meinen Regeln.

Kaum ist der Termin beendet, begebe ich mich ohne Umwege nach Whitehall. Laurent denkt zwar, dass ich seine Zustimmung brauche, um mich mit Vivien einzulassen, doch dem ist absolut nicht so – bei keiner Frau auf diesem Campus. Trotzdem habe ich es dadurch für alle Seiten viel aufregender gemacht.

Kaum bin ich durch die Tür, da wickeln sich die Mädels ihre Haare um die Finger und werfen mir schmachtende Blicke zu. Doch das interessiert mich gerade nicht, denn ich will bei einer anderen Frau etwas nachfühlen.

Viviens Zimmer ist in der obersten Etage ganz hinten. Vor ihrer Tür bleibe ich stehen, klopfe und warte. Aber sie öffnet mir nicht. Ich wiederhole die Kontaktaufnahme und wippe bereits ungeduldig mit dem Fuß auf und ab. Was macht sie nur? Ist sie eventuell gar nicht in ihrem Zimmer? Oder befriedigt sie sich nach der Sache mit dem Dekan noch eine Runde selbst? O Gott, wie geil wäre das.

Dann endlich werden Schritte lauter und Vivien öffnet die Tür einen Spaltbreit. Ohne die Miene zu verziehen, sieht sie mich an. »Was willst du hier?« Ich warte nicht einmal, bis sie mich hineinbittet, sondern stemme mich gegen die Tür. »Hey!«

Die schwache Gegenwehr ihrerseits ignoriere ich. Dann stehe ich in ihrem Zimmer. Den tristen Raum hat sie zu einem kleinen Wohlfühlzimmer gestaltet. Helle Schränke, in denen sich neben Büchern und Pflanzen auch etliche Bilder befinden. Lichterketten und ein Teppich mit bunten Kreisen, der vor dem Schreibtisch perfekt platziert liegt.

»Du warst beim Dekan, also was will ich wohl hier?«, frage ich und schaue mich noch etwas weiter um.

Sie schließt die Tür. »Vielleicht die nächsten Bilder von mir machen, damit ich morgen gleich die zweite Runde von ihm bekomme?« Ihre wenigen Worte reichen aus, um mein Kopfkino anspringen zu lassen und ich sie mir gefesselt auf seinem Tisch vorstelle, während er sich auf ihrem Hintern verewigt. »Also noch mal: Was willst du hier?«, fragt sie pampiger und holt mich aus meinen Gedanken. Ihr Bett sieht gemütlich aus.

»Ich will sie sehen«, fordere ich tonlos.

»Wie bitte?«

»Ich will die Abdrücke sehen.« Dabei drehe ich mich zu ihr um.

Überfordert wirkend schüttelt sie den Kopf. »Du hast sie wohl nicht mehr alle?« Sie verschränkt die Arme vor dem Oberkörper. »Ich glaube, es wird Zeit, dass du gehst.« Hastig läuft sie zurück zur Tür. »Denn dafür habe ich heute echt keine Kraft mehr.«

Mit wenigen Schritten stehe ich hinter ihr, lege meine Hand um ihre Kehle und zwinge sie zum Anhalten. Instinktiv krallt sie sich mit ihren Händen in meinen Arm und versucht, dem geringen Druck, den ich ausübe, entgegenzuwirken. In der Zeit öffne ich den Knopf ihres Rockes und schiebe ihn samt Strumpfhose und Slip von ihren Oberschenkeln. Seitlich sehe ich an ihr hinab und bewundere die immer wieder perfekt getroffene gerötete Stelle auf ihrer rechten Pobacke.

»Das sieht aus, als würde es wehtun.« Sanft lege ich meine Hand darauf, während sich ihre Atmung beschleunigt. »Hat dir gefallen, was er mit dir gemacht hat?«

»Was?«

Mein Druck wird stärker. Angestrengt zieht sie die Luft ein. »Ich habe gefragt, ob es dir gefallen hat«, wiederhole ich mit Nachdruck und erwarte eine

Antwort, die mich zum gedanklichen Feuerwerk beflügelt.

Schwer schluckt sie. »Ja.«

Mit der Nase streiche ich an ihrem Hals, bis zu ihrem Ohr hinauf. »Der Dekan hat keinen Sex. Der Dekan fickt. Hart und dreckig und ...« Ich nehme die verletzte Haut zwischen meine Finger und kneife hinein. Sie bäumt sich auf, ohne mir zu entkommen. »... trotzdem kommt man auf seine Kosten. Habe ich nicht recht?« Hektisch nickt sie. »Wenn ich jetzt meine Finger in dich schiebe, bist du dann feucht, weil er dich gut gefickt hat, Vivien?« Wieder nickt sie. Ich überzeuge mich von der Wahrheit, fahre mit den Fingern von ihrem Hintern zu ihrem Venushügel und drücke sie in ihre feuchte Mitte. Ihre unruhige Atmung ist Musik in meinen Ohren. »Weißt du, ich glaube, ich will deiner Bitte, Teil meiner Verbindung zu sein, doch nachkommen.«

»Ach so«, wispert sie und drängt sich an meine Hose, in der sich mein harter Schwanz gegen ihren nackten Hintern drückt. »Ein Spielenachmittag mit Chalier und du änderst deine Meinung?«

»Mh, es könnte sein, dass er minimal dazu beiträgt.« Ich ziehe mich aus ihr zurück und lasse sie los. Sie dreht sich um und zieht sich sofort wieder an.

»Wieso? Weil dir die Vorstellung, dass es mir der Dekan besser besorgt, als du es kannst, nicht gefällt?« Süß, wie sie versucht, an meinem unerschütterlichen Ego zu kratzen.

Ich schüttle den Kopf. »Nein, glaub mir, das wird

keiner besser können als ich. Aber ich möchte sehen, wohin dieses Spiel, was du gerade begonnen hast, führt.«

»Spiel?«, fragt sie. Doch darauf gehe ich nicht ein.

»Allerdings kann ich dich nicht einfach so aufnehmen. Gerade weil ich weiß, dass du lediglich einen Zufluchtsort suchst, an dem du dich deiner Verantwortung, die diese Uni fordert, entziehen kannst.«

»Und was soll ich tun?«

»Du wirst dich dem Cheerleaderteam der Rugbymannschaft anschließen.«

Ihr entgleiten die Gesichtszüge. »W-was soll ich?«

»Du wirst die kommenden vier Wochen die Choreografien einstudieren und dafür sorgen, dass sie dich beim Spiel gegen die Blessshore University mitperformen lassen.«

Ihr fragender Gesichtsausdruck ist so verdammt perfekt. »Wieso sollte ich das?«

»Ich habe dir doch gesagt, dass meine Verbindung dafür zuständig ist, anderen zu helfen.« Immerhin muss ich ja auch die Sache mit Eric, der ebenfalls Rugbyspieler ist, vorantreiben. »Sollten sie dich aufstellen, dann gebe ich dir die wirkliche Aufgabe. Bestehst du die, bist du offizielles Mitglied meiner Verbindung.«

Ich sehe an ihr vorbei und bleibe erneut an ihrem Bett hängen, auf das ich sie nur allzu gern schubsen und so lange ficken würde, bis sie meinen Namen nur noch hauchen kann. Aber das wäre immer noch zu einfach. Stattdessen drehe ich mich zur Tür um.

»Und, das ist alles?«

Sofort halte ich inne. Mh, stimmt. Ich wollte doch noch etwas anderes von ihr. Also drehe ich mich mit erhobenem Zeigefinger zurück. »Ich will, dass du vorerst zu Aurel ziehst.«

Sie fängt an, zu lachen. »Das ist absurd.«

Ich laufe zurück zu ihr und streiche über ihre Oberarme. »Nein, mein kleiner Entdecker, das ist es nicht. Du wirst für die Welt da draußen gerade viel zu interessant. Eric, der Dekan und wer weiß, wer nicht noch alles ein Stück deiner versauten Gedanken werden will. Also ziehst du dorthin, wo ich dich besser im Auge habe. Dass andere Männer vorerst tabu sind, sollte damit klar sein.« *Ja, ab sofort gehörst du unwiederbringlich mir.*

»Und wieso nimmst du mich dann nicht mit zu dir?«

Ja, das wäre das Einfachste und gleichzeitig auch das Gefährlichste. »Weil ich viel zu beschäftigt bin und Dinge erledigen muss, über die sich deine Seele keine Gedanken machen soll. Aber keine Angst, Aurel steht nicht so auf Pussys. Du hast also nichts zu befürchten.«

»Und wie erklärst du das dem Dekan? Schließlich muss es ja einen Grund für diese prüde Regel geben, dass Frauen und Männer getrennt wohnen?«

»Ja, den gibt es. Und wenn du erst Mitglied in meiner Verbindung bist, wirst du es verstehen. Versprochen. Und jetzt fang an, deine Sachen zu packen.«

34
LIO

Gelangweilt liege ich auf dem Bett und werfe immer wieder einen von Aurels bunten Anti-Stressbällen an die Decke. Dabei zähle ich den Takt, den seine Retro-Wandkatzenuhr vorgibt, mit und warte sehnlichst, dass es endlich zwanzig Uhr wird, damit wir unsere Rollen tauschen und ich zurück in die Wohnung über dem Cupper-Pub gehen kann.

Die Tage, an denen ich Aurels Aufgaben hier auf dem Campus übernehme, wirken so unendlich. Und in letzter Zeit habe ich sogar das Gefühl, dass es ihm sehr viel Spaß macht, mich länger als nötig zappeln zu lassen. Und das nur, weil er ab sofort seine Berichte etwas ausführlicher gestalten will.

Tse. Bis jetzt hat das, was er abgegeben hat, auch gereicht. Vielleicht sollte ich mir doch ein paar mehr Schichten im Cupper-Pup geben lassen. Dann wären diese endlosen Diskussionen, die wir aktuell dazu führen, hinfällig.

Der Ball landet wieder in meiner Hand. Es klopft und ich schaue auf. Ohne dass ich jemanden hereinbitte, öffnet sich die Tür. Voller Vorfreude setze ich mich auf.

»Na, endlich«, stoße ich genervt hervor. Doch es ist nicht Aurel, der in der Tür steht, sondern Valentin mit Vivien im Schlepptau, die einen Rucksack schultert und wenig begeistert aussieht.

»Was soll das?«, frage ich leicht überfordert, denn das sieht nach Ärger aus. Valentins verschmitztes und unheilvolles Grinsen macht das Gefühl in mir nicht besser.

»Ich bringe dir eine neue Mitbewohnerin.«

Sofort werden Viviens Augen größer. »Eine neue?«, fragt sie entrüstet. »Wie oft spielt ihr beiden dieses Spiel?«

Scheiße! Sonst ist es Aurel, der hier ist, wenn Valentin wieder einen seiner bescheuerten Einfälle hat. Und jetzt muss ich auch noch so tun, als wäre ich er und die Situation adäquat meistern. Nein, ich will das nicht mehr!

Wiederum ist es Vivien, die er gerade zu mir verfrachtet. Das macht die Kommunikation mit ihr weitaus unproblematischer. Außerdem können wir auf diese Weise den Abend, an dem sie bei uns gewesen ist und ich endlich den kompletten Spaß mit ihr haben konnte, viel leichter wiederholen. Ich versuche, ganz in Aurel-Manier, die Emotionen aus meinem Gesicht zu löschen. Leider gelingt es mir nicht ansatzweise so leicht, wie es sonst der Fall ist. »Ich nehme aber keine weiblichen Gäste auf«, raune ich und schmeiße den Ball in die Kiste mit all den anderen, die Aurel benötigt, wenn er hier drinnen versucht, nicht zu rauchen – was fast nie klappt.

»Doch, in diesem Fall schon«, knurrt Valentin unnachgiebig.

»Und was soll sie hier? Mir beim Ficken oder Schlafen zusehen?«

Valentin greift Vivien am Oberarm und zieht sie sachte – viel zu sachte, im Vergleich, mit dem, was er sonst mit den Frauen macht, die er als sein neues Spielzeug auserkoren hat – gänzlich in den Raum und schließt die Tür.

»Vielleicht kann sie ja noch etwas von dir lernen.«

Vivien schnaubt und verschränkt die Arme vor dem Oberkörper. »Das bezweifle ich stark.«

»Madame Schwer-zu-begeistern möchte in die Blackhall-Verbindung aufgenommen werden. Sie hat eine Aufgabe von mir bekommen und ich möchte, dass sie diese ohne Ablenkungen auch erfüllen kann.«

»Ohne ... Ablenkungen?«, frage ich verdutzt. Valentin nickt. »In einem Männerwohnheim?«, führe ich fort und sehe Vivien an, der ich sogar zutrauen würde, sich für das, was sie will, durch jedes Zimmer in diesen fünf Etagen zu ficken.

»Das wird für sie kein Problem sein. Du bist ja da und außerdem sollte ich ja deutlich genug gewesen sein.«

»Deutlich genug?«, mischt sich auch Vivien ein, die fast schon belustigt klingt.

»Das ist nichts, worüber du dir Gedanken machen musst«, meint Valentin und geht langsam zur Tür. »Also denk daran, Vivien: In vier Wochen entscheidet sich, ob sich dein Wunsch erfüllt.« Mit diesen Worten verlässt er das Zimmer. Gemeinsam starren wir zur geschlossenen Tür, bis sich Vivien herumdreht.

»Wie oft treibt ihr dieses Spiel?«, fragt sie ein weiteres Mal.

Gedankenverloren tippe ich mir auf dem Kinn herum. »Mh, schwer zu sagen. Sonst geht es mal einen Tag oder eine Woche und meistens kümmert sich Aurel darum. Aber vier Wochen ist ne Hausnummer. Das wird ihm absolut nicht gefallen.«

»Denkst du, diese Situation ist das, was ich mir vorgestellt habe?« Sie streift den Rucksack von der Schulter, der hart auf dem Holzdielenboden aufschlägt. Ohne Umwege kommt sie auf mich zu und lässt sich genervt seufzend neben mir nieder. »Na toll, eine beschissene Aufgabe und ein neues Zimmer mit einem meistens beschissen gelaunten Mitbewohner.«

Es ist schon irgendwie süß, wie sie über Aurel wettert. »Sieh es doch positiv«, versuche ich, sie aufzumuntern, obwohl ich dafür etwas viel Besseres wüsste. »Du bist schon mal ein großes Stück weitergekommen.«

»Wobei, Lio? Mich vor Valentin zu verbeugen?«

»Valentin sieht das hier als ein Spiel an. Dir bleibt ohnehin nur die Möglichkeit, es mitzuspielen oder aufzugeben. Aber«, ich streiche ihr über die Schulter, »ich hätte da eine Idee, womit ich dich aufmuntern könnte?«

Sofort schüttelt sie meine Finger ab. »Für heute hatte ich echt genug Testosteron.«

»Möchte ich wissen, was das bedeutet?«

Sie schiebt sich bis zur anderen Bettseite und lehnt sich an die Wand. »Das ich mich an die Abmachung halte und euch Informationen beschaffe.«

»Ah, du warst beim Dekan«, stelle ich belustigt fest. »Erzählst du mir ...«

»Nein!«, fällt sie mir sofort ins Wort. Ich weiß nicht, wieso, aber irgendetwas hat ihre leicht zickige Art an sich, das mir gefällt.

»Okay, Vorschlag zur Güte, weil, sobald Aurel durch die Tür kommt, dieser Kuschelkurs vorbei ist.« Sie sieht zu mir. »Zieh dein Shirt aus.«

»Was?« Die Entrüstung in ihrem Blick bringt mich zum Schmunzeln. »Sag mal, hörst du mir nicht zu?«

»Doch, ich bin sogar ein sehr guter Zuhörer.«

»Und was hast du dann an der Testosteronaussage nicht verstanden?«

»Weil ich nichts machen will, was mit Testosteron zu tun hat«, erkläre ich ruhig weiter. In ihren Augen spiegelt sich neben Müdigkeit auch eine unbekannte Zerrissenheit, die mit Sicherheit mit dem Verhalten von Valentin zu tun hat. Er hat einfach eine Gabe, die man schlecht in Worte fassen kann. »Also ziehst du jetzt dein Shirt aus?«

Nach einer gefühlten Ewigkeit, bei der sie auf ihrer Unterlippe herumkaut, setzt sie sich gerade hin und zieht ihren Pulli über den Kopf. Der bordeauxrote Spitzen-BH steht ihr wie bei unserer letzten gemeinsamen

Nacht perfekt. Am liebsten würde ich meine Hände um ihre Brüste schließen und ihre harten Nippel umkreisen.

Stattdessen mache ich die Beine lang und klopfe darauf. »Leg dich hin.«

Immer noch scheint sie sich nicht sicher zu sein, was ich gerade versuche, zu bezwecken. Trotzdem kommt sie meiner Aufforderung nach und legt sich mit dem Oberkörper auf meine Beine. In sanften Kreisen fahre ich mit meinen Fingern über ihren Rücken. Sofort überzieht ihre glatte, weiche Haut eine leichte Gänsehaut, die mit jedem weiteren Strich geht und zurückkommt, genauso wie ihre tiefen Seufzer.

»Wie kommt es, dass du hier bist und nicht Aurel?« Ihre Anspannung löst sich.

»Aurel muss heute seinen Bericht schreiben. Deswegen halte ich die Stellung.«

»Bedeutet das, dass du rein zufällig im Cupper-Pup unterwegs warst?«

Ich schmunzle und weite meine Berührungen aus, bis ich die Klammern an ihrem BH öffne. Kaum hörbar rutscht der Stoff zur Seite.

»Nein, ich bin meistens dann an der Reihe, wenn Aurel auf unserer Dienststelle unterwegs ist. Dann habe ich die Schicht im Cupper-Pub und versuche, einige Informationen zu sammeln, die auf dem Campus nicht besprochen werden.«

»Und hast du schon Erfolg gehabt?« Der sarkastische Unterton in ihrer Stimme ist nicht zu überhören.

»Was denkst du denn?«

»Weil pikante Dinge nie in irgendwelchen Kneipen besprochen werden. Da gibt es zu viele neugierige Ohren, die genau auf so etwas warten. Es muss ja einen Grund geben, wieso diese ganzen Machenschaften über Jahre aufrechterhalten werden konnten, ohne dass jemand wirklich Verdacht geschöpft hat. Also solltest du lieber Kellner in Laurents Privatresidenz werden.«

Anerkennend von ihrem Spürsinn nicke ich. »Klug, schön und so gut zu ficken. Du musst doch für jeden Schwanz auf diesem Campus der Traum sein.«

»Dreimal darfst du raten, weshalb ich hier bei dir bin.«

»Du meinst bei Aurel.« Tief holt sie Luft.

Die beiden wirken wie Pech und Schwefel. Dabei kann ich in Aurels Augen, wenn er sie ansieht, etwas entdecken, das ich bisher nicht bei ihm erlebt habe – zumindest nicht bei einer Frau. Aber ob es nun Anerkennung, Begierde oder doch einfach nur der Wunsch nach Streit ist, kann ich bislang nicht einschätzen.

Viviens Hand rutscht von meinem Bein. Ich sehe zu ihr hinunter. Ihre Augen sind geschlossen. Ihre Atmung ist gleichmäßig und ruhig und ich bin mir sicher, dass sie eingeschlafen ist.

Jemand steckt einen Schlüssel ins Schloss der Tür, dreht ihn und muss merken, dass sie nicht verriegelt ist, weil sie sich sofort öffnet. *Mh, sollte ich nicht irgendwo hin?* Im nächsten Moment steht Aurel in der geöffneten Tür. Sein missmutiger Gesichtsausdruck spricht Bände. Er macht den Mund auf, sieht Vivien und schon kann man ein ganzes Feuerwerk an Emotionen auf seinem kantigen Gesicht bewundern. Leise schließt er die Tür und zieht sich die Kapuze des Hoodies vom Kopf.

»Was soll das hier?«, flüstert er, obwohl ich deutlich merke, dass er viel lieber toben und schreien würde.

Ich zucke nur mit den Schultern und fahre ein weiteres Mal Viviens viel zu perfekten Körper auf und ab. »Was soll schon sein? Sie hat von Valentin eine Aufgabe bekommen, um in seine Verbindung aufgenommen zu werden, und sie dafür bei dir abgeparkt, damit sie auch ja kein anderer in dieser Zeit fickt.«

»Wieso bei mir?«

»Na, weil du sonst auch immer seine kleine dreckige Nutte bist, die die Drecksarbeit aufgehalst bekommt. Obwohl das hier ganz neue und durchaus angenehme Dimensionen annimmt.«

Aurel zieht die Jacke aus. »Was hat sie denn für eine Aufgabe bekommen?«

Ich halte inne. »Oh, das habe ich sie gar nicht gefragt.«

Mein Zwillingsbruder verdreht die Augen. »Wie lange hat sie dafür Zeit?«

Ich habe ihm noch nie so gern eine Antwort gegeben. »Vier Wochen«, sage ich so emotionslos, wie ich nur kann, weil ich sonst sofort laut loslachen und damit unnötigerweise Vivien wecken würde, die eindeutig Schlaf braucht.

»Vier ...?« Aurel ballt die Hände zu Fäusten und schreit leise in sich hinein. Das hier könnte eine wundervolle Szene aus Rumpelstilzchen werden. Aurel, wie er um das Feuer tanzt, bis er einfach so vom Erdboden verschluckt wird, weil er sich so sehr ärgert.

»Aber es gibt auch gute Nachrichten«, versuche ich, ihn zu beschwichtigen. Es scheint, zu klappen, denn er sieht mich wenigstens wieder an. »Sie hat die Aufmerksamkeit des Dekans.«

Aurel wirkt wenig beeindruckt. »Die Aufmerksamkeit haben und Informationen bekommen sind zwei verschiedene Paar Schuhe, Lio.«

»Aber ein Fortschritt. Du kannst von ihr, die einfach so in dieses ganze Drama geschubst wird, nicht erwarten, dass sie etwas löst, für das wir bereits vier Semester brauchen und immer noch kein Stück weiter sind.«

Damit scheine ich, ihn endlich zu besänftigen. »Gut, dann wirst du dich jetzt hier hinausschleichen. Pass aber auf. Valentin ist zu dieser Zeit im Keller.«

Ich nicke. Dabei will ich mich noch gar nicht von Vivien verabschieden.

Aurel schiebt seine Arme unter ihren Körper, sodass ich problemlos zur Seite wegrutsche. Anschließend lässt er sie zurück auf die Matratze sinken. Wir tauschen die Sachen. Ich ziehe mir die Kapuze über und sehe Aurel beim Gehen dabei zu, wie er Vivien zudeckt.

»Machen Sie das öfter?«
»Öfter? Ja. Es so sehr genießen wie heute? Eher selten.«

35
AUREL

In meinem Kopf ist eine Bombe geplatzt. Was soll das nur und wieso tut Valentin ihr und vor allem mir so etwas an? Sie weiß mittlerweile so viel. Sie hilft uns bei der Aufklärung. Aber fuck, sie hat nichts in meinem Zimmer zu suchen, das die einzige Privatsphäre zwischen diesen Halbstarken und mir auf dem Campus darstellt.

Jetzt pennt sie sogar in meinem Bett. Was kommt morgen? Isst sie aus meiner Schüssel und sitzt auf meinem Stuhl? Dann werde ich definitiv zu einem der drei Bären, aber es wird nicht in Friede-Freude-Eierkuchen, sondern in einem Blutbad enden! Ohnehin würde das viele Probleme lösen. So würde ich weit weg von dieser ganzen Scheiße im Gefängnis sitzen. Wir hätten einen Mörder und ... ach, irgendetwas fällt mir noch ein, um die Sache irgendwie zum Abschluss zu bekommen.

Um mich abzureagieren, ziehe ich mir eine Zigarette aus der Packung, gehe zum Fenster, das ich leise öffne und zünde sie an. Der Rauch zieht hinaus und meine Nerven beruhigen sich mit jedem Zug etwas mehr. Also blicke ich mit weniger Frust im Bauch zurück zu Vivien, die friedlich daliegt und man gar nicht davon ausgeht, dass sie so eine störrische Frau ist. Keine Ahnung, was in ihrem Leben schiefgelaufen ist, dass sie so willensstark geworden ist und ihre Schwester über alles zu stellen scheint. Vielleicht sollte ich selbst einmal schauen, ob ich in Zürich etwas in Erfahrungen bringen kann, ohne dass es dort einem Beteiligten auffällt.

Ich nehme einen weiteren Zug und sehe in die Dunkelheit hinaus, in der sich irgendwo ein Mörder auf freiem Fuß aufhält und eventuell sein nächstes Opfer aussucht. Schon bei dem Gedanken daran krampft sich alles in mir zusammen, denn diese Ungerechtigkeit – nein, meine Unwissenheit und im Grunde auch Nutzlosigkeit – kann ich nicht länger durchgehen lassen. Ich muss ihn finden. Dazu sitzt mir diese Sache mit der verschwundenen Leiche im Nacken, denn ich habe bisher noch keine Ahnung, was ich deswegen tun soll, außer so zu tun, als wüsste ich von nichts.

Viviens Stöhnen durchbricht meine Gedanken. Ich schnipse die halb aufgerauchte Zigarette aus dem Fenster, drehe den Kopf zurück zu ihr und beobachte sie, wie sie sich auf die Seite dreht. Wahrscheinlich ist es nicht das Verkehrteste, dass sie für eine Weile bei mir ist. Immerhin ist sie Zeugin eines Mordfalls. Der Täter hat sie womöglich im Blick. In diesem Fall ist sie genau am sichersten Ort. Wenigstens scheint Valentin einmal etwas richtig gemacht zu haben.

Seufzend stehe ich auf und gehe zum Schreibtisch. Diese Gedanken tun echt weh. Aber ich werde die nächsten vier Wochen diese Situation ertragen. Vielleicht hat sich ja dann auch schon alles geklärt. Zumindest hoffe ich das. An ein Wunder werde ich ja wohl noch glauben dürfen.

Ich starte den Laptop und runzle die Stirn. Wie soll ich diese Lüge vor ihr aufrechterhalten?

»Im Märchen erwartet man immer den rettenden Kuss.
In meinem Fall hat er genau das Gegenteil bewirkt.«

36
VIVIEN

Das Licht der Sonne scheint durch das Fenster und direkt in mein Gesicht. Sofort drehe ich mich um und stutze, denn ... das hat sie bis jetzt noch nie getan. Krampfhaft suche ich in meinem Kopf den Grund für diese Veränderung.

Hektisch klimpert jemand auf der Tastatur eines Laptops herum. Was ist hier bloß los? Wer ist in meinem ... nein ... in ... verdammt, wo bin ich? Erneut stolpere ich über meine eigenen Gedanken, in denen sich langsam die Erinnerungen zeigen.

Ich war beim Dekan. Er hat mich auf seinen Tisch geschnürt. Dann war Valentin bei mir, hat mir endlich für seine Verbindung zugesagt und mich zu ... Aurel gebracht. Ich reiße die Augen weit auf. Hastig drehe ich mich um, bis mein Blick auf dem Mann hängen bleibt, der am Schreibtisch sitzt und mir noch keine Beachtung schenkt.

Von der Entspannung, die mir Lio gestern Abend

verschafft hat, ist nichts mehr übrig. Er hat mir so angenehm über den Rücken gestreichelt. Das werde ich von seinem Bruder wohl nicht erwarten können.

»Aurel?«, frage ich verschlafen. Dieser stoppt in seinem Arbeitsprozess, fährt mit dem Stuhl herum und sieht mich mit harter Miene an.

»War dein Schönheitsschlaf angenehm?« Irgendwie schwingt Frust in seiner Stimme mit, von dem ich nicht weiß, wo er herkommt.

Ich richte mich auf, die Decke auf mir fällt zu Boden und erst jetzt bemerke ich, dass ich oberkörperfrei auf seinem Bett verweile. »Mit welcher Antwort kann ich dir denn den Start in diesen Tag etwas angenehmer gestalten?«, zeige ich mich wie immer von meiner durchaus charmanten Seite.

»Mit der, dass du Valentins Aufgabe schneller als in vier Wochen erledigen kannst, damit ich mein Zimmer zurückbekomme.«

Ach so, da drückt der Schuh. »Weißt du, ich kann mir auch etwas Schöneres vorstellen, als mit dir dauerhaft in einen Raum gepfercht zu sein. Aber es sind nicht meine Wünsche, nein es sind eure beschissenen Verbindungs-oder-was-auch-immer-Regeln, wenn ich das gestern zwischen Lio und Valentin richtig gedeutet habe.«

»Lio hat von dem, was hier genau läuft, kaum Ahnung. Er übernimmt nur in den Zeiten, wenn ich dringend etwas zu erledigen habe.«

»Habt ihr beiden keine Angst, dass Valentin euer Spiel irgendwann durchschaut?«

»Darüber musst du dir dein Köpfchen nicht zerbrechen. Wir sind vorsichtig.«

»So vorsichtig wie gestern Abend? Denn wenn man euch beide kennt, merkt man deutlich, dass ihr zwei verschiedenen Rolle spielt.«

Schon mahlt er mit seinem Kiefer. »Du warst in unserem Vorgehen nicht eingeplant. Es macht die ganze Situation eindeutig komplizierter. Also, was ist deine Aufgabe?«

Schon bei dem Gedanken daran sträubt sich alles in mir. »Ich soll mich im Cheerleaderteam der Rugbymannschaft einschleusen und bei dem Spiel in vier Wochen aufgestellt werden. Alles, was ich danach erledigen soll, hat mir Valentin nicht verraten.«

Tief holt er Luft und fährt sich über den Nasenrücken. »Mist.«

»Wieso?« O Gott, es wird noch schlimmer! »Was muss ich denn danach machen?«

»Keine Ahnung, aber es bedeutet, dass ich dich in jedem Fall für vier Wochen auf dem Hals habe.«

Sofort löst sich die Anspannung, die sich schon wie ein fester Knoten in meinem Bauch angefühlt hat. »Du bist zu charmant.« Ich stehe auf, suche auf dem Bett meinen BH und den Pulli und ziehe mich an.

»Hör zu, Vivien«, sagt Aurel harsch. »Ich glaube, du solltest immer noch alles daran setzen, deine Schwester auf normalem Wege zu erreichen, damit du dich diesem Risiko, dem du dich gerade aussetzt, endlich entziehen kannst.«

»Also soll ich glauben, dass du nur deswegen so

unfreundlich zu mir bist? Weil du dir Sorgen um mich machst?«

»Ich bin nicht unfreundlich, sondern ein Polizist, der es nicht gebrauchen kann, dass sich eine stinknormale Studentin in Gefahr begibt. An den Berg an Formularen, den ich ausfüllen müsste, wenn dir etwas zustößt, will ich gar nicht denken.«

Na, wenn das sein einziges Problem ist. »Keine Sorge«, zische ich und hebe meine Tasche auf. »Sollte mir etwas passieren, dann hast du ja immer noch Lio, der hier für mehr als nur ein paar Stunden aushelfen kann. Sowieso hätte ich nichts dagegen, wenn ihr beide für die nächsten vier Wochen tauscht und mir mein Leben dadurch um einiges einfacher macht.« Darauf sagt er nichts mehr und ich gehe zur Tür. Bevor ich hinausgehe, sehe ich ihn über die Schulter an. »Bis heute Abend.« Dann schließe ich sie hinter mir.

Ohne mich umzusehen, verlasse ich Blackhall. Obwohl bereits Frühstückszeit ist, ist auf den Gängen wenig los. Nur einzelne verschwitzt aussehende Männer, die wohl vom Joggen zurückkehren, kommen mir entgegen. Diese mustern mich von oben bis unten und grinsen dreckig, weil sie wahrscheinlich denken, dass ich ein netter Besuch einer ihrer Kommilitonen gewesen bin.

Draußen laufe ich sofort nach Whitehall rüber, gehe ohne Umwege in mein Zimmer und öffne den Schrank, den ich gestern, als Valentin vor der Tür stand, hastig geschlossen habe. Dort befinden sich die Abdruckformen für die Schlüssel des Dekans, die ich nach dem

Sex mitgehen lassen habe. Ich drücke vorsichtig auf die Masse. Sie ist schon komplett durchgetrocknet.

Ja, ich gebe zu, der Fick war wirklich gut, aber einfach nur Mittel zum Zweck. Zum Glück verlernt man Dinge, die man sich einmal angeeignet hat, nicht so schnell. Immerhin konnte ich nur auf diese Weise Lexys Prüfungsergebnisse zum gewünschten Ergebnis ändern.

Ich nehme die originalen Schlüssel aus der Form, schiebe sie zurück auf den Schlüsselbund und ziehe mich um, damit ich meine gestohlene Ware so schnell wie möglich zurückbringen kann, ehe es der Dekan merkt. Durch Valentins überfallmäßiges Erscheinen bin ich ohnehin schon viel zu spät dran und kann nur hoffen, dass es Laurent bisher nicht bemerkt hat oder diese immer noch sucht.

Ich packe alles in meinen kleinen Rucksack und mache mich auf den Weg zu Selma. Mit jedem Schritt zu ihrem Zimmer wird mir flauer im Magen und der Kloß in meinem Hals dicker.

Mit Ende der Schulzeit hatte ich gehofft, diesen ganzen Gemeinschaftsaktivitäten-Kram zu entkommen. Aber da dem nicht so ist, hoffe ich, dass sie wenigstens dazu beitragen, meiner Schwester zu helfen.

Vor Selmas Zimmer bleibe ich stehen, schlucke schwer und klopfe. Schritte werden lauter und Selma öffnet mir mit nassen Haaren, die sie gerade in einem Handtuch trocken tupft, die Tür.

»Oh, hey, Vivien«, begrüßt sie mich auf ihre aufgeschlossene Art. »Was ist los? Kann ich dir irgendwie helfen oder so?«

Ich atme tief durch. »Ja, das könntest du wirklich.«

Kurz hält sie inne und sieht mich voller Vorfreude an, als wüsste sie, was ich als Nächstes sagen werde.

»I-ich glaube, ich habe eine Aktivität gefunden, die ich sehr gern ausprobieren würde.«

»Super, welche ist es?«

Ich kann es immer noch nicht glauben, was ich hier sage. »Ich würde mir gern das Cheerleadertraining der Rugbymannschaft mal anschauen und eventuell mitmachen.«

Ihre Augen werden immer größer und das Lächeln breiter. »Das freut mich ungemein. Ich selbst bin dort Mitglied.«

Na toll. »Das ist ja ein Zufall.«

Dann wandelt sich ihr Gesichtsausdruck und etwas Schelmisches zeigt sich darin. »Liegt es eventuell an Eric?«, fragt sie.

»An Eric?«, wiederhole ich.

»Er ist einer der Rugbyspieler und soweit ich gehört habe, zeigt er großes Interesse an dir und soll sich wohl von den Wunschvorstellungen eines anderen nicht abschrecken lassen.«

In mir schreit alles laut auf. Eric ist im Rugbyteam? Das kann doch nur wieder eine Schikane-Aktion von Valentin werden.

»Ihr beide würdet ausgesprochen gut zusammenpassen«, schmachtet sie fast.

Um den Schein zu wahren, lasse ich mich auf dieses verfickte Spiel ein und streiche mir, als hätte man mich ertappt, eine Strähne hinters Ohr. »Na ja ...«

Sofort fiept sie leise los und springt wie ein Flummi auf und ab. Dabei kennen wir uns kaum. Woher diese überschwängliche Freude kommt, ist mir ein Rätsel.

»Könnte das ... aber unter uns bleiben?«, frage ich kleinlaut.

»Natürlich, meine Liebe. Pass auf. Wir trainieren jeden Tag«, *jeden Tag*, »ab 19 Uhr in der Sporthalle die Grundschritte. Immerhin gibt es diesen Sport bei uns ja noch nicht so lange und wir finden uns alle erst zurecht. Komm doch heute dazu. Normale Sportkleidung und Turnschuhe reichen und dann schaust du es dir an, machst einfach ein paar Schritte mit und wenn es dir gefällt, würde ich mich riesig über deinen Beitritt freuen.«

Ich nicke. »Super, ich werde da sein«, knirsche ich zwischen den Zähnen hervor und bete insgeheim, dass Valentin der Blitz trifft. »Bis heute Abend.« Ich drehe mich um und gehe zum Ausgang von Whitehall.

»Bis dann!«, ruft Selma mir hinterher.

Draußen laufe ich direkt zwischen den Bäumen auf das Büro des Dekans zu. Die Vorlesungen haben noch nicht begonnen und ich hoffe, dass er ein Langschläfer ist oder zumindest nicht in seinem Büro sitzt und den Schlüsselbund, der sich aktuell noch in meinem Rucksack befindet, sucht.

Am letzten Baum auf der anderen Seite des Kieswegs bleibe ich stehen und sehe mich um. Aber ich kann keine Menschenseele entdecken. Auch im Büro sieht es noch dunkel aus und niemand bewegt sich hinter der halb geöffneten Jalousie. Also riskiere ich es, überquere den Weg und schließe die Tür zum Gebäude auf.

In dem Büro seiner Assistentin liegt alles fein ordentlich sortiert auf dem breiten Schreibtisch. Selbst der Locher ist perfekt ausgerichtet. Hier spiegelt sich Laurents Affinität zur Perfektion mehr als deutlich wider, denn Astrid wirkt teilweise schon ziemlich verträumt und sitzt bestimmt nur in diesem Vorzimmer, weil sie mit ihrem kurvigen Körper mehr als vorzeigbar ist. Dabei würde es ein ebenso perfekt aussehender Kerl auch tun, aber dann hätte der Dekan ja nichts zum Anschauen.

Ich öffne die Tür zu dem kleinen Zwischenraum und laufe hindurch. Es kribbelt mir schon in den Fingern, einen Blick in die einzelnen Schubladen zu riskieren und zu schauen, welche dunklen Abgründe ich ans Licht bringe. Aber nicht heute und erst recht nicht jetzt.

Also zwinge ich mich dazu, mich weiterhin zu fokussieren, und schließe die letzte Tür auf. Mein Blick fällt auf den Schreibtisch. Sofort zieht es in meiner Mitte, denn ich kann einfach nicht abstreiten, dass es mir gefallen hat, was der Dekan mit mir angestellt hat. Wie eine bleibende Erinnerung schmerzt meine rechte Pobacke. Gleichzeitig ist die Erregung, die er in mir entfacht hat, sofort spürbar und wünscht sich eine zweite Runde. Alles in mir schreit schon wieder nach Sex. Dabei habe ich gerade ganz andere Probleme. Deswegen zwinge ich mich dazu, die Gedanken daran, hart und dreckig gefickt zu werden, aus meinem Kopf.

Hastig schmeiße ich die Schlüssel unter den Schreibtisch, damit es so wirkt, als wären sie bei unseren *Aktivitäten* heruntergefallen. Im Grunde verlasse ich mich hier gerade nur auf das Glück, dass seine Assistentin abgeschlossen hat und er seine Wohnung auch ohne Schlüssel betreten kann und mich nicht sofort mit einem möglichen Diebstahl in Verbindung bringt. Ja, es wäre das Beste, wenn ich ein wenig Zeit verstreichen lasse, damit ein eventueller Verdacht in Vergessenheit gerät.

Dann entferne ich mich zügig den Komplex und gehe zum Frühstück.

»Der Dekan hat keinen Sex. Der Dekan fickt. Hart und
dreckig und trotzdem kommt man auf seine Kosten.«

37
AUREL

Gemeinsam mit Valentin laufe ich zur Sporthalle und ertrage sein quietschvergnügtes Pfeifen nur mit einer Zigarette, denn es ist heute das pure Gift für meine Ohren. In Gedanken bin ich dauerhaft bei dem Umstand, dass Vivien ab sofort bei mir wohnt und dieses so schon chaotische Leben vollkommen auf den Kopf stellt. Dabei ist sie nicht die erste Frau, die Valentin bei mir unterbringt. Aber die erste, die mehr über mein Leben weiß als die Tatsache, dass ich an dieser Universität studiere. Ja, das ist es wahrscheinlich. Ich nehme den nächsten Zug und aus Valentins Gepfeife wird ein freudiges Glucksen. So erlebe ich ihn wirklich selten.

»Was ist denn so lustig?«, frage ich genervt.

Wir laufen direkt auf die Sporthalle zu. Er muss ja unbedingt schauen, wie sich Vivien bei ihrer ersten Trainingsrunde schlägt. Dabei kann man es bei ihr nicht einmal als *Training* bezeichnen, weil sie sich einfach nur anschauen soll, ob es ihr gefällt. Und darauf kennen wir beide bereits die Antwort. Immerhin ist es ihre einzige Chance, in Valentins beschissene Verbindung zu kommen.

»Du bist ja noch ernster als sonst«, stellt er fest und wirkt so, als wäre er sich keiner Schuld bewusst. »Was ist denn los?«

»Muss ich dir das echt erklären oder erfreust du dich einfach nur an dem von dir verursachten Leid?«

»Du bist so poetisch, mein Lieber«, gluckst er. »Dabei dachte ich, dass ich dir eine Freude bereite, wenn ich Vivien in dein Zimmer verfrachte.«

»War ich denn jemals mit *deinen* bescheuerten Einfällen zufrieden?«, knurre ich.

»Nein. Und genau deswegen werde ich dich so lange in diese Situationen manövrieren, bis du mir freudestrahlend um den Hals fällst, wenn ich dein Zimmer mit ungetrübter Feminität bereichere.«

Ich schnaube. »Ungetrübte Feminität?«, wiederhole ich. »Vivien ist alles, aber mit Sicherheit nicht typisch feminin.«

»Richtig, sie ist eine kleine Zicke, deren freches Mundwerk dringend mit einem Schwanz gestopft werden muss, der ihrer würdig ist.«

»Und da schickst du sie ausgerechnet zu mir?«

»Ja.«

»Obwohl ich null Interesse an ihr habe?«

»Ja, genau deswegen bist du perfekt, Aurel.«

»Wieso?«, entfährt es mir viel zu wehleidig. Dabei ist sein intuitives Verhalten gar nicht so verkehrt.

Fakt ist, dass ich sie dringend aus der Schusslinie nehmen muss, weil sie zu viel weiß und gesehen hat. Dass Valentin nun aber verlangt, dass sie sich dauerhaft den Blicken der gesamten Uni aussetzt, ist schon wieder der vollkommen falsche Weg. Deswegen habe ich keine Ahnung, was ich tun soll. Dazu kommt ihre verfluchte Sturheit.

»Glaub mir, es ist aktuell das Beste für sie«, erklärt Valentin weiter und holt mich aus meinen Gedanken. »Ich weiß nicht, was auf dem Campus gerade passiert, aber es wurde eine große Blutlache entdeckt, die der Hausmeister auf Laurents Wunsch hin sofort weggespült hat.« *Blutspuren? Sind das die Überbleibsel von Sonntag oder schon wieder neue?* »Allerdings befanden sie sich schon wie bei Chase relativ nah an Whitehall und auf der Seite von Viviens Zimmer.«

»Und du meinst, es hat etwas mit Vivien zu tun?«

Plötzlich wirkt er viel ernster. Trotzdem bin ich immer noch fest davon überzeugt, dass er seine Finger mit im Spiel hat. »Das weiß ich nicht. Aber solange ich diese ganze Situation nicht durchschaut habe, wirst du sie nachts schön bei dir behalten. Dann schlafe ich auch ruhiger.« Dabei zwinkert er mir zu.

»Wenn ich es nicht besser wüsste, dann könnte man denken, dass du dir Sorgen um sie machst?«, behaupte ich, weil ich immer weniger weiß, was er nur spielt und was er ernst meint. Gerade in Bezug auf Vivien.

»Sorgen ist wie so oft das falsche Wort, Aurel.«

»Wie meinst du das dann?«, will ich wissen. Doch wir kommen vor der Sporthalle an und Valentin macht keine Anstalten es mir genauer erklären zu wollen. Und ich hasse es, wenn er sich mir gegenüber in Schweigen hüllt und ich keinen Plan habe, was wirklich in seinen teilweise kranken Gedanken vor sich geht.

Mit einem fiesen Quietschen, das so ähnlich wie sein Pfeifen auf meinen Gehörgang wirkt, öffnet er die Tür. In der Halle ist die Stimme von Selma deutlich zu hören, wie sie laut die Kommandos und Schrittfolgen schreit.

Erneut bildet sich dieses hämische Grinsen auf Valentins Gesicht. Gezielt steigt er die Stufen zur Tribüne hinauf. Oben angekommen, können wir dem Schauspiel auf dem blank geputzte Parkett zusehen. Vivien steht in einem weißen Shirt und schwarzen Hotpants in der letzten Reihe der Mädels. Wenig begeistert sieht sie zu Selma und versucht, sich so synchron wie möglich mit den anderen Studentinnen zu bewegen.

Flüchtig sehe ich immer wieder zu Valentin. Dieser wirkt wie der Adler, der seine Beute direkt ins Visier nimmt. Als befände er sich im Tunnel, verfolgt er jede ihrer Aktionen und grinst dabei dunkel und dreckig.

»Sie bewegt sich ziemlich gut«, stelle ich fest und komme nicht umher, es ernst zu meinen. Es wirkt, als würden ihr die Schritte zufliegen. Die geschmeidigen und kurvigen Bewegungen. Wie sie ihren Hintern schwingt und ihre kleinen, runden Brüste bei jeder neuen Drehung mitschwingen. Langsam frage ich mich, was diese Frau nicht kann. Sie studiert Medizin. Stellt alle mit ihrem 1er-Notendurchschnitt in den Schatten und hängt es dann nicht einmal an die große Glocke. Sie scheint selbst nicht sehen zu wollen, wie perfekt sie ist.

Valentin nickt bloß.

»Wieso fickst du sie nicht endlich?«, rutscht mir die Frage heraus. Dabei gibt es viel wichtigere, die ich so unauffällig wie möglich stellen sollte, damit er keinen Verdacht schöpft, weil ich im Grunde mit Zettel und Stift hinter ihm stehe und alles fein säuberlich notiere, um es in meinem Bericht einzuarbeiten.

»Das wäre zu einfach.« Genüsslich fährt er sich mit dem Daumen über die Unterlippe. »Ich will den Kampf zwischen uns genießen, den sie ohnehin nicht gewinnen kann. Ich will, dass sie sich auf noch so viele Schwänze setzt und keine Befriedigung findet und schlussendlich mich darum anfleht, sie zu erlösen.«

»Du willst, dass sie von anderen gefickt wird?«

»Ja.« Mittlerweile leckt er sich über die Lippen. »Und dabei zusehen.«

Regungslos stehe ich neben ihm. Er war schon immer verrückt, aber das hier sprengt langsam jedes Verständnis, dass ich bisher für ihn hatte. Außerdem gefällt es mir immer weniger, in was für eine Situation ich Vivien manövriere, ohne dabei Valentins ganze Absichten zu kennen. Gleichzeitig ist sie meine Chance darauf, etwas zu finden, das diese lange Arbeit letztlich zum Erfolg führt und diese sinnlosen Morde endlich aufhören lässt.

Ich sehe zu Vivien, die tatsächlich lacht, weil Selma einen Witz macht. Ihr Lächeln ist klar und strahlt bis zu mir hinauf und lässt die Zicke, die sie nur zu gut spielen kann, verschwinden. Im selben Augenblick werden der Schmerz und die Angst, die sie wegen ihrer Schwester empfindet, deutlich erkennbar.

Eric betritt über einen der Seiteneingänge die Halle, schaut sich kurz um und läuft geradewegs auf Vivien zu, die sich eine Strähne, die sich aus ihrem Pferdeschwanz gelöst hat, hinters Ohr schiebt. Eric bleibt vor ihr stehen und sucht das Gespräch mit ihr. Was auch immer er zu ihr sagt, Vivien dreht dezent den Kopf und sieht ihn mit einem lasziven Augenaufschlag an, der sogar mir mitten durch die Brust schießt.

Die Gedanken in meinem Kopf rotieren. Ich hoffe, ich habe keinen Fehler gemacht.

38
VIVIEN

Seit einer halben Stunde stehe ich vor dem kleinen Spiegel in meinem Zimmer und ziehe den blau-goldenen Rock etwas tiefer. Wie jeden Abend bin ich nicht bereit für das Training der Cheerleader. Und erst recht nicht heute, wo wir am Spielfeldrand posieren und die Choreografie unter realen Bedingungen üben sollen, um kommende Woche fit zu sein.

Ich meine, hat Selma auch nur einmal aus dem Fenster geschaut? Über Montbéliard wütet ein Sturm und ich muss halb nackt im Freien herumturnen?

Ich habe nicht einmal eine Ausrede parat, nicht zu gehen, weil ich mittlerweile zum Team gehöre. Aurel hat heute mit Lio getauscht, der im Cupper-Pub arbeitet, und um Valentin ist es ebenfalls ruhiger geworden. Dabei hat er mich die ersten Tage, während des Trainings, kaum aus den Augen gelassen.

Ein letztes Mal zupfe ich den Rock zurecht. Anschließend nehme mein Handy zur Hand und mache meinen täglichen Anruf bei Lexy, obwohl ich genau weiß, wie er endet. Kaum springt die Mailbox an, lege ich auf und schaue mir die beiden grauen Haken im Chat an. Sofort bin ich wieder demotiviert, denn ich spiele diese Scharade mittlerweile zwei Wochen mit und bin kein Stück weitergekommen. Es wird Zeit, dass ich endlich beim Dekan einsteige und nach etwas Verwertbarem suche, mit dem ich auch ohne Valentin an mein Ziel komme.

Es klopft. Schon seufze ich, weil ich mir genau denken kann, wer vor der Tür steht, um mich abzuholen. Eigentlich sollte ich aufhören, Erics Annäherungen nachzugeben. Aber da ich das Gefühl habe, dass genau das von mir verlangt wird, spiele ich auch in dieser Angelegenheit mit.

Ich lege das Handy weg, laufe in meinen Socken zur Tür und reiße sie wenig filigran auf.

»Ich bin b…« Doch es ist nicht Eric. Stattdessen blicke ich in das mürrisch dreinblickende Gesicht meines Vaters, dessen Tränensäcke sich stärker abzeichnen als jemals zuvor.

»H-hallo, Dad. W-was machst du denn hier?«, will ich wissen und ziehe automatisch meinen Rock tiefer. Doch auch das ändert nichts daran, dass er mich mit strenger Miene mustert, die deutlich macht, dass er meine Aufmachung nicht versteht oder billigt.

»Hallo, Vivien«, zeigt er sich gewohnt kühl, geht an mir vorbei und betritt mein kleines Reich, in dem ich mich auch nach all der Zeit nicht zu Hause fühle. Sein Ausdruck in den Augen ändert sich nicht.

»Ist das«, er zeigt mit der offenen Hand einmal von oben bis unten zu mir, »jetzt die neue Deeskalationsstufe? In einem billigen Rock am Spielfeldrand tanzen und allen zeigen, was du von deinem gesellschaftlichen Stand hältst?«

Bei jedem Wort aus seinem Mund balle ich die Hände stärker zu Fäusten, bis der stechende Schmerz mich dazu bringt, langsam wieder lockerer zu lassen. Wie gern würde ich ihm die Wahrheit an den Kopf knallen. Aber das würde er nicht verstehen.

»Von mir wurde verlangt, mich einem Club anzuschließen. Dieser Verpflichtung bin ich nachgekommen. Ich weiß nicht, was an meiner Wahl auszusetzen ist.« Dabei verschränke ich die Arme bockig vor dem Oberkörper.

»Verdammt, Vivien! Ich dachte, ich hätte mich bei unserem letzten Telefonat deutlich ausgedrückt.«

»Genau, du hast gesagt, dass ich mich in keine weiteren Skandale verwickeln lassen soll. Und das tue ich. Ich habe mir eine Beschäftigung gesucht, die mir Spaß macht. Die mir den nötigen Ausgleich vom Unialltag ermöglicht.« Um dieser Theatralik noch mehr Gewicht zu geben, schüttle ich den Kopf. »Und selbst das ist dir nicht wichtig oder gut genug, weil mein Kopf nicht vierundzwanzig sieben in den Büchern und Studien steckt, obwohl du genau weißt, dass er das gar nicht muss.« Er schweigt und ich nutze die Chance, gleich noch das nächste Thema anzusprechen. »Und anstatt mir lieber zu erklären, wieso Lexy nicht mehr auf meine Anrufe und Nachrichten reagiert, kommst du nur immer wieder mit den gleichen Phrasen, von denen du weißt, dass sie mich ohnehin nicht interessieren.« Ich laufe zur Tür und umgreife die Klinke. »Wenn du dann deiner allgemeinen Unzufriedenheit Luft gemacht hast, steht es dir frei, sofort mein Zimmer zu verlassen, damit ich weiterhin daran arbeiten kann, nicht negativ aufzufallen.«

Bislang regt sich kein Muskel in seinem faltigen Gesicht. Dann holt er tief Luft und streicht über seinen dunkelblauen Mantel. »Wenn du nicht zwei Jahre damit verbracht hättest, mir zu beweisen, wie aufmüpfig du bist, könntest du mit deinem Studium schon fast fertig sein oder zumindest Halbzeit feiern. Lexy tut also sehr gut daran, sich von dir nicht beeinflussen zu lassen und sich von deinen Luxusproblemen nicht den Alltag zu versauen.« Er macht mich zu einem Vulkan, der nur darauf wartet, endlich ausbrechen zu können. Ich habe es so dermaßen satt, dass ich für ihn niemals gut genug bin. Dass er immer wieder etwas Neues findet, mit dem er mir zeigen kann, was er von mir hält und dass ich nicht die Tochter bin, die er sich wünscht. Aber mein Protest gegen das seelische Korsett, dass er mir anlegen wollte, hat ihn im Grunde nie gestört, weil er eh nie zu Hause gewesen ist, sondern Lexy und mich uns selbst überlassen hat. Sogar jetzt, wo ich mit den Tränen kämpfe, weil er mich immer noch auf so viele Arten verletzt, tangiert es ihn nicht.

»Du ziehst dir jetzt etwas zum Ausgehen an. Ich erwarte dich in fünfzehn Minuten am Campus-eingang.«

Verständnislos sehe ich ihn an. »Wieso?«

»Weil du mit mir essen gehst.«

»Nein«, rutscht es mir sofort raus.

Argwöhnisch hebt mein Vater eine Augenbraue. »Wie bitte?«

»Ich habe Training«, versuche ich, mich doch tatsächlich mit diesem verhassten Herumgetanze vor meinem Vater zu retten. Außerdem kann es passieren, dass wenn ich heute nicht erscheine, ich vielleicht gar nicht für das Spiel in zwei Wochen aufgestellt werde. Dann ist alles aus und ich komme nie in die Blackhall-Verbindung.

»Ich habe dich heute dafür entschuldigen lassen. Du musst also keine Angst haben, den Teil dieser wichtigen Aufgabe zu verpassen.« Unruhig und erbost reibe ich die Finger aneinander, was er sich erlaubt, so etwas eigenmächtig zu entscheiden. So nah, dass wir uns berühren müssen, läuft er an mir vorbei und öffnet die Tür. »Fünfzehn Minuten, Vivien.« Damit verlässt er den Raum und lässt mich, mit all den aufwirbelten Gedanken und Emotionen zurück, die mir verdeutlichen, dass ich auch an dieser Universität nicht frei bin.

»Denk daran, Vivien: In vier Wochen entscheidet
sich, ob sich dein Wunsch erfüllt.«

39
VIVIEN

Wie mein Vater gefordert hat, laufe ich nach zwölf Minuten in einem schwarzen Cocktailkleid, hochgesteckten Haaren und farbig passenden Pumps, die ebenfalls zur kleinen Clutch passen, über den Campus. Die kalte Abendluft kriecht mir unter den knielangen Stoff und ich wünschte, ich wäre am Spielfeldrand und könnte mich wenigstens Warmtanzen.

Die Amsel, die auf irgendeinem der Bäume sitzt, verkündet bereits milde Nächte. Sehnlichst fiebere ich daraufhin und hoffe, dass die Wärme auch meine schweren Gedanken vertreibt.

Wenn mich Eric jetzt sehen könnte, würde er wahrscheinlich sofort sabbern. Valentin würde nur dreckig grinsen und Lio und Aurel würden ihre Polizeikompetenzen ein weiteres Mal überschreiten. Obwohl, Aurel traue ich auch einfach nur einen doofen Spruch zu, während Lio mich fickt. Möchte ich zusätzlich eine Prognose zu Laurent abgeben? Seinen harten Stößen auf diesem unnachgiebigen Holz. Schon der Gedanke daran, wie ich auf seinem Tisch gefesselt gelegen habe, befeuert das Kribbeln in meiner Mitte. Wahrscheinlich ist das auch der Grund, weswegen ich bisher nicht bei ihm eingebrochen bin, denn die Erinnerungen daran sind durch den zweiwöchigen Sexentzug viel zu präsent. Okay, lieber keine Prognose.

Kurz vor dem Tor bleibe ich stehen und atme tief durch. Ich habe noch nie eine Rettung gebraucht. Ich komme immer allein klar, aber heute würde ich mir wünschen, dass von irgendwo jemand aus dem Gebüsch springt und mich einfach mit fortzieht. Gleichzeitig verbiete ich mir diese Gedanken, denn das kann an dieser Uni schnell zur unschönen Realität werden. Am Ende liege ich mit einem direkten Kopfschuss tot im Gras, genau vor meinem Studentenzimmer. Aber sind solche Gedanken so verwerflich? Immerhin ist – war – das einzig Positive an dieser Uni, weit entfernt von meinem Vater zu sein. Und jetzt muss ich mit ihm zu Abend essen. Was will er denn nach vier Wochen wissen? Ob ich schon ganze Hände sezieren und die Adern ausarbeiten kann? Ja, das kann ich mittlerweile, weil ich es mir selbst beigebracht habe. Aber will ich nicht.

Da mich also niemand rettet, erschießt oder zumindest entführt, gehe ich weiter. Vor den Toren steht bereits die schwarze Limousine. Der Fahrer öffnet die Tür und ich setze mich ganz ladylike auf die Rücksitzbank meinem Vater gegenüber. Dieser liest gerade in einer seiner Fachzeitschriften.

Die Tür wird zugeschmissen, wenige Sekunden später ist auch der Fahrer eingestiegen und der Wagen fährt los. Ich sehe in die Dunkelheit hinaus, die ab und zu von dem Licht der Laternen durchbrochen wird. In der Ferne erkenne ich sogar die Scheinwerfer des Sportplatzes. Dass ich jemals traurig sein werde, dass ich nicht dort sein kann, hätte ich mir auch niemals träumen lassen.

Die gesamte Autofahrt über beachtet mich mein Vater nicht, sondern blättert nur durch die Seiten. Vor einem schlichten Lokal, zu dem wir in zehn Minuten auch gelaufen wären, halten wir an. Erneut wird mir die Tür geöffnet. Ich greife die Hand, die mich sachte aus dem Wagen zieht, ohne dass das Kleid auch nur einen Zentimeter verrutscht.

Vor einem Italiener stehend, blicke ich mich um. Wir sind auf der Hauptstraße, in der sich die Modeboutiquen die Klinke in die Hand geben. Eine Uhr, die so viel Wert hat wie mein Studium? Bitte: So ein Laden befindet sich gleich neben dem wohl teuersten Italiener. Genau vor diesem steigt auch mein Vater aus, schließt den Knopf am Sakko und zeigt mir an, gemeinsam mit ihm das Lokal zu betreten.

Leise seufzend gehe ich voran.

»Guten Abend«, begrüßt uns der Kellner in seinem schwarzen Anzug, verbeugt sich dezent und nimmt mir mein dünnes Jäckchen ab. Dann führt er uns durch den Raum, in dem sich einzelne Sitzgruppen befinden, die mit klassischen Lederpolstern ausgestattet sind. Über jeder Nische leuchtet eine minimalistisch angehauchte

Lampe und auf den weißen Spitzentischdecken könnte man jeden Krümel und Fleck erkennen, wenn sie denn da wären.

Das hier ist eine Lokalität genau nach dem Geschmack meines Vaters, während ich auf diese Sterilität und fehlende Individualität fast schon allergisch reagiere.

Vor einer etwas größeren Nische hält der Kellner an. Dort sitzt bereits jemand mit dem Rücken zu uns. In mir gehen sämtliche Alarmglocken an. Erst als ich genau vor der Person stehe und eine zweite erblicke, bleibt mir fast die Luft weg. Eric sowie Laurent sitzen am Tisch und ich würde am liebsten rückwärtslaufen und das Lokal verlassen, denn keiner der beiden wird mich retten.

»Laurent, Eric«, begrüßt mein Vater die zwei, reicht ihnen nacheinander die Hand und zeigt dann zu mir. »Meine Tochter werde ich Ihnen ja nicht vorstellen müssen.«

Dekan Chaliers überheblich wirkender Gesichtsausdruck tastet mich von oben bis unten ab und ich ärgere mich, dass ich mich nicht für den Hosenanzug entschieden habe. Aber ich dachte, dass ich meinen Vater mit diesem Outfit besser zur Weißglut hätte bringen können. Jetzt fällt es mir auf die Füße.

»Mademoiselle van Jones«, sagt Laurent, reicht mir die Hand und streichelt dabei meinen Daumen viel zu intensiv. Eric wiederum steht kurz hinten in seiner Ecke auf, tauscht ebenfalls die Keime von seinen Händen mit denen meines Vaters und setzt sich wieder hin.

»Hallo, Vivien«, sagt er so freudig klingend wie immer, was ich nur mit meinem aufgesetzten Lächeln bedenke.

Wie die brave Tochter, die so tut, als würde sie nicht wissen, was hier gerade geschieht, setze ich mich neben meinen Vater. Sofort bestelle ich mir ein Glas des Vega Sicilia, einem Rotwein aus Spanien – obwohl ich echt etwas Stärkeres vertragen könnte – und ein Glas Wasser und studiere die Karte, während ich durchgehend Laurents Blick auf mir spüre.

Erst als wir alle gewählt haben, beteilige ich mich widerwillig bei diesem fingierten Treffen an der Gesprächspflicht.

»Ich freue mich, dass diese Begegnung endlich in dieser Form stattfinden konnte«, meint Laurent, der an seinem ebenfalls halbtrockenen Rotwein nippt.

»Ich hätte es gern schon zeitiger anberaumt«, meint mein Vater, »aber leider lassen es meine Termine nur sehr schwer zu, mich längere Zeit aus den Laboren zu lösen.«

»Das verstehe ich.« Dekan Chalier sieht zu mir. »Mademoiselle van Jones, wie gefällt es Ihnen mittlerweile an der Drewmore?«

Wieder liege ich gedanklich auf seinem Tisch, während Valentin vor mir mit dem runden Vibrator spielt. Am liebsten würde ich losschreien, weil es so viele Typen dauerhaft in meinen Kopf geschafft haben. »Mittlerweile finde ich neben den Vorlesungen genug Zerstreuungen«, ist das Unverfänglichste, was ich aktuell zustande bekomme.

»Was dich vor dem einen oder anderen Problem bewahrt«, mischt sich Eric ein, der sofort von den beiden Männern die volle Aufmerksamkeit bekommt. Erst jetzt scheint ihm klar zu werden, dass er das einzige Thema anspricht, dass hier an diesem Tisch keinen Platz hat.

Ich räuspere mich und rette Eric den Hintern, der bereits mit einem Schweißausbruch kämpft. Meine Güte, er ist Sportler. Er steht im Rampenlicht und muss sich jede Woche den Fans und gegnerischen Mannschaften stellen. Wieso lässt er hier gerade die Pussy raushängen? »Zum Glück haben sich etwaige Gerüchte geklärt«, meine ich und trinke einen Schluck Wein.

»Wie läuft es denn mit Ihrer neuesten *Zerstreuung?*«, fragt Laurent mit einem Unterton in der Stimme, als wüsste er, dass dieses Training eine tiefe Bedeutung für mich besitzt.

Erics Augen beginnen, zu funkeln. »Sie ist großartig«, entfährt es ihm, als wäre er ein Luftballon, den man nicht zugebunden hat und einfach loslässt. Und das, obwohl nicht einmal er, sondern ich gefragt wurde. Er wirkt nervös. Liegt es an meinem Vater? Hat er dermaßen Respekt vor ihm? Dabei ist seine Familie doch auch bekannt und muss sich nicht verstecken. »Als wäre sie fürs Cheerleading geboren. Mit solch grandioser Unterstützung können wir die Spiele nur gewinnen.«

Mein Vater zeigt sich, wie immer, wenig beeindruckt und wendet sich Laurent zu. »Wieso haben Sie sich gerade für Rugby und gegen American Football entschieden? Diese Sportart wird doch eher auf anderen Kontinenten zelebriert.«

Laurent nickt. »Genau deswegen dachte ich mir, dass es eine gute Idee wäre, in unserem Universitätsverbund eine Sportart einzuführen, die für alle Beteiligten Neuland ist. Damit erhoffen wir uns auch in anderen Einrichtungen Interesse zu wecken.« Er sieht zu mir. »Studentinnen wie Vivien zeigen bei so etwas vorbildlich, dass schulisches Können und Einbringen in eine Gesellschaft nicht getrennt voneinander betrachtet werden müssen.«

Dankbar nicke ich und würde am liebsten die Augen verdrehen. Ich brauche seine Verteidigung nicht, aber gerade nehme ich sie stillschweigend an. Flüchtig schaue ich auf meine Uhr. Das Essen muss bald da sein und dann ist dieser Abend hoffentlich schnell zu Ende.

Jemand bleibt vor unserer Nische stehen. Nach Erlösung in Form meiner Süßkartoffelgnocchi suchend, blicke ich zum Kellner. Doch der Mann in seinem schicken dunkelblauen Anzug und den fein ordentlich zusammengesteckten Haaren ist Valentin, der sich gerade die Krawatte zurechtrückt. »Bitte entschuldigen Sie die Störung«, beginnt er und sieht mit seinem charmanten Lächeln einmal in die Runde. »Ich war gerade dabei, zu gehen, und habe Vivien hier sitzen sehen. Anstandshalber wollte ich deswegen nur Hallo sagen.«

Was macht er hier? Ich sehe an ihm vorbei. Eine Frau in einem langen, ebenfalls dunkelblauen Kleid steht etwas abseits und beäugt ihn. Plötzlich fühle ich mich so, als hätte ich schon gegessen. Ein fetter, großer

Stein liegt in meinem Magen, von dem ich nicht weiß, wo und wie er aus dem Nichts herkommt.

»Und Sie sind?«, fragt mein Vater auf seine wie immer unterkühlte Art.

»Oh«, Valentin streckt ihm die Hand entgegen. »Ich bin Valentin Petersen, bitte entschuldigen Sie meine Unhöflichkeit, Monsieur van Jones.«

Mein Vater schüttelt seine Hand. »Petersen? Ist ihr Vater Vorsitzender des ...«

»Europäischen Gesundheitsdienstes? Ja, er ist ein viel beschäftigter Mann, den ich leider so gut wie nie zu Gesicht bekomme.«

Augenblicklich wirkt mein Vater viel interessierter. Die mehr als aufgesetzte Stimmung kippt. Ich wusste schon, wieso ich mich bisher dagegen gewehrt habe, mehr über Valentin herausfinden zu wollen. Umso lauter lacht jetzt die innere Stimme in mir, denn diese Botschaft setzt diesem verhunzten Abend die Krone auf. Valentin ist der Sohn vom Idol meines Vaters. Trotzdem stellt sich mir sofort die Frage, wieso es dann Eric ist, der hier mit uns am Tisch sitzt?

»Ich durfte ihn kurz kennenlernen, als ich meine Auszeichnung erhalten habe. Er ist ein wirklich interessanter Mann.«

»Ja, da gebe ich Ihnen recht.« Flüchtig sieht Valentin über die Schulter zu seiner Begleitung. »Es tut mir sehr leid, aber ich muss mich verabschieden. Heute findet auf dem Campus eines der sportlichen Jahreshighlights statt, an dem alle betreffenden Clubs teilnehmen und das sich bestimmt niemand entgehen lassen will. Sie wissen schon: Teambuilding und so. Da ich im Studentenrat bin, ist es eine meiner Pflichten, anwesend zu sein.«

Wenn ich mich nicht besser unter Kontrolle hätte, würde mir die Kinnlade herunterklappen, denn Valentin lügt wie gedruckt, ohne rot zu werden. Ich sehe zu Eric, der in seinen Gedanken nach dem Termin zu suchen scheint, ihn aber nicht findet. Auf Laurents Gesicht zeigt sich nur ein anerkennendes Schmunzeln.

»Von allen Sportclubs?«, fragt mein Vater und sieht dann zu mir. »Vivien, müsstest du nicht auch dort sein, wenn du ein Teil der moralischen Stütze deine Sportteams bist?«

Valentins Grinsen wird immer breiter. Ich glaube es nicht, er ist tatsächlich mein beschissener Retter. Dabei ist er ab sofort der letzte Mensch, den ich um mich herum haben will. Und doch könnte mir diese Erkenntnis helfen, schon vorzeitig in die Blackhall-Verbindung zu kommen.

»Ich will den Kampf zwischen uns genießen, den sie
ohnehin nicht gewinnen kann.«

40
VALENTIN

Einige Schritte vom Italiener entfernt gebe ich meiner Begleitung jeweils links und rechts einen Kuss auf die Wange. »Danke für deine Hilfe.«

Sie streicht mir über das Gesicht. »Für dich jederzeit.« Danach dreht sie sich um, wickelt die Stola fester um ihre Schultern und läuft in Richtung Stadtmitte.

Kurz strecke ich die Hand aus. Es nieselt und der Wind peitsch unangenehm von der Seite. Dann stecke ich sie in meine Hosentasche und drehe mich zu Vivien um, die mich mit verschränkten Armen vor dem Oberkörper und undurchsichtiger Miene mustert. Dieser Körper in diesem Kleid. Wie schafft Eric es da, so ruhig neben ihr zu stehen? Man muss sie doch förmlich an sich heranziehen, damit man sich selbst von dem kurvigen Körper überzeugen kann. Aber er starrt nur auf sein Handy, weil bestimmt irgendwo wieder eine Sportsendung läuft. Vivien sieht an mir vorbei und überprüft wahrscheinlich, ob meine Begleitung noch zu sehen ist. Bevor sie sich in Bewegung setzt, bin ich bereits auf dem Weg zu ihr.

»Ich bin wohl genau im richtigen Moment aufgetaucht.«

»Bestimmt nur ganz zufällig, nehme ich an?«, meint Vivien wenig elanvoll.

Der Abend scheint Spuren an ihr hinterlassen zu haben, denn von der Schlagfertigkeit, die ich sonst als Funkeln in ihren grünen Augen sehe, kann ich heute nichts erkennen.

»Hätte ich dich lieber sitzen lassen sollen?«

Kurz zupft ein Lächeln an ihren Lippen. »Ob ich nun den direkten Weg in meinen Untergang oder den Umweg über dich nehme, ist im Grunde vollkommen egal.«

»Wo kommt denn heute dieser Pessimismus her?«

Ihr Blick wird strenger. »Muss ich das tatsächlich erklären: Monsieur Petersen?« Ohne Vorwarnung läuft sie einfach drauflos.

»Vivien, warte!«, schreit Eric, der von unserer Unterhaltung bisher nicht viel mitbekommen hat, sein Handy wegsteckt und ihr folgt.

Aha, daher weht also der Wind.

Ich folge ihr ebenfalls und biege in die Gasse ab, in die sie gerade gelaufen ist.

»Wo willst du denn hin?«, ruft Eric und sieht sich in der dunklen Nische um. Ich drängle mich an ihm vorbei.

»Ich mach das schon«, sage ich verständnisvoll, laufe

schneller, bis ich sie am Oberarm erwische, und presse sie an die kalte Mauer.

»Lass mich!«, zischt sie und versucht, mit ihren zu Fäusten geballten Händen auf meinen Oberkörper zu schlagen. Sofort greife ich ihre Handgelenke und dränge sie rechts und links neben ihren Körper.

»Was ist los, Christopher Kolumbus? Stört es dich, dass ich es dir nicht gleich bei unserer ersten Begegnung auf die Nase gebunden habe, wer ich bin? Oder dass du in deinem Entdeckerdrang nicht clever genug warst, selbst nachzuschauen?« Dabei huscht mein Blick immer wieder zu der Halsseite, die sie mir seitlich entgegenstreckt und an der ich nur allzu gern mit der Zunge entlangfahren möchte. Nur leider muss ich vorher etwas anderes erledigen.

»Nichts von beidem«, raunt sie. »Es wundert mich nur, dass du die vermeintliche Macht, die dir dein Name gibt, für so etwas Einfaches wie die Blackhall-Verbindung einsetzt, die dich im Leben mit Sicherheit nicht voranbringt.«

Leise lache ich auf. »Du weißt nichts über die Verbindung und deren Sinn.« Aber vielleicht wird es endlich Zeit dafür. Immerhin habe ich beide Komponenten, die ich zusammenbringen soll, beieinander.

»Und weißt du was, das möchte ich auch gar nicht. Du kannst von mir aus sein, wer du willst. Sogar der Typ, der versucht, den Bad Boy zu spielen, weil er sich gegen die Vorstellungen seines Vaters stellt.« Was für tiefe Einblicke in ihre Gedanken sie mir doch durch diese wenigen Worte schenkt. Mit Sicherheit hat sich ihr störrischer Charakter durch den Kampf, den sie sich mit ihrem Vater liefert, geformt. Aber da mir dieser kurze Wutausbruch nicht reicht, treibe ich dieses Spiel weiter.

»Ja, ich glaube, es war wirklich besser, dich aus diesem Abend zu retten, mein kleiner Entdecker«, knurre ich und muss mich abermals dazu zwingen, sie nicht auf der Stelle herumzudrehen und so lange zu ficken, bis ihre erhitzte Stimme aus der Gasse hallt und die Passanten zum Anhalten animiert. »Und ich glaube, ich gewähre dir heute einen kleinen Einblick in das Leben, das dich erwartet, wenn du deine Aufgabe zu meiner Zufriedenheit erfüllst.«

Die Anspannung in ihren Armen löst sich. Deswegen riskiere ich es und lasse sie los. »In Ordnung.« Vivien zieht die dünne Jacke fester um ihren Oberkörper. »Dann sehe ich gleich, ob sich dieser ganze Affenzirkus, den ich hier veranstalte, auch lohnt.« Endlich ist das Funkeln zurück, das mich immer wieder aufs Neue in seinen Bann zieht.

In meiner nicht vorhandenen Gentleman-Manier zeige ich ihr an, voranzugehen, was sie ohne knigge-übliches Nicken des Kopfes annimmt und sich in Bewegung setzt. Ich blicke zu Eric, der ziemlich verwundert dreinblickt, weil er in diesem Gespräch nur der stille Beobachter gewesen ist. Aber das wird sich gleich ändern. Er schreitet ebenfalls voran. Zielsicher steuert Vivien das Ende der Gasse an und scheint nicht einmal das neonfarbene Schild des Cupper-Pubs über uns zu bemerken. Jeder Student kennt diese Bar und wird fast schon magisch von ihr angezogen. Nur sie wohl wieder nicht. Dabei arbeitet doch ihr *neuer bester Kumpel* hier.

»Vivien«, rufe ich. Sie stoppt und dreht den Kopf über die Schulter. Ich zeige zu der unscheinbaren Tür. »Ich brauche nur einen Moment.«

Nur flüchtig sieht sie von der Tür zum Schild und zurück. »Ich warte hier«, meint sie und wendet sich erneut dem Ende der Gasse zu.

Sie nun wieder. »Dir wird irgendwann kalt.«

»Du hast doch gesagt, es geht schnell.«

Diese Zicke. Die wenigen Schritte, die uns voneinander trennen, überwinde ich zügig, greife erneut nach ihrem Arm und ziehe sie hinter mir her.

»Was soll das?«, knurrt sie, bekommt Erics Arm zu fassen und zieht ihn ebenfalls mit in die Bar. Kaum sind wir durch die Tür, erfüllt lautes Gemurmel und der Bass der Musik den Raum.

Vivien sieht sich mit großen Augen um, während ich sie sachte bis zur Bar dränge und sie auf einen der Barhocker verfrachte.

»Ich bin mal schnell ... ihr wisst schon.« Eric zeigt zur Toilette. Ich wiederum halte Ausschau nach dem Kellner.

»Was wollen wir hier?«, fragt sie immer noch nicht begeistert wirkend. Wahnsinn, wie schwer es ist, sie sprachlos zu machen.

»Wieso gönnst du mir nicht noch einen Drink mit dir und Eric, wenn ich euch schon ums Abendessen gebracht habe?«

»Keine Sorge, ich hatte eh keinen Hunger. Und du

hättest dein Date auch nicht meinetwegen unterbrechen müssen.«

Ich seufze. Wie nachtragend kann man nur sein, dass man einfach zu einer einflussreichen Familie gehört und einen Abend voller Spaß geplant hat? Ich beuge mich zu ihr hinab, bis meine Lippen ihr Ohr streifen. »Ich hoffe, du weißt, dass ich nur deinetwegen dort gewesen bin«, hauche ich hinein und kann ihrer Gänsehaut dabei zusehen, wie sie sich bis auf ihre Schulter ausweitet, ehe ich erneut ihre weiche, glatte Haut anschmachten kann.

Sie dreht den Kopf, bis sie mir direkt in die Augen blickt. »Oder weil du befürchtet hast, dass mich Eric danach mit auf sein Zimmer nimmt?«

»Oh, keine Angst, es wird nicht das sein.«

Ihr Auge zuckt. Sie will etwas sagen ...

»Was macht ihr denn hier?«

Abrupt ruckt ihr Kopf herum. Aurel steht vor uns und sieht uns mit ausdrucksloser Miene an.

»Ich dachte, du hast Training?« Er schaut zu mir. »Und ich dachte, du musst heute jemand Neues *einarbeiten*?«

Sofort winke ich ab. »Das war ein Fehlgriff, den ich gleich wieder behoben habe. Aber Vivien«, ich lege meine Hand auf ihre Schulter, »hat bei einem Abendessen mit ihrem Vater, dem Dekan und Eric Hilfe gebraucht. Die konnte ich ihr natürlich nicht verwehren.«

»Eric?«, fragt Aurel. Genau in dem Moment stößt dieser wieder zu uns.

»So, was machen wir denn jetzt?«, fragt dieser.

Endlich jemand, der die richtigen Fragen stellt.

»Etwas trinken«, antworte ich. »Zwei Bier und ...« Ich sehe zu Vivien.

Diese schiebt unschlüssig ihre Lippen gegeneinander und mustert Aurel unablässig. »Ich nehme ebenfalls eins.« Sie wirkt irgendwie geknickt.

»Drei Bier. Kommt sofort.« Aurel bückt sich. In der Zeit fische ich aus meiner Gesäßtasche eine kleine rosa Pille. Aurel stellt die Flaschen auf den Tresen und öffnet sie.

Vivien ergreift ihre und trinkt sofort einen großen Schluck. Das von Eric nehme ich an mich, lasse die Tablette so geschickt hineinfallen, dass es niemand mitbekommt, und reiche es ihm weiter.

»Danke.« Auch er trinkt.

Ich lege einen zwanzig Euroschein auf das Holz. »Wir nehmen die Flaschen mit, wenn das in Ordnung ist.«

Aurel zuckt mit den Schultern. »Frank wird sie nach Feierabend schon nicht nachzählen.«

Ich schmunzle. »So wie letztens bei deiner Tellereskapade?«

Argwöhnisch hebt er eine Augenbraue und tippt merkwürdig nervös mit den Fingern auf dem Tresen herum. »Ich dachte, diesen Abend werden wir nie wieder erwähnen?«

»Lio!«, ruft jemand vom anderen Ende des Raums. Aurel sieht auf und nickt, als Zeichen, dass er es wahrgenommen hat.

»Ach komm, ich muss Vivien doch auch mal etwas gegen dich in die Hand legen. Sonst ist es ja langweilig.«

»Genau, Aurel«, mischt sie sich ein. »Sonst ist es ja langweilig.« Die Spannung zwischen den beiden ist merkwürdig aufgeladen. Sie trinkt den nächsten Schluck und erhebt sich. »Bis später.«

So schnell wie wir hinein sind, ist Vivien auch wieder draußen und sprintet förmlich weiter Richtung Campus. Ich schließe zu ihr auf. Eric läuft wenige Schritte hinter uns.

»Lio?«, fragt sie mich. Ich nicke und beobachte, wie Eric den nächsten großen Schluck trinkt. »Ja, hier in der Bar nennt er sich auch gern mal Lio, weil es das Trinkgeld erhöht. Auf Aurel als Namen scheint keiner zu stehen. Ohnehin ist er hier meistens viel lockerer. Fast so, als würde er eine andere Person sein.«

»Verstehe.«

Dann sind wir aus der Gasse heraus und steuern direkt auf die Tore zum Campus und anschließend auf Blackhall zu. Kurz davor haben Vivien und auch Eric ausgetrunken und entsorgen die Flaschen im Mülleimer vor dem Haus.

»Können wir dann endlich?«, fragt sie ungeduldig. Eric neben uns schwankt gefährlich, was mich nur Grinsen lässt.

»Ja, ich glaube, jetzt ist der richtige Zeitpunkt.«

41

LIO

Wie immer, wenn Aurel gerade meine Schichten übernimmt, schleiche ich mich durch den Hintereingang ins Gebäude des Cupper-Pubs, klettere die Feuerleiter aufwärts und betrete den Flur auf unserer Etage.

Nach einem kurzen, prüfenden Blick auf die Uhr nicke ich und ziehe den Schlüssel aus der Jackentasche. Noch habe ich fünfzehn Minuten, ehe Aurel in eine Raucherpause startet und wir wieder tauschen und ich ihm die schlechte Nachricht verkünden muss. Also betrete ich pfeifend die Wohnung, sehe mich schon ein kühles Bier aus dem Kühlschrank holen und ... *Wieso ist das Licht an?*

Irritiert bleibe ich stehen. Alles in mir spannt sich an und ich schließe leise die Tür. Mit meinen nassen Schuhen laufe ich ins Wohnzimmer. Dort sitzt Aurel in Hoodie und Jeans auf der Couch und der aufflammende Gedanke, kampfbereit zu sein, löst sich.

»Nanu, was machst du denn schon hier?«, frage ich verdutzt und sehe ein weiteres Mal auf meine Uhr. »Ich habe doch noch fünfzehn Minuten.«

»Ich muss zum Campus.« Er springt auf und reicht mir die Kleidung, die wir sonst in der Bar tragen.

»Ist alles in Ordnung?«, frage ich.

»Das weiß ich nicht«, meint er und zieht sich eine Jacke über. »Aber ich glaube, heute ist die Chance, an Informationen zu kommen, hoch. Das kann ich mir nicht entgehen lassen.« Wenn ich Aurels Verhalten in ein Wort packen müsste, dann wäre wohl aufgeregt die richtige Wahl. Aber selbst das beschreibt ihn gerade nicht im Ansatz, denn so habe ich ihn lange nicht mehr erlebt.

»Woher weißt du das?«, hake ich nach und fange an, mich umzuziehen. Die Raucherpause macht er bestimmt schon länger als vorgesehen.

»Es ist ein Gefühl.«

»Bist du jetzt ein Hellseher?« Ich schnaube belustigt. »So einer, der Würfel, ein paar Knochen und die abgewetzten Kieselsteine, die er auf der Straße findet, auf dem Tisch verteilt, um dann herauszufinden, ob der Quark im Kühlschrank noch haltbar ist?«

»Nein, du Idiot«, fährt er mich schroff an. Dabei wird klar, dass er nervös ist. Doch wieso? Sofort holt er Luft und scheint sich selbst zur Ruhe zu ermahnen. »Ich erkläre es dir, wenn ich wiederkomme. Aber mit einer verschwundenen Leiche kann ich hier nicht ruhig herumstehen und Cocktails servieren.« Aha, daher weht also der Wind und ich fange an, zu grinsen. Weil es mit Sicherheit auch mit Vivien zu tun hat. Er sollte sich wohl langsam etwas eingestehen. Er ist schon halb zur Tür raus, da fällt mir wieder ein, was ich ihm sagen muss.

»Ähm, Aurel«, rufe ich ihm nach. Er dreht sich mit der Hand an der Klinke um. »Lawer will uns beide kommenden Freitag in seinem Büro sehen.«

Sofort verdreht er die Augen. »Wieso?«

»Warte, ich hole doch die Steine und die Knochen.« Sein finsterer Blick trifft mich – juckt mich aber nicht. »Woher soll ich das wissen? Ich bin Lawer wie immer, so gut es geht, aus dem Weg gegangen. Du weißt, wie sehr ich es hasse, auf der Wache überhaupt irgendetwas machen zu müssen. Dieser Job passt viel besser zu dir als zu mir.«

»Und trotzdem musst auch du deiner Scheißpflicht nachkommen«, knurrt er und fährt sich durch die Haare. »Gut, lass uns das morgen besprechen.« Dann ist er zur Tür hinaus.

Sie fällt ins Schloss und ich stehe ohne eine sinnvolle Übergabe in der Wohnung. Aber wie es scheint, ist *noch* nichts Wichtiges passiert. Also ziehe ich mich um und gehe hinunter. Die Hoffnung, dass Vivien wieder an der Bar sitzt und mich nach ihren Wünschen benutzt, schiebe ich weit in die Ferne. Ja, ich beneide Aurel, dass er mehr Zeit mit ihr verbringt als ich. Im Grunde sehe ich ihr beim Schlafen zu oder beobachte sie beim Training, bei dem ich ihr nicht einmal einen anrüchigen Spruch um die Ohren hauen darf, weil ich den unnahbaren Aurel spielen muss. Dann hört es schon auf.

Ich bin fertig umgezogen und gehe runter in die Bar.

Vielleicht wird es Zeit, dass wir unsere Rollen einfach mal über einen längeren Zeitraum tauschen.

42
VIVIEN

Mein kurz geschmiedeter Plan ist aufgegangen. Nur gut, dass Valentin verstanden hat, dass ich die Zicke heraushängen lasse, weil seine Familie der wahrgewordene Porno meines Vaters ist.

Trotzdem schlägt mir mein Herz bis zum Hals. Ich habe nicht damit gerechnet, dass wir in den Cupper-Pub gehen und Aurel treffen. Wieso auch immer, hat es etwas in mir hochgewirbelt, das ich bisher weniger beachtet habe.

All die Wochen habe ich mich von diesem Ort fern-gehalten, weil es der einzige Platz gewesen ist, an dem ich so etwas wie inneren Frieden verspürt habe. Aber Aurel hat den ganzen Zauber vernichtet. Er ist kein verschmitzt lächelnder Lio, serviert keine abgestan-denen Brezeln und schenkt mir keinen Kaffee mit Wodka ein. Und erst recht ist er kein Only-Happy-End-For-Vivien-Friend für mich.

Mit diesen gemischten Gefühlen folge ich Eric und

Valentin die Stufen in den Keller von Blackhall hinab. Unten angekommen, sehe ich fast nichts, weil es so dunkel ist. Die spärlichen Lampen erhellen kaum die Umgebung.

Erst nachdem sich meine Augen an das wenige Licht gewöhnt haben, erkenne ich die Umrisse von einer großen Sofalandschaft. Die Wände dahinter sind wohl noch in ihrem originalen Zustand und geben den direkten Blick auf das Fundament preis.

Eric, der weiterhin vor mir verweilt, wankt immer stärker. Was hat er nur? Hat er das Bier nicht vertragen?

Valentin wiederum steht nah bei mir und scheint, darauf zu warten, dass ich mich fertig umgesehen habe. Danach führt er uns weiter in die Dunkelheit. Wir kommen an einer Gruppe nackter Männer vorbei, die im Kreis um etwas stehen, was ich nicht genau erkennen kann. Also halte ich inne, gehe näher heran, bis ich die Umrisse einer Frau ausmache, die auf einer Art Brett geschnallt ebenfalls nackt liegt und gerade von dem Mann vor ihr gefickt wird. Dabei dringt ihr leises Stöhnen kaum in mein Ohr, was wohl mit dem Schwanz eines der anderen Kerle zu tun hat, den sie gerade lutscht. Die weiteren Beteiligten scheinen darauf zu warten, dass sie auch an der Reihe sind.

»Was ist das hier?«, frage ich an Valentin gewandt, der weiterhin regungslos neben mir steht und mein Gesicht mustert.

»Sagen wir es so: Die Gute hat leider bei ihrer Aufgabe versagt und bekommt hier gerade ihre Strafe.«

»Strafe?«, frage ich fast zwei Oktaven höher, denn

nach so etwas sieht es weder für sie noch für die Männer aus.

»Es hat ja auch keiner gesagt, dass eine Strafe immer negativ behaftet sein muss.« Erneut drängt er mich weiter. Dabei strecke ich die Hand aus, fahre einem der Männer über den Hintern und sein abgehacktes Japsen, weil er wohl allein dadurch kommt, durchbricht die Stille.

Dann verfrachtet Valentin Eric und mich in einem kleinen Separee, von dem er die Tür schließt. Gezielt bugsiert er Eric vor einen Stuhl, der in der Mitte des Raums steht. Erneut läuft er zurück zur Tür, dreht an einem Rädchen und im Zimmer, wird es etwas heller. Ich schaue in Erics glasigen Blick, der mit seinen Gedanken weit weg zu sein scheint.

»Was machen wir hier?«, frage ich leicht irritiert. »Immerhin habe ich bisher nichts von diesem Ort gesehen, was mir auch nur im Ansatz erklärt, was diese Blackhall-Verbindung nun tut. Oder«, ich drehe mich im Kreis, »war das schon alles?«

Valentin trinkt einen Schluck aus seiner Flasche. »Ich halte mich an meinen Deal. Mehr werde ich dir heute nicht zeigen. Aber«, er läuft quer durch den Raum, »du kannst ihn jetzt ausprobieren.« Dabei zeigt er auf Eric.

»Wie ... meinst du das?« Als ob ich das nicht wüsste, aber ich brauche einen Moment, um die Situation einzuordnen. Diese Worte treffen mich völlig unvorbereitet.

Ich wollte bisher nichts Ernstes von Eric. Ja, er sieht

schon heiß aus. Immerhin ist er Rugbyspieler. Aber ich habe ihm nur wegen dieser doofen Vermutungen zu den Geschehnissen auf dem Campus hübsche Augen gemacht. Mit ihm schlafen? Das war bisher nicht geplant.

Auf der anderen Seite angekommen, setzt sich Valentin in den Sessel.

Von dem Kampf in meinem Kopf lasse ich mir nichts anmerken und trete ihm nur umso selbstsicherer entgegen. »Hast du nicht gesagt, andere Kerle sind tabu?«

Valentin nickt. »Dann, wenn ich nicht anwesend bin. Aber hier habe ich dir sogar den Partner ausgewählt.«

Dieser Mann! Denkt er echt, dass mich das ärgert? Doch das zeige ich ihm natürlich nicht. »U-und du willst jetzt zusehen?«, stottere ich gekünstelt.

Sein Grinsen wird breiter. »Wozu sollte ich sonst hier sitzen?«

Um die Fassade aufrechtzuerhalten, verschränke ich arrogant die Arme vor dem Oberkörper. »Was bringt dir das?«

Erneut zuckt er mit den Schultern. »Spaß. Immerhin habe ich dir ja ein Versprechen gegeben. Schauen wir doch einfach einmal, wann es sich erfüllt.«

Der gelbe Vibrator rollt durch meine Gedanken. Ja, ich würde mir wünschen, ich hätte mehr von dem Abend im Gedächtnis behalten als das, was auf den Bildern zu sehen gewesen ist. Aber hier muss ich erst einmal die begonnene Rolle zu Ende spielen.

»Das kannst du vergessen«, zische ich und will schon zur Tür.

Valentin ist schneller und versperrt mir den Weg. »Ich bin mir sicher, dass du bereits mitbekommen hast, das vieles an dieser Uni anders läuft.« Ich antworte nicht, was er wohl als Zuspruch meinerseits wertet. »Und es ist kein Geheimnis, dass Eric etwas von dir will. Aber du zeigst ihm die kalte Schulter.« Erneut schweige ich. »Und das ist so schade«, betont Valentin übertrieben. »Dabei weißt du nicht einmal, ob du dir eventuell den geilsten Sex, den du jemals bekommen kannst, entgehen lässt.« O Gott, was für ein billiger Grund. Er ist halt nur ein Mann. »Also«, er legt seinen Arm auf meine Schulter, gemeinsam drehen wir uns um und Valentin zeigt auf Eric, »schau, ob es dir mit ihm Spaß macht und ob du nicht vielleicht eine andere Entscheidung treffen willst.«

»Hast du ihm etwas ins Getränk gemischt?«, frage ich zum Abschluss pampig.

»Ja, er wird sich morgen Früh an nichts erinnern. Versprochen.«

Wieso muss Valentin einen Riecher für meine zwischenmenschliche Sexbeziehung haben? Fast als würde er wissen, dass mich der Sexentzug, weil Lio kaum mit Aurel tauscht, an meine Grenzen treibt. Ja, er verleitet mich förmlich dazu, diese willkommene Einladung mit Handkuss anzunehmen.

Ich atme tief durch. »Ich wusste, dass du mich nicht aus reiner Nächstenliebe vor diesem Essen gerettet hast.«

»Na ja, wenn wir ehrlich sind, habe ich deinem Vater von einem sportlichen Event erzählt. Sieh das hier doch einfach als genau das an.« Er beugt sich zu meinem Ohr. »Aber keine Sorge, es wird dir nicht einmal halb so viel Spaß machen, wie wenn ich es wäre, den du reitest.« Dabei streicht er meinen Rücken hinauf und hinterlässt nichts als eine prickelnde Gänsehaut.

Er setzt sich zurück. Ich gehe auf Eric zu, der weiterhin einfach nur dasteht und sich nicht rührt. Ohne Zeit zu verlieren, öffne ich seine Hose und ziehe sie samt Boxershort hinunter. Sein steifer Schwanz streckt sich mir bereits entgegen, was ich den Drogen zuschiebe. Ein kurzes Antippen reicht und er setzt sich auf den Stuhl. Das hier wirkt, wie eine moderne Form von Hypnose, die hoffentlich dafür sorgt, dass mich Erics Schwanz gleich zur Ekstase treibt.

Aber da ich ja auch meinem Zuschauer zeigen will, dass das hier mehr ist, als rein nur seinem Wunsch nachzukommen, sehe ich Valentin direkt in die Augen. Mit erwartungsvollem Blick sitzt er weiterhin breitbeinig auf dem Sessel und trinkt den nächsten Schluck Bier. Dabei frage ich mich allerdings auch, ob das ein Test sein soll. Er hat gesagt, keine anderen Männer. Und jetzt fordert er von mir ein, dass ich es vor seinen Augen mit Eric treibe? Ich glaube, er hat sie einfach nicht mehr alle.

»Was ist los, mein kleiner Entdecker? Gefällt dir die Reise, auf die ich dich schicke, nicht?«

»Ich frage mich eher, wann die Retourkutsche kommt, weil ich gegen deine Forderung handle«, zicke ich.

»Vielleicht kenne ich ja schon das Resultat.«

Er kennt das Resultat? »Mh. Das werden wir ja sehen.« Ich konzentriere mich auf Eric und fahre durch seine kurzen Haare. Leise brummt er. Ich schiebe meinen Slip zur Seite, setze mich auf seine Härte, während mich Valentin mit seinem Blick festhält. Erhitzt stöhne ich auf, denn ich glaube, bei Erics Teil kann ihm keiner das Wasser reichen.

Valentin beugt sich nach vorn. Genau in dem Moment lege ich meinen Kopf in den Nacken und nehme ihn erneut langsam und bedächtig in mir auf. Es dauert einige Male, bis sich mein Körper an Erics gut bestückte Härte anpasst. Nach und nach werde ich schneller und nehme Erics Schwanz immer wieder in mir auf.

Hände schließen sich um meinen Po. Eric scheint mehr intuitiv zu handeln, drängt mich an sich und stöhnt kaum hörbar mit jeder meiner Bewegungen mit.

Wenn Valentin denkt, dass ich mich von einem Kerl, den er ruhigstellt, nicht befriedigen lassen kann, dann hat er sich geschnitten. Also werde ich schneller, genieße, dass mich Eric vollkommen ausfüllt, und blende aus, dass vor mir der Typ sitzt, der denkt, über mich bestimmen zu können.

Erics Griff wird fester. Er kämpft sich aus seiner Starre, spannt seine Muskeln an und ich weiß, dass er längst bereit ist.

Ich lehne mich zurück, sehe zu Valentin und stutze, denn er ist nicht mehr da. Im nächsten Moment greift mir jemand in die Haare und zieht meinen Kopf abermals nach hinten.

Nur kurz erhasche ich einen Blick in Valentins lüsterne Miene. Augenblicklich beugt er sich nach vorn und drückt seine Finger auf meine überreizte Perle. Sofort bäume ich mich auf, komme aber durch seinen festen Griff nicht weg und drücke mich deswegen tiefer auf Erics Schwanz, dessen Besitzer weiterhin nur das Beiwerk zu sein scheint.

»Du bist einfach zu gut«, brummt Valentin und zwickt unregelmäßig mit Daumen und Zeigefinger meine Klit und treibt damit die Ekstase wie ein immer wieder einsetzender Stromschlag durch meinen Körper. »Du bist einfach nicht wie die anderen Frauen. Du genießt das Spiel mit dem Feuer und legst es förmlich darauf an, dich zu verbrennen. Also ...« Aus dem Zwicken wird ein Streicheln. Abwechselnd sanft und hart gleitet er mit seinen Fingern über den Punkt, der mich zum heiseren Stöhnen bringt. Mein Atem verfängt sich auf seinem Gesicht. Alles in mir spannt sich an. »Und ich will, dass du dich an mir verbrennst.«

Er küsst mich, schiebt seine Zunge nach und umkreist weiterhin meine heiße Mitte, bis ich das Sternenmeer nicht mehr länger zurückhalten kann. Ich kralle mich in Erics Schulter. Jede Faser in mir saugt die Glückshormone, die gerade durch meinen Körper schießen, auf und diese scheinen sich unwiderruflich mit dem Blick in Valentins kaltem Blau seiner Augen zu verbinden. Und verdammt. Ich genieße es. Ich will mehr. Ich will alles, was er mir geben kann, aber ...

Ohne seinen Griff zu lösen, lässt er von meinem Mund ab, als würde er in meinem Blick etwas suchen. Doch er bekommt von mir nur ein berechnendes Lachen. »Danke.« Erneut schiebe ich mein Becken über das von Eric. Dieser scheint endgültig im Delirium zu stecken, kneift mir kaum spürbar in den Hintern und kommt, während ich es genieße, Valentin abblitzen zu lassen. Denn obwohl er immer noch sein Pokerface aufrechterhält, blicke ich hinter das dunkle Funkeln seiner Iriden. Der Frust, dass ich mich nicht von Eric abgewendet und mich lieber auf ihn gestürzt habe, strahlt wie das Licht eines Leuchtturms in der Nacht. Ganz Montbéliard könnte es sehen. Doch darauf, dass ich ihm so einfach nachgebe, kann er lange warten.

»Bist du dann zufrieden?«, frage ich herausfordernd.

»Für den Moment«, knirscht er zwischen den Zähnen und ich wäre bereit für mein triumphierendes Lachen. Aber damit würde ich ihm nur erlauben, weiterzumachen. Also lege ich meine Hand um seine Finger und sorge dafür, dass er meine Haare loslässt.

In aller Ruhe stehe ich auf und warte, bis der erste Schwall von Erics Sperma schön da bleibt, von wo es gekommen ist. Dann drehe ich mich zu Valentin um und richte mein Kleid. »Vielen Dank für die Führung.« Ich gehe an ihm vorbei und öffne die Tür. »Ich freue mich schon darauf, noch mehr von hier kennenzulernen.« Dann bin ich aus dem Raum raus und stehe abermals in der Dunkelheit, in der die Männer ihren Spaß mit der Frau haben. Ohne erneut einen von ihnen zu betatschen, laufe ich zur Treppe. Ihre Stimme dringt bis ganz nach oben. Erst als die Kellertür ins Schloss fällt, verstummt sie.

Irgendwie gefrustet sehe ich zum Fenster, gegen die die Regentropfen trommeln. Ich habe keine Informationen bekommen. Ich hatte keinen vollkommen erfüllenden Sex und es ist gerade einmal kurz nach neun. Eigentlich ist es noch viel zu früh, um ins Bett zu gehen. Besonders weil ich weiß, dass mich mein aktueller Zimmernachbar nicht leiden kann. Bisher war mein Plan, die vier Wochen zu überstehen und dann in die Geheimnisse von Blackhall eingeweiht zu werden. Doch ob das wirklich geschieht, ist nach dem, was ich da unten gesehen habe, wohl nicht das, was mich weiterbringt. Ich werde einen Schritt weitergehen müssen. Genau dafür ist heute der richtige Moment, denn Laurent sitzt bestimmt noch mit meinem Vater beim Italiener und ich kann in sein Büro einsteigen.

43
VALENTIN

Die Tür des Separees fällt ins Schloss und ich stehe regungslos neben Eric, der mittlerweile komplett weggedriftet ist.

Fuck. Diese Frau ist einfach der Wahnsinn. Dieses Spiel diente dazu, Bilder von ihr und Eric zu schießen, damit Laurent zufrieden ist, weil Vivien den Weg einschlägt, den er für sie vorgesehen hat. Sein schwarzes kaltes Herz würde endlich wieder in Ruhe schlagen. Doch was macht sie? Sie bewegt sich verführerisch auf Erics Schoß und sieht mir mit diesem intensiven Blick direkt in die Augen. Ja, sie hat mich förmlich gefangen genommen und damit meine Gedanken gefickt. Und als wäre das nicht schon genug Ungerechtigkeit, geht sie nicht einmal auf meine stumme, aber eindeutige Aufforderung ein, die sie deutlich auf meinem Gesicht geschrieben gesehen haben müsste.

Ich seufze und lasse die Schultern hängen. Langsam verfluche ich, dass ich sie herausgefordert habe und sie auch noch den Kampf angenommen hat. Sofort grinse ich. Aber das ist egal. Sie wird schon einknicken – bald. Immerhin kommen wir dem Rugbyspiel immer näher.

Ich sehe zu Eric, der mittlerweile den Kopf nach hinten gestreckt hat und pennt. Wie ich es Vivien versprochen habe, wird er sich morgen an nichts mehr erinnern. Aber ich mich an jede Minute, wie sie diesen Moment ausgekostet hat. Mit diesem heißen Gedanken in meinem Kopf tippe ich Eric an, der zur Seite kippt, auf dem Boden landet und genauso reglos, wie er bisher auf dem Stuhl saß, liegen bleibt.

Ich zücke mein Handy und scrolle durch die Aufnahmen, die die Kamera in der hinteren linken Ecke gemacht hat. Am liebsten würde ich sie sofort zu Laurent bringen, damit das Thema endlich vom Tisch ist. Aber er wird jetzt noch mit Viviens Vater beim Italiener sitzen. Also stecke ich es weg und fühle mich irgendwie ... mh, dieses Wort verwende ich wirklich nicht oft ... *ratlos*, was ich jetzt machen soll.

Nach Viviens Vorstellung habe ich nicht einmal Lust, dem Geschehen draußen auf der Pritsche beizuwohnen. Also verlasse ich mit Frust im Bauch den Keller und blicke mich viel zu oft um, ob ich nicht doch noch irgendwo Vivien erblicke. Aber sie ist weg und bestimmt artig zu Aurel aufs Zimmer gegangen.

Und da hier heute nichts Spannendes mehr geschieht, laufe ich zurück in die Stadt und in den Cupper-Pub. Völlig vom Regen durchnässt, setze ich mich an den Tresen. Aurel kommt gerade aus der Küche, erblickt mich und holt tief Luft.

»Was machst du denn hier?«, fragt er irritiert und zieht irgendwie anders als sonst seine Augenbraue nach oben. Gleichzeitig zuckt dauerhaft sein Mundwinkel.

»Wonach sieht es denn aus?«, kontere ich gereizt, weil mir die Sache mit Vivien doch gewaltiger gegen den Strich geht, als ich es mir eingestehen möchte.

»Also ein Bier?«, fragt er mit einem Unterton in der Stimme, der nicht an den fast immer souverän wirkenden Aurel erinnert. Ja, er ist öfter mal merkwürdig und wirkt vollkommen verändert. Aber heute erreichen wir eine neue Stufe, die mir komisch vorkommt.

»Nein, gib mir lieber gleich etwas Stärkeres.«

Er nickt, dreht sich um, mixt mir Cola und Rum zusammen und stellt das volle Glas vor mir ab. »Und, wie sieht deine weitere Abendplanung aus?« Dabei stützt er sich mit den Ellenbogen auf dem Tresen ab.

»Was soll ich denn heute noch machen?«, knurre ich und trinke einen Schluck. »Oder erwecke ich den Anschein, dass mein Abend gut gelaufen ist, wenn ich jetzt allein hier sitze?«

Fragezeichen über Fragezeichen spiegeln sich in seinem Blick wider. Hat er vergessen, dass ich vor knapp einer Stunde schon einmal hier gewesen bin?

Plötzlich prustet er in seiner kühlen Manier und winkt ab. »Na ja, es kann ja nicht immer alles so laufen, wie du es dir wünschst.«

Jetzt bin ich es, dessen Augenbraue argwöhnisch nach oben schnippt. »Was ist los mit dir, Aurel?«

Er schluckt schwer. »Sorry, aber hier ist heute echt

viel los gewesen und ich bin einfach drüber.« Sein Auge zuckt abermals.

Ja, irgendetwas ist hier mehr als komisch – nein, er ist komisch. Aber ich habe heute auch keinen Bock mehr, tiefer zu graben und zu erfragen, wo der Schuh drückt. Müde wirkend, fährt er sich über das Gesicht. »Nein, heute will ich einfach nur noch meine Ruhe.«

Ich nicke. »In Ordnung. Morgen dann.« Dann geht er zurück in die Küche. Wieso er unbedingt diesen Job machen muss, wo seine Eltern doch Inhaber eines Apothekerverbundes sind, verstehe ich nicht. Aber wenn er sich dadurch sein Karmakonto aufhübschen will, bitte.

Ich nehme den nächsten großen Schluck und analysiere weiter diesen Abend. Wieso hat Vivien überhaupt Probleme mit ihrem Vater? Es kann doch nicht nur daran liegen, dass sie an der Drewmore studiert.

Du kannst mir nicht helfen, solange du keinen Privatjet besitzt, der mich nach Zürich und danach ans Ende der Welt bringt.

Mh, was ist in Zürich? Ich exe den Rest. Ja, ich glaube, ich muss mich mal ernster mit ihrem Leben beschäftigen.

Ich sehe zur Uhr, auf der es mittlerweile nach zehn ist. Bestimmt ist Laurent langsam zurück und ich kann ihm die Beweisfotos darbieten.

44
VIVIEN

Die wenigen Schritte bis zum Haus des Dekans reichen aus, dass ich vollkommen durchnässt dort ankomme.

Doch wie ich es gehofft habe, ist es im Büro dunkel. Auch in der Wohnung, die sich darüber befindet, brennt kein Licht. Bestimmt lässt sich Chalier noch mit meinem Vater den Rotwein schmecken und plant gemütlich mein Leben an dieser Uni durch. Schon bei dem Gedanken wird mir übel. Ganz abgesehen von der Wut, die diese Tatsache immer noch in mir verursacht.

Mit meinem perfekt nachgemachten Schlüssel öffne ich die Tür, gehe am Schreibtisch seiner Assistentin vorbei und bin dankbar, dass ich kein Licht benötige, weil die Laterne von draußen in den Raum scheint. Leider gilt das nicht für das Zwischenzimmer, in dem es stockdunkel ist.

Ehe ich mich weiterbewege, höre ich in die Dunkelheit hinein und vergewissere mich, dass auch wirklich niemand hier ist. Doch es ist weiterhin ruhig. Nur mein eigener Atem ist zu hören. Also riskiere ich es, greife nach meinem Handy und verschaffe mir Licht.

»Hey Siri«, flüstere ich. Die bunte Kugel erscheint. »Lumos.« Schon strahlt der Lichtkegel auf die Schränke und in mir breitet sich ein Gefühl der Zufriedenheit aus. Wie absurd es wirkt, dass ich denke, die erste Hürde gemeistert zu haben. Dabei wollte ich doch nur einmal diesen gehypten Skill ausprobieren. Das eigentliche Problem liegt weiterhin vor mir.

Etwas überfordert blicke ich auf die vielen einzelnen Fächer. Das hier ist schlimmer als die Nadel im Heuhaufen, denn eigentlich weiß ich nicht einmal, wonach ich wirklich suche. Ja, ich hatte mit Lio und Aurel darüber gesprochen, dass an den Unis irgendetwas Komisches läuft, aber wie jetzt genau ein Beweis aussieht? Keine Ahnung.

Also tue ich das, was ich schon immer am besten konnte: in den Sachen anderer Leute herumschnüffeln. So ziehe ich das erste Fach auf. Dort drin hängen fein säuberlich einzelne Akten auf den Führungsschienen. Namen von Studenten, von denen ich noch nie gehört habe, reihen sich aneinander und die Überforderung übermannt mich. Wenn es diese Akten zu jedem Kommilitonen gibt, wie soll ich dann jemals etwas finden?

Resigniert schiebe ich das Fach zu. Ich glaube, das habe ich mir wirklich zu leicht vorgestellt. Langsam drehe ich den Kopf, bis ich die Tür am anderen Ende des Raums sehen kann. Es nützt nichts, ich werde in das

Büro mit dem Seil im Schrank gehen müssen. Denn wenn es etwas gibt, das ich auf die Schnelle finden kann, dann in seinen direkten Unterlagen. Ansonsten werde ich die Suche für heute abbrechen.

Mit der Hand schwäche ich das Licht ab, laufe mit vorsichtigen Schritten zur Tür und öffne sie ebenfalls. Doch auch hier drinnen fühle ich mich nicht von dem überzeugt, was ich vorhabe. Die Jalousien sind offen. Wenn ich mit der Taschenlampe herumschwenke, sieht sofort jeder, dass hier irgendetwas nicht stimmt. Aber ohne Licht? Verdammt, so wird das nichts. Ich entscheide mich für die einzige sinnvolle Lösung, mache auf dem Absatz kehrt und verlasse das Büro. Mit schnellen Schritten haste ich durch den Zwischenraum, schließe auch diese Tür leise, drehe mich um und ... knalle gegen einen Widerstand, wodurch ich zu Boden gehe und unsanft mit dem Kopf aufschlage.

Alles dreht sich. Oben und unten verschwimmen und die Floskel, dass man Sterne um den Kopf kreisen sehen kann, scheint nicht nur gesagt, sondern wird zur harten Realität für mich. Schritte hallen durch den Raum. Dann wird es schlagartig über mir hell und ich kneife die Augen zusammen, weil das Licht in ihnen brennt.

»Vivien, was tun Sie hier?«

Shit. Diese Stimme würde ich überall erkennen. Eine sinnvolle Ausrede? Fällt mir so schnell leider nicht ein.

»Ich ...« Zu mehr bringe ich es nicht und taste mit

den Fingern die Stelle am Kopf ab, von der der pochende Schmerz ausgeht.

Laurent greift um meinen Arm und zieht mich nach oben. Allerdings rutsche ich durch den Drehschwindel weg, weswegen er mich nicht loslässt. Ich schaffe es nicht einmal, ihn direkt anzusehen.

Das scheint er auch zu erkennen. »Kommen Sie mit.« Sachte zieht er mich aus dem Vorraum, links durch eine Tür, die man nur erkennt, wenn man weiß, wonach man schauen muss, und die Treppe nach oben.

Nur am Rande bekomme ich mit, wie er weitere Türen öffnet. Er zieht mich mit sich und drückt mich schlussendlich gegen einen Tisch, auf den ich mich setze, den Blick gen Boden richte und meine Hände an der Kante festkralle, damit ich nicht umfalle.

»Warten Sie hier«, sagt er bestimmend, aber ohne Groll oder Wut in der Stimme, und lässt mich sitzen, während er aus dem Raum geht.

Verdammt. Was mache ich jetzt nur? Wie soll ich ihm das erklären? Und, verflucht, wie bringe ich das Aurel und Lio bei, sollte ich mich verplappern? Das Licht geht an. Sofort schaue ich auf und fixiere langsam etwas besser den Mann vor mir, dessen gleichmäßige Schritte über den Boden hallen. Kurz vor mir bleibt er stehen und reicht mir einen Kühlakku.

»Danke.« Ich drücke ihn mir auf den Hinterkopf. Ich zittere, weil die nasse Kleidung kalt auf meiner Haut liegt.

Selbstsicher verschränkt Laurent die Hände vor dem Oberkörper und sieht mich interessiert an. »Sie lassen sich von Valentin von einem, na ja, nennen wir es Kennenlernabend retten, um danach in mein Büro einzusteigen?«

Wie treffend er es doch formuliert. *Aber ...* »Ich habe mich nicht von Valentin retten lassen«, stelle ich klar. »Er scheint nur ein gutes Gespür dafür zu haben, wann er auf der Bildfläche erscheinen muss, um alle von sich zu begeistern.«

Laurent schnaubt. »Ja, das kann er wirklich sehr gut.« Dann lehnt er sich minimal zu mir herunter. »Also, was haben Sie in meinem Büro gesucht?«

Die Überforderung, die ich bereits in seinem Büro verspürt habe, kommt mit voller Wucht zurück, denn ich hatte bisher Zeit, mir eine gute Begründung einfallen zu lassen, und habe sie nicht genutzt. Trotzig sehe ich zur Seite und versuche, genau diese Tatsache zu überspielen. »Ist das nicht vollkommen egal? Sie haben mich ertappt. Das sollte doch schon Genugtuung genug sein.«

»Ja, durchaus.« Seine Hand umgreift die, mit der ich den Kühlakku halte, und dreht meinen Kopf zu sich zurück. »Aber ich will es trotzdem wissen.«

Ich erwidere nichts. Den Blick, mit dem er mich ansieht, habe ich bereits einmal gesehen. Und ich wünschte, es wären schlechte Erinnerungen. Aber leider ist das Gegenteil der Fall.

»Sie scheinen nach dem letzten Treffen nicht verstanden zu haben, wie es zwischen uns laufen wird.«

O doch, das habe ich sehr gut – zu gut.

Sein Griff wird fester. »Und ich werde auch heute

meine Reaktion auf Ihr heutiges Vergehen nicht als Strafe ansehen, Vivien.« Im nächsten Moment zieht er meinen Kopf zurück, drückt die Hand um meine Kehle und legt mich quer über den Tisch. Gleichzeitig drängt er sich mit seinem Körper zwischen meine Beine. »Nein, ganz im Gegenteil. Es freut mich sogar, dass sie etwas länger brauchen, um sich an die Regeln zu gewöhnen.«

»Und soweit ich weiß, hatten wir eine Vereinbarung«, presse ich gegen den Druck, den er an meiner Kehle erzeugt, hervor.

Mehr als sein kaltes und berechnend wirkendes Lächeln bekomme ich nicht. »Ja, aber da Sie meinten, die Spielregeln ändern zu wollen, drehe ich es heute um und ficke Sie so lange, bis Sie mir verraten, was Sie genau gesucht haben.«

Mit der freien Hand schiebt er mein nasses Kleid nach oben. Seine Finger gleiten an meinem Slip vorbei direkt in mich. Ich stöhne auf. »Mh, das wirkt ein wenig so, als hätten Sie sich bereits mental auf diese Situation eingestellt.«

»Schön wärs«, wispere ich, »aber das Lob müssen Sie wohl Valentin gegenüber aussprechen.«

»Hat er Sie mit in seinen kleinen, dunklen Keller genommen?« Gleichmäßig dringt er in mich ein und ich kann nur nicken. Dann zieht er sich zurück und sieht sich die Finger und das, was sich daran befindet, genauer an. »Sie scheinen es wirklich darauf anzulegen, mit dem Feuer zu spielen, wenn Ihnen nicht einmal etwas an Verhütung liegt.«

»Ich glaube, ich bin durchaus in der Lage, selbst dafür zu sorgen, dass ich lediglich Spaß und keine Folgen von meinen nächtlichen Aktivitäten habe«, zicke ich und kann gleichzeitig einen gewissen Teil meiner Erregung nicht vor ihm verbergen. »Schade, dass Ihre Sicht auf die Dinge so kleinlich wirkt und Sie denken, dass das ausschließlich durch ein Kondom erreicht werden kann.«

»Gut zu wissen.«

Ohne mir mehr Bewegungsspielraum zu lassen, öffnet er seine Hose und gibt meinen Blick keine Sekunde frei. Mit seinem Griff um meine Taille zieht er mich ruckartig ein Stück näher zur Tischkante und erhöht den Druck auf meine Kehle. Sofort lege ich die Hände um seinen muskulösen Arm, um mich dagegen zu wehren. Aber ehe ich agieren kann, dringt er kraftvoll in mich ein, was ich lediglich mit einem stillen Aufschrei begleite, weil das Gefühl noch einmal ein ganz anderes ist als vor wenigen Wochen in seinem Büro.

»Und jetzt frage ich noch mal«, und stößt ein weiteres Mal hart zu, was alles in mir zum Kribbeln bringt, »was genau haben Sie gesucht?«

»Was ist los, Christopher Kolumbus? Stört es dich, dass ich es dir nicht gleich bei unserer ersten Begegnung auf die Nase gebunden habe, wer ich bin?«

45
VALENTIN

Dieser verfluchte Regen hört aber auch einfach nicht auf und drückt zusätzlich zu diesem verpatzten Abend auf meine Stimmung.

Wenigstens ist Laurent zurück, in dessen Wohnung, die sich über dem Büro befindet, Licht brennt. So gehe ich weiterhin mies gelaunt mit meinem Schlüssel die Treppen hinauf und öffne die Wohnungstür. Noch bevor ich richtig im Raum stehe, höre ich, wie Haut auf Haut prallt und ein erhitztes Stöhnen in kurzen Abständen folgt. Damit ist auf jeden Fall mein Interesse geweckt und die dunklen Wolken machen Platz für einen kleinen Lichtblick, der mir mitten in die grauen Gedanken scheint. Also folge ich den verheißungsvollen Geräuschen, biege um die Ecke direkt ins Wohnzimmer und bleibe sofort stehen. Der Anblick, wie Laurent Vivien mit seiner Hand an ihrer Kehle fixiert und er sie ununterbrochen fickt, wirkt wie der heiß ersehnte Blockbuster dieses Semesters.

Nur, was macht sie hier? Sie sollte doch mittlerweile bei Aurel sein. Wozu habe ich sie denn sonst vor dem Abend mit Laurent und ihrem Vater gerettet, wenn sie nun doch nur hier auf seinem Tisch liegt und es ebenfalls zu genießen scheint.

»Ich warte auf die Antwort«, knurrt er, während Vivien nur den Kopf schüttelt.

Ich gehe auf die beiden zu. Soll das ein Verhör sein? »Was machst du da?«, frage ich Laurent, der innehält und zu mir schaut. Genau wie Vivien, die um Luft ringt.

»Das, was ich immer tue, wenn etwas geklärt werden muss.«

Ich muss grinsen. »Mh, sonst sieht man dir nicht so gut an, dass dir deine Methoden Spaß machen.« Mein Blick heftet sich auf Viviens Gesicht, der ich deutlich ansehe, dass sie diese Unterbrechung anfixt.

»Bist du hier, um mir zu sagen, dass ich nicht effizient genug bin, oder um zu übernehmen?«

Zweiteres klingt so verdammt gut, denn es würde diesen Abend abrunden. Aber stattdessen gehe ich auf die andere Seite des Tisches. »Nein, ich habe da ein Abkommen. Nicht wahr, Vivien?« Ich greife nach ihren Händen, die sich krampfhaft um den Arm klammern, mit dem Laurent ihre Kehle umschließt, und ziehe sie zu mir, ohne sie loszulassen oder ihr mehr Freiraum zu geben. »Wir beide holen das ein anderes Mal nach«, flüstere ich nah an ihrem Ohr und hauche hinein. Sofort ballt sie die Hände zu Fäusten und bäumt sich, soweit es möglich ist, auf.

Laurent greift nach ihren Beinen, legt sie sich rechts

und links an die Schulter und dringt noch etwas härter als vorher in sie ein.

»Ist es das, was du sehen wolltest?«, japst sie. »Wie der Dekan mich fickt?«

»Nein«, brumme ich, schaue zu Laurent, der sich in sie drängt und anschließend in Viviens Gesicht, in dem mit jedem seiner Stöße ein neuer Funke in ihren Augen entbrennt. »Ich wollte sehen, wie du es genießt. Jeden Stoß, jedes Kribbeln und jedes Gefühl, dass dich näher und näher an die Ekstase treibt, ehe dich sämtliche Emotionen übermannen. Und ja, du würdest so verdammt gut auf die Pritsche in meinem Keller passen. Dich von jedem Kerl nehmen lassen, weil es dich und nicht sie glücklich macht« erneut beuge ich mich zu ihrem Ohr. »Aber weißt du was? Auch das wird dir nicht den Frieden verschaffen, den sich dein kleines sexbesessenes Herz wünscht.«

Ein weiteres Mal sehe ich zu Laurent. Er wird schneller. Vivien überstreckt den Kopf, die Spannung in ihrem Körper lässt meinen Schwanz so hart werden, dass er schon schmerzt. Laurent nickt. Ich lasse ihre Arme los. Er beugt sich nach vorn, greift nach dem Kleid und zieht sie nach oben. Ehe sie versteht, was passiert, drückt er ihren Kopf nach unten. Bestimmend drängt er seinen Schwanz in ihren Mund, fixiert ihren Kopf und kommt.

Es scheint kein Only-Happy-End-For-Vivien-Friend
für mich zu geben.

46
LAURENT

Alles in mir spannt sich an. Ich komme und Vivien schluckt. Was auch immer Valentin an ihr gefressen hat, mit so einem inbrünstigen Blick auf die Frau, die mich besser fühlen lässt, habe ich ihn bisher noch nie gesehen. Aber egal, wie man es sieht.

Vivien ist eindeutig ein anderes Kaliber Frau. Sie muss geführt werden. Die Zügel kurzgehalten, damit man sie nach den Wünschen formen kann, die an sie gestellt werden.

Mein Schwanz zuckt nicht mehr. Vivien schluckt erneut. Und so sehr ich diese Machtposition liebe, ziehe ich mich aus ihr zurück. Doch ich weiche keinen Schritt von ihr, sondern lege meine Hand unter ihr Kinn und zwinge sie dazu, mich anzusehen. »Du willst es mir nicht verraten? Gut, dann werde ich dich auch nicht belohnen.«

Ihr fordernder Blick ist die Genugtuung, von der sie vorhin gesprochen hat. Bevor ich weiterreden kann, reißt sie sich los und blickt über die Schulter zu Valentin, der dieses Schauspiel weiterhin interessiert mustert. Dann rutscht sie vom Tisch, zieht ihr Kleid nach unten und verlässt sofort meine Wohnung.

Ja, sie ist wirklich gut. Ihr Vater hat nicht zu viel versprochen.

»Was wollte sie hier?«, fragt Valentin, geht zu einer der Kommoden auf der gegenüberliegenden Seite der Fensterfront und nimmt eine Zigarettenpackung heraus. »Oder hat sie nur nach Spaß gesucht, weil du so gut bist?«

Ich schmunzle. »Das wäre wohl ein viel zu gut gemeintes Kompliment. Aber der Fick war nicht der Grund, sondern weil sie in meinem Büro herumgeschnüffelt hat.«

Sofort hält er inne. »Wonach sucht sie denn?«

Ich ziehe die Hose hoch und mir einen Stuhl heran. Weiterhin mit dem befriedigten Gefühl im Körper setze ich mich und bedeute Valentin, dass ich ebenfalls eine Zigarette nehme. »Das ist eine gute Frage, denn wir hatten eine Abmachung.«

»Und die wäre?« Valentin stellt sich neben mich und reicht mir die Schachtel, aus der ich mir ebenfalls eine Zigarette klopfe und sie mit dem Feuerzeug, das an der Seite steckt, anzünde.

»Ich ficke sie und im Gegenzug darf sie mir Fragen stellen.«

Sofort prustet er los. »Was kann so interessant an dir sein, dass man sich dafür freiwillig auf dich einlässt.«

Ich puste die Luft aus. »Irgendwie war mir klar, dass

du bisher nur deinen Spaß mit ihr gesucht hast. Aber der Grund, weswegen sie so abweisend und herrisch ist, der interessiert dich mal wieder gar nicht.«

Valentin setzt sich mir gegenüber. »Bist du dann fertig mit deiner Standpauke und erzählst mir das, was wichtig ist?«

Irgendwie überrascht es mich, dass er noch keine Nachforschungen zu ihr angestellt hat. Immerhin ist sie seit Wochen sein Objekt der Begierde. Und ich bin nicht bereit, die Bombe platzen zu lassen, wenn es im Moment auf meinem Campus brennt. Also lehne ich mich zurück. »Dieses Essen heute diente in erster Linie, um Viviens Vater die Sorgen zu nehmen, weil wir immer noch an der Aufklärung eines Mords dran sind. Außerdem wird eine weitere Studentin vermisst, von der aktuell jede Spur fehlt.«

»Und du denkst, sie spielt Detektiv, ob du damit etwas zu tun hast? Wieso sollte sie?«

»Weil sie so sehr gegen ihren Vater rebelliert, dass sie nach jedem Strohhalm greift, der sich ihr anbietet, selbst wenn er dazu dient, diese Einrichtung zu stürzen.«

»Hätte sie denn etwas gefunden?«, fragt Valentin herausfordernd. Aber damit lockt er mich nicht so leicht aus der Reserve. Stattdessen nehme ich einen weiteren Zug und lasse ihn kurz zappeln.

»Die Antwort darauf solltest du selbst kennen.« Dann sehe ich ihm direkt in die Augen. »Aber wieso warst du überhaupt hier? Dich entschuldigen, weil du uns vorhin gestört hast?«

»So weit kommt es noch. Nein, ich wollte dir lediglich zeigen, dass dein Wunsch mir Befehl ist.« Er zückt sein Handy, scrollt darauf herum und hält mir ein Bild vor die Nase. Vivien sitzt auf Erics Schoß.

»Und?«, frage ich. »Willst du jetzt ein Lob oder ein Kopftätscheln?«

Valentin steckt es zurück. »Du nun wieder. Aber da du ja gerade positive Nachrichten vertragen kannst, dachte ich mir, ich präsentiere sie dir lieber gleich.«

Ich drücke die Zigarette aus der Packung aus, die Valentin auf den Tisch gelegt hat. »Du meinst, du wolltest dich ausheulen, weil du nicht zum Zug gekommen bist?«

»Ich gebe zu, ich dachte, sie gibt mir schneller nach.«

»Vielleicht solltest du ihr dann nicht nur beim Ficken zusehen.«

»Keine Sorge, das ändere ich bald. Mittlerweile weiß ich, wie sie tickt und womit ich sie überzeugen kann.«

Langsam stehe ich auf. Auch Valentin erhebt sich und versteht, auch ohne dass ich etwas sagen muss, dass es Zeit für ihn ist, zu gehen. »Gut, dann pass auf, dass sie ihre Nase nicht länger in unsere Angelegenheiten steckt.«

»Also soll ich Kindermädchen spielen?«

»Tu das, was du für richtig hältst.«

Er nickt und geht.

47
AUREL

Ich bin komplett durchnässt. Mittlerweile ist auch meine Kippenpackung leer und meine Laune auf einem neuen Tiefpunkt. Wo ist sie nur? Ich bin den Campus inklusive Blackhall zweimal abgelaufen. War im Hauptgebäude und den Hörsälen, aber von Vivien fehlt jede Spur. Deswegen gehe ich zurück zu meinem Zimmer, entledige mich der nassen Klamotten und ziehe mir einen neuen Hoodie und eine Jogginghose an.

Das mulmige Gefühl, das ich vorhin schon im Cupper-Pub hatte, verstärkt sich. Wenn Valentin etwas mit ihr angestellt hat, dann ...

Die Tür zu meinem Zimmer geht auf und Vivien betritt immer noch in dem schwarzen Kleid, dass sie schon vorhin anhatte, den Raum. Nur ist es komplett durchgeweicht und sie zittert am ganzen Körper. Gleichzeitig wirkt sie vollkommen erschöpft.

»Wieso habe ich dich nicht im Keller von Blackhall gefunden?«, frage ich und bin mir unschlüssig, wie ich gerade reagieren soll. Wütend, weil ich sie nicht finden konnte? Oder froh darüber, dass sie unversehrt ist?

Sie schließt die Tür. »Und wieso servierst du deinen Gästen im Cupper-Pub keine Snackbrezeln?«

»Was?«

»Der Service von Lio ist viel besser als deiner. Und jetzt bist du echt so frech und fragst mich, wieso du im Keller nicht dabei zusehen durftest, wie ich mich an Eric heranschmeiße, damit Valentin happy ist?«

Mein Kopf schaltet nicht so schnell, wie er es müsste. »Du solltest was? Wieso?«

»Wahrscheinlich, weil eure Vermutung mit dieser bekloppten Verkupplungs-Uni irgendwie der Wahrheit entspricht.« Sie kommt auf mich zu, zieht sich das Kleid über den Kopf, entledigt sich des BHs und bleibt mit ausgestreckter Hand kurz vor mir stehen.

»U-und h-ast du etwas herausgefunden«, stottere ich, weil ich auf diesen Move null vorbereitet war. Immerhin geht sie sonst auch immer in ihr Zimmer in Whitehall, um sich umzuziehen.

Angestrengt atmet sie aus. »Denkst du irgendwie, ich bin Houdini? Denkst du, ich mache ihm einmal schöne Augen und er ist das verfickte offene Buch, in dem ich jedes Geheimnis nachlesen kann, was es an diesem dunklen Ort gibt?« Sie wirkt merkwürdig unentspannt – anders als sonst. »Nein, ich habe ihn einfach nur mit den richtigen Worten gereizt und versucht, auch ohne diese bescheuerte Aufgabe, als Cheerleaderin über den Rasen zu tänzeln, an Informationen zu gelangen. Am Ende war er es, der mehr von mir erfahren hat, als mir lieb ist.« Das Zittern wird stärker. »Kann ich dann endlich deinen Hoodie bekommen?«, fleht sie fast schon und greift bereits nach dem Saum. Doch ich wehre sie ab, um gleichzeitig die Nähe, die flüchtig zwischen uns vibriert, zu unterbinden.

»Nimm dir doch einen aus dem Schrank.«

Sofort wandelt sich der Ausdruck auf ihrem Gesicht. Die Stärke verschwindet, dafür nimmt die Zerbrechlichkeit den Platz ein, was durch ihre glasigen Augen verstärkt wird. Das ungute Gefühl verschärft sich. Sie dreht sich zum Schrank um, da fasse ich ihr auf die Schulter, drehe sie zu mir zurück und gebe ihr meinen Hoodie, den ich ihr sogar noch überstreife und der ihr drei Nummern zu groß ist. Trotzdem fällt sofort ein Teil der Anspannung von ihren Schultern. Sie läuft zum Bett, streift die Pumps von den Füßen und lässt sich bäuchlings darauf nieder.

»Vivien, wo bist du gewesen?«, frage ich besorgt.

»Na, wo schon«, sagt sie durch die Decke hindurch. »Beim Dekan, um Informationen zu sammeln.«

Sofort reiße ich die Augen weit auf. »Was?«

»Er war mit meinem Dad essen. Ich dachte, wenn er nicht da ist, komme ich problemlos an etwas, das euch und mir hilft.«

Ich setze mich neben sie. »Aber du weißt doch gar nicht, nach was du suchen musst. Außerdem hatten wir besprochen, dass wir das zusammen machen. Wie bist du überhaupt ins Büro gekommen?«

»Ist das nicht vollkommen egal. Fakt ist, dass Laurent dort aufgetaucht ist.«

Die nächste Hiobsbotschaft, die wie ein viel zu großer Stein dumpf in meinem Magen landet. »Und was ist dann passiert?«

Sie kneift ihre Beine zusammen. »Er hat mich gefickt und Valentin hat zugesehen.«

»Was wollte der denn dort?«

»Wahrscheinlich die Party nicht verpassen.«

»Wie?« In meinem Kopf rattert es, bis die Antwort von allein Klick macht. »Vivien!«

»Was? Es ist doch so. Und dann bin ich nicht mal auf meine Kosten gekommen.«

Grrrr. Diese Frau! »Was hast du ihm erzählt, wieso du in seinem Büro stehst?«

Sie zuckt mit den Schultern. »Na, nichts. Sonst hätte er mich ja kommen lassen und nicht kurz vor dem Ziel abserviert.«

Was stimmt nicht mit ihr? Wieso sind das die einzigen Sorgen, die sie nach so einem Fiasko hat? Nur leider merke ich deutlich, dass es sie irgendwie belastet, und ... das gefällt mir nicht. Ich lege den Arm um sie und drehe sie auf den Rücken. Gleichzeitig setze ich mich so hin, dass ich sie anschließend in den Arm nehmen kann. »Wahnsinn, wo deine Prioritäten liegen.«

Sie kuschelt sich an mich heran und zieht die Decke über sich. »Wenn du für Wochen mit einem Typen eingesperrt wirst, der dich nur schief von der Seite ansieht, aber keine schmutzigen Sachen mit dir macht, würdest du auch jede Chance nutzen – außer wenn Lio mal hier ist.«

Ich komme nicht drumherum, zu schmunzeln. »Du

weißt hoffentlich, dass alles, was Lio mit dir anstellt, so ziemlich einhunderttausend Regeln verletzt?«

»Das hat dich bei euch in der Wohnung auch nicht interessiert.«

»Da habe ich es auch mehr als Akt der Fürsorge und Beruhigung der Zeugin gesehen. Immerhin ist das weniger mein Business.«

Mit der Hand um meinen Bauch wird ihr Kopf immer schwerer. »Ja, ja, Herr Wachtmeister. Drehen Sie sich das nur so hin, wie es für Sie am besten passt.« Dann rutscht ihr Kopf in die Kuhle, die ich durch meine Umarmung geschaffen habe und ich bin mir sicher, dass sie schläft.

Reglos sitze ich da und spüre ihrer gleichmäßigen Atmung nach und verfluche mich, dass ich mich dazu hinreißen lassen habe, sie in den Arm zu nehmen, denn das ist gerade viel zu viel Nähe.

Gleichzeitig bin ich erleichtert, dass sie so glimpflich aus der Sache mit Laurent gekommen ist. Der Papierkram wäre sonst der Horror gewesen. Das zumindest rede ich mir ein. Und mit jedem Tag, der vergeht, weiß ich nicht, ob ich diesen Plan, den wir zu dritt geschmiedet haben, weiterhin durchziehen will. Es wäre das Beste, wenn sie Valentins Prüfung, wie diese auch immer aussehen mag, weil er sie nicht einmal mir verraten hat, nicht bestehen würde. Wieso, verflucht, meldet sich bloß ihre Schwester nicht?

»Es hat keiner gesagt, dass eine Strafe
immer negativ behaftet sein muss.«

48
VIVIEN

Mit einem mulmigen Gefühl stehe ich in meinem viel zu kurzen Rock in der Kabine. Neben uns ertönt laut der Schlachtruf der Drewmore Bears, die sich genauso anhören. Sogar die anderen Cheerleaderinnen lassen sich von dieser Inbrunst mitreißen. Es würde mich nicht wundern, wenn nach dem Spiel in der Umkleide eine Orgie veranstaltet wird.

»Okay, Mädels. Seid ihr bereit?«, ruft Selma lauthals durch die Kabine. Alle nicken und wedeln mit ihren hübschen Pompons herum. Nur ich versuche, wenigstens meine Mundwinkel dazu zu bekommen, sich dezent nach oben zu verbiegen – was sie leider nicht tun.

Dann stürmt die Menge hinaus und ich stehe wie bestellt und nicht abgeholt in diesem quadratischen Raum und stiere auf die weißen Wände, an denen sich schon andere mit ihren Popeln, Blutspritzern und wenigstens auch ein paar Bleistiftstrichen verewigt haben.

Und trotzdem würde ich stundenlang auf diese Wände starren, nur um nicht hinausgehen zu müssen. Denn ich kenne meine Aufgabe weiterhin nicht. Gleichzeitig frage ich mich seit einigen Tagen, wo sich Eric aufhält. Er war weder beim Training noch hat er mich aufgesucht. Hat er die Tablette nicht vertragen? Hat er sich doch an den Abend erinnern können und fand er mich nicht gut?

Ich seufze schwer. Es nützt nichts, hier über Fragen, auf die ich gerade keine Auskunft bekomme, zu grübeln. Ich muss da raus. Also gehe ich erhobenen Hauptes zur Tür, biege rechts ab und laufe den Gang bis ganz vor. Genau am Weg hoch zum Spielfeld steht Valentin gegen die Wand gelehnt und schaut mich mit seinem verschmitzten Lächeln an.

»In diesem Outfit siehst du so verdammt gut aus.«

Neben ihm bleibe ich stehen. »Hast du mich nur deswegen ins Team geschickt?«

»Nein.« Er blickt aufs Feld und zeigt mit dem Finger auf einen Mann der gegnerischen Mannschaft.

»Siehst du den Kerl mit der Acht?«

Ich suche das Spielfeld ab, bis ich den großen und durchtrainierten Mann mit der Nummer auf dem Rücken finde. »Ja.«

»Gut.« Er zieht sich einen Kaugummi aus der Tasche. »Ich will, dass du dafür sorgst, dass er die zweite Halbzeit nicht mehr zurück aufs Spielfeld kommt.« Er sagt das so überzeugt. Und ich kann nicht anders, als anzufangen, zu lachen. »Du willst was?«

»Dass du ihn so in deinen Bann ziehst, dass er sich von dir mitreißen lässt und das Spiel vergisst.«

Die Pokale in der Vitrine blitzen vor meinem geistigen Auge auf. »Kommt ihr so zu den ganzen ersten Plätzen? Indem ihr bescheißt?«

Unverändert sieht er mich an. »Das Wort ist ziemlich hart. Wir sorgen nur dafür, dass sich die Umstände zu unseren Gunsten entwickeln.« Er stößt sich von der Wand ab und sieht mich von oben herab an. »Und wenn das jemand heute schafft, dann du. Keine Sorge. Ich bin die ganze Zeit hier und beobachte dich. Und wenn Aurel endlich auftaucht, auch er.« Da kann er lange warten, denn Aurel ist mit Lio beim Polizeichef.

Ich schüttle den Kopf. »Das kann doch echt nicht wahr sein. Gut. Wenn das alles ist, damit ich schließlich den Blackhall-Cheat-Pin bekomme, soll es so sein.« Ich drehe mich um und gehe zu den anderen Cheerleaderinnen. Eine Elite-Uni und dann müssen wir unfair spielen. Schon bei dem Gang ums Spielfeld sehe ich dauerhaft zur Nummer acht und überlege, wie ich diese Aufgabe löse.

»Regel Nummer 2: Stell keine Fragen und erst recht
keine, auf die du die Antwort bereits kennst.«

49
AUREL

Unruhig wippe ich mit dem Fuß auf und ab und sehe auf die Uhr. Das Spiel hat längst angefangen. Und anstatt ein Auge auf Vivien zu haben, muss ich mir Lawers Geschwafel geben, der einfach nicht auf den Punkt kommt.

»Seit über einem Jahr seid ihr jetzt schon auf dem Campus unterwegs. Und das ohne Erfolg. Ganz im Gegenteil, es werden immer mehr Leichen. Und die Vermisstenfälle reißen auch nicht ab.« Ständig sieht er zwischen Lio und mir hin und her und pfeffert anschließend eine dünne Akte auf den Tisch. »Hier, der neueste Fall«, raunt er. »Die Eltern waren gestern hier. Dabei wird sie schon seit vier Wochen vermisst.«

Ich schlucke. Das wird die Studentin sein, um die sich Lio *kümmern* sollte. Verdammt. Aus dem Augenwinkel sehe ich zu ihm. Doch er sitzt wie immer völlig entspannt auf dem Lederstuhl und klopft mit den

Fingern auf der Armlehne herum. Wieso kann ich nicht derjenige sein, der die Ruhe weghat?

Lawer räuspert sich. »Ihr müsst langsam irgendetwas finden, mit dem ich diese verdeckte Ermittlung weiterhin rechtfertigen kann.«

»Und was soll das sein?«, fragt Lio. »Wir können ja schließlich keine Mörder aus dem Hut zaubern.«

»Das stimmt.« Mit gedankenverlorenem Blick dreht sich Lawer auf seinem Stuhl. »Aber ihr könntet endlich einmal tiefer in diese ganzen Probleme einsteigen. Und das bedeutet«, abrupt verharrt er vor uns mit festem Blick auf mich, »dass ihr den nächsten, den ihr auch nur in der Nähe eines Tatortes vorfindet, sofort festnehmt.«

Das kann nicht sein Ernst sein. »Und unsere Tarnung? Die fliegt doch dann auf.«

»Von mir aus könnt ihr auch sofort anrufen und es kommt jemand. Aber ich will definitiv Namen haben, wenn es erneut zu einem Vorfall kommt.«

Die Tür des Büros wird geöffnet und seine Assistentin betritt den Raum. »Da ist jemand, der Sie sprechen möchte.«

Lawer nickt. »Wir sind hier ohnehin fertig.« Er steht auf und lässt uns vor vollendeten Tatsachen stehen.

Lio neben mir streckt sich. »Das stellt er sich wieder so einfach vor.«

»Und das bedeutet, dass Vivien nicht länger mit uns kooperieren kann.«

»Wieso?«

»Stell dir vor, sie ist es, die als Erste am Tatort ist.«

Lio gluckst. »Dann war sie es vielleicht auch.«

Sofort trifft ihn mein düsterer Blick. »Das war nur ein Spaß«, rudert er zurück. »Aber ich bin mir sicher, dass du sie nicht davon überzeugen wirst, aufzuhören.«

Da hat er leider nicht ganz unrecht, aber das mit ihm auszudiskutieren, darauf habe ich keine Lust. Deswegen stehe ich auf. »Ich gehe jetzt zum Spiel. Wir sehen uns später im Zimmer, wenn wir das mit ihr bereden.«

»Ist es das, was du sehen wolltest?
Wie der Dekan mich fickt?«

50
VIVIEN

Wie die anderen Mädels schwinge ich meine Hüften, schreie diesen beschissenen Slogan und wedele fröhlich mit diesem Polyesterglitzerzeugs herum. Wenigstens scheint mein Plan aufzugehen, denn Mister Nummer acht ist bereits die letzten zwei Spielzüge abgelenkt und sieht dauerhaft zu mir.

Endlich wird abgepfiffen. Die Mädels stellen sich auf, aber ich sehe dem Objekt meiner Aufgabe dabei zu, wie er nickt und mich stumm auffordert, ihm zu folgen.

Ich tippe Selma auf die Schulter. »Ich bin gleich wieder da.« Etwas irritiert sieht sie zu mir und ich laufe über die hintere Tribüne zu den Umkleiden der Gegner. Dort ist der Gang genauso aufgebaut wie auf unserer Seite. Immer wieder blicke ich mich um, kann ihn aber nicht sehen, und laufe sogar den Weg weiter, bis ich auf halber Höhe zu den Umkleiden der Heimmannschaft bin.

Plötzlich zieht mich jemand in den Raum zu meiner Rechten und drängt mich gegen die Wand.

»Dein Tanz war ziemlich eindeutig.« Seine tiefe Stimme vibriert in meinem Ohr. Sein verschwitzter Körper presst sich an mich und gerade würde ich mir wünschen, dass ich eine andere Aufgabe bekommen hätte. Doch Deal ist Deal.

Ich greife durch seine nassen Haare. »Mir wurde ja schon vorher gesagt, dass du heiß aussiehst. Aber da wurde sogar noch untertrieben.«

»Das höre ich gern.« Ruckartig dreht er mich rum. »Ich hab nicht lange Zeit, also ...« Seine Hand wandert unter meinen Rock. Die andere scheint an seiner Hose herumzuspielen und ich überlege noch, wie ich das Ganze ohne fremden Schwanz in mir über die Bühne bringe.

»Warte.«

Doch darauf reagiert er nicht und presst mich hart gegen die Wand.

»Keine Sorge, Schlampe. Bisher hat es allen gefallen.« Im nächsten Moment röchelt er und seine Hand rutscht von meinem Po. Gleichzeitig wird mein Rücken merkwürdig warm und der Geruch erinnert mich an etwas.

Sofort drehe ich mich um und realisiere langsam, dass alles voller Blut ist – einschließlich mir.

51
VALENTIN

»W-was soll das?« Viviens Stimme bebt. Mit zitternden Fingern sucht sie Halt an einem der Spinde. Fahrig sieht sie abwechselnd von mir zu meinem Messer und dem Stürmer am Boden, dessen Körper neben uns zuckt, ehe er reglos liegen bleibt. Zusehends wird die Blutlache um ihn herum immer größer.

Ich hole ein Tuch aus meiner Hosentasche hervor und wische mein Messer sauber. Dabei genieße ich die tiefe Erschütterung, die sich in ihrem Blick festsetzt. »Das war mir etwas zu viel Nähe zwischen euch.« Ich schmeiße das Tuch auf den Leichnam.

»A-aber ...« Sie schluckt schwer, scheint, die schwarzen Gedanken zu verdrängen, und straft mich mit Verachtung, die mich nur dazu beflügelt, ihr zu zeigen, dass dieses Spiel auch weiterhin nach meinen Regeln läuft. »Aber genau das hast du vor ein paar Stunden noch von mir verlangt!«

»Ja, und das hast du auch meisterhaft umgesetzt. Damit bist du offiziell ein Mitglied meiner Verbindung.« Ich gehe auf sie zu. Ihr Körper zittert immer stärker, doch davon sehe ich nichts in ihren Augen. Diese Abgebrühtheit, die sie mit Sicherheit spielt, macht sie so verdammt perfekt für mich. »Aber ich kann es nun mal nicht leiden, wenn dir ein anderer Mann zu nahekommt.«

»Es sind deine beschissenen Regeln. Wenn sie dich stören, dann ändere sie doch.« Ein dunkles Funkeln flackert in ihren Augen auf, das mir endlich bestätigt, was ich mir gedacht habe.

Leise lache ich auf. »Keine Regel ist in Stein gemeißelt, wenn einem das Ergebnis nicht gefällt. Und es wird langsam Zeit, dass du dem, was dein kleines, dunkles Herz will, nachgibst.«

»Und das wäre?«, fragt sie immer noch so, als hätte sie alles unter Kontrolle. Aber das hat sie nicht. Nicht, seitdem sie zu mir gekommen ist und mich um Hilfe gebeten hat.

Ich setze die Spitze des Messers an der weichen Haut ihres Halses an und fahre in einer glatten Linie bis zu ihrem Schlüsselbein hinab. Dabei folgt ein dünnes rotes Rinnsal meinem Weg.

Ein leiser Seufzer entfährt ihrer Kehle. Kurz danach erhöhe ich den Druck der Klinge. Ihre Atmung beschleunigt sich merklich. Dann ziehe ich sie langsam weg, sodass ein tieferer Schnitt zurückbleibt, der ihre Erscheinung perfektioniert. Ihr leises, schmerzverzerrtes Zischen wird zu Musik in meinen Ohren.

Regungslos steht sie vor mir. Ich begegne ihrem Blick, in dem aus der schwindenden Verunsicherung beginnende Erregung wird, und beuge mich zu ihr hinab.

»Es wird Zeit, dass du dem Verlangen nachgibst, das dich heute nicht zum ersten Mal feucht werden lässt.« Ich greife nach den Locken ihres Pferdeschwanzes, ziehe ihren Kopf nach hinten und beiße in die Haut, die ich gerade in mein modernes Kunstwerk verwandelt habe. Der metallische Geschmack ihres Blutes kitzelt auf meiner Zunge, während sich ihr erhitzter Atem an meinem Ohr verfängt.

»Meinst du echt, dass es so einfach ist?«, wispert sie.

Ich koste noch etwas länger von ihr. Folge mit meiner Zunge der Linie bis nach oben und sehe ihr abermals direkt in die nach Erlösung suchenden Augen, um ihr dann einen kurzen intensiven Kuss auf den Mund zu pressen. Kaum lösen wir uns voneinander, streiche ich mit festem Druck über ihre Lippen, die eine dezent rote Farbe von ihrem eigenen Blut annehmen.

»Ja, Vivien, das ist es.« Ich lasse ihren Zopf los, drehe sie ruckartig herum und greife um ihr Kinn, damit ich meine Wange an ihre legen kann. »Du willst das Dunkle. Du willst das Verbotene und du weißt genau, dass nur ich dir das bieten kann.«

Mit dem Messer in der anderen Hand gleite ich an ihrem Oberschenkel entlang. Fahre unter den knappen blau-weißen Minirock ihres Cheerleaderoutfits und weiter zu dem Slip, den ich seitlich mit dem Messer zerschneide, während sie sich immer enger an mich schmiegt.

Dann tanzt es weiter auf ihrer Haut. Sie spannt sich an und mit jedem Millimeter, den ich es nach vorn schiebe, spreizt sie die Beine, bis ich ihr die flache Seite der kalten Klinge auf ihre heiße Mitte drücken kann.

Ich nehme einen tiefen Atemzug ihres blumigen Parfüms. Viviens Kopf liegt mittlerweile auf meiner Schulter und ich sehe ihre steifen Nippel unter dem Top hervorstehen.

»Sag es«, flüstere ich ihr ins Ohr. »Fordere ein, wonach sich jede Faser deines Körpers sehnt.« Ich lasse das Messer zuschnappen und dringe mit meinen Fingern in sie ein, während sie deutlich meinen Schwanz spüren sollte, der sich gegen ihren Oberschenkel drückt.

Sie öffnet den Mund. »I-ich …«

»Ja?«, hauche ich.

»I-ich …«

Hinter uns werden Schritte lauter, bis Aurel neben uns steht und mit unergründlicher Miene von Vivien zu mir und der Leiche auf dem Boden schaut.

Ende Teil 1

DANKSAGUNG

Ich kann es noch gar nicht so richtig glauben, dass ich heute diese Danksagung schreiben darf.

Ich schreibe noch gar nicht so lange so aktiv, denn bis vor ein paar Jahren war es für mich einfach ein Ausgleich von meiner stressigen Schichtarbeit. Dann kamen meine Kinder. Das Schreiben rückte in den Hintergrund und ist erst seit drei Jahren wieder so richtig präsent und ein wichtiger Teil in meinem Leben.

Dabei habe ich auch meine Liebe zum SP entdeckt. Es gibt mir die Möglichkeit, meine Geschichten so zu präsentieren, wie sie mir gefallen, und das Genre Dark so zu interpretieren, wie es mir gefällt und wie ich es selbst lesen möchte. Dass auch ein Verlag einmal das Potenzial in meiner Vorstellung von Dark Romance erkennt und mir die Chance gibt, es euch Lesern zeigen zu dürfen, wirkt immer noch so unwirklich und ich werde noch oft gekniffen werden müssen, bis ich das im gesamten Umfang realisiere.

Daher möchte ich dem gesamten Black Edition Team für ihr Vertrauen danken. Ihr habt etwas Großartiges auf die Beine gestellt und ich freue mich, ein Teil davon sein zu dürfen.

Genauso gilt mein Dank, meinen Testlesern Yvonne, Mira und Anja, die mich immer wieder antreiben, noch mehr aus meiner Geschichte herauszuholen, und die mich mit ihren Kommentaren immer wieder zum Schmunzeln bringen und dafür sorgen, dass meine Selbstzweifel nicht zu groß werden.

Zum Schluss muss ich aber dir – meinem Leser – danken. Denn nur durch dich ist es möglich, dass diese Geschichte zum Leben erweckt wird. Und ich hoffe, du konntest an der einen oder anderen Stelle schmunzeln, mitfiebern und auch ungläubig den Kopf schütteln, wenn sich Vivien gegen die Männer in ihrem Leben durchgesetzt oder sich hat verführen lassen.

Bis jetzt kratzen wir an der Oberfläche der vielen Geheimnisse von Drewmore. Es wird noch dunkler, es wird noch einmal heißer und gefährlicher und ich freue mich auf den weiteren Weg mit dir.

Deine Kari.

DIE ERFOLGS-REIHE DER GRÜNDERIN VON BLACK EDITION JANE S. WONDA

Very Bad Kings
978-3-98942-615-3

Band 1 der Bestseller-
Dark-Romance-Reihe
von Jane S. Wonda

Mable ist eine von fünf Stipendiatinnen, die jedes Jahr an der Kingston University angenommen werden. Die reiche Elite des Colleges hält allerdings nichts vom Charity-Programm ihrer Eltern und will Mable mit aller Macht vertreiben. Allen voran die Kings. Fünf abtrünnige Seniorstudenten, die im Hintergrund ein unmoralisches Spiel veranstalten.
Wird Mable gewinnen?
Und wie soll sie sich dagegen wehren, dass drei der Kings plötzlich nur sie wollen?

Du dachtest, Kingston biete dir eine akademische Zukunft?
Lektion eins: Alles, was du je lernen wirst, ist das Überleben zwischen uns.
Der Elite.
Und wenn du deine Hausaufgaben nicht anständig machst, Belle, müssen wir dich leider bestrafen …

Dark College. Bully Romance. Reverse Harem.
DU WILLST NICHT TEILEN. SIE DICH SCHON.

Mehr von SPIEGEL-Bestseller-Autorin Jane S. Wonda

»Ich werde dir eine Geschichte erzählen. Sie beginnt mit einem Geheimnis, das England bis ins Königshaus erschüttern könnte, und endet mit einem noch viel größeren. Du denkst, ich sei nichts weiter als ein Gangster, der mit Drogen und Kartellen spielt und dabei gewinnt. Du denkst, ich besäße nur meinen Club und ein paar Leute, die mir gehorchen. Du glaubst, meine Kontakte reichten nicht um die Welt, und du glaubst, mein Blut sei so rot wie deines. Aber du täuschst dich. Du hast keine Ahnung, wen du wirklich vor dir hast.«

Blaues Blut und schwarze Abgründe — Die überarbeitete Neuauflage des eBook-Bestsellers DARK PRINCE

Dark Prince - Gefährliches Spiel | 978-3-9859597-2-3
Band 1 einer Reihe

»Du dachtest, du könntest nach dem Land deiner Vorfahren suchen, 2000 Meilen von deiner Heimat entfernt. Du dachtest, du könntest mit deiner Freundin in einen Saloon spazieren, ohne dass dich jemand bemerkt. Du dachtest, du könntest meine Warnung ignorieren, obwohl ich freundlich genug war, dir eine auszusprechen. Du dachtest, ich wollte nur nett sein, als ich dir meine Hilfe anbot. Und selbst als du am nächsten Morgen an mein Bett gefesselt aufwachst, denkst du noch, dir wird nichts passieren. Wie falsch du liegst ...«

Der düstere Reihenauftakt, zum ersten Mal als veredelte Klappenbroschur. Lass dich entführen in die Prärie Montanas. Atemberaubend spannend, ein Pageturner!

Smoke - Du bist sein Besitz | 978-3-98595-461-2
Band 1 einer Reihe

„Wir wollen nicht wissen, wie verwerflich unsere Liebe für die wirklich bösen Jungs ist. Wir wollen es nur genießen."

- Jane S. Wonda, Gründerin von Black Edition

Erfahre mehr über Jane und ihre Bücher und
entdecke wondavolle Goodies und Buchboxen unter:

WWW.WONDAVERSUM.DE

 @JANES_WONDA    @JANES.WONDA

 JANE S. WONDA

DU BIST UNSERE NÄCHSTE DAISY ...
UND ES WIRD DIR GEFALLEN

Wir sind die Auserwählten.
Die Elite der Elite.
Die Könige der Könige.
Wir sind die Herrscher über alles.

Lass uns ein Spiel spielen, Daisy.
Du machst das, was wir wollen,
und niemandem passiert etwas.
Wenn du dich uns widersetzt,
dann heißt es nur eins:
Game over.

Thea wechselt in ihrem letzten Highschool-Jahr an die Roosevelt Private High – und zieht damit jegliche Aufmerksamkeit auf sich.
Wer ist die Neue? Was will sie an der Private?
Und was verbirgt sie vor ihren Mitschülern?

Pierce Leander Hawking, der Anführer der Elite, hat ein Auge auf sie geworfen, aber Thea lässt ihn abblitzen und er gibt seine Daisy zum Abschuss frei.
Was danach folgt, hätte Thea nie im Leben für möglich gehalten. Mobbing, Prügel und die Ablehnung ihrer Mutter stehen an der Tagesordnung, sodass sie Drogenkonsum ihr als einziger Ausweg erscheint.
Schafft sie es allein aus dem Strudel von Lügen und Intrigen wieder hinaus? Oder heißt es Game over für sie?

Love & Ruin– I never craved attention, until I tasted yours
Von Daphne Bühner
ISBN: 978-3-98942-635-1

WILLKOMMEN AN DER PRESTON ACADEMY.

»Manchmal sind die Monster näher, als man denkt.«

Ein Internat voller Geheimnisse.
Ein Fluch, der nicht gebrochen werden kann.
Eine Liebe, die zum Scheitern
verurteilt ist.
Willkommen an der Preston Academy.

Avery, kriminell und von ihrer
Vergangenheit gezeichnet, kommt auf die
Preston Academy, ein Internat für
straffällige Teenager, die eine
zweite Chance bekommen haben.

Alexander, Professor und Erbe des
Preston-Vermächtnisses, ist trotz besseren
Wissens fasziniert von Averys dunkler
Schönheit und den tiefgrünen Augen, die
mehr gesehen haben, als sie sollten.

Entgegen aller Vernunft flackert etwas längst Verlorenes und Uraltes zwischen den beiden auf. Avery kann ihrem Professor trotz der Gefahr, die er ausstrahlt, nicht fernbleiben.

Wenn sie nur wüsste, dass diese Verbindung ihren Tod bedeutet ...

Der Beginn einer verbotenen Romanze. Eine Geschichte voller gebrochener Versprechen und unerfüllter Träume. Eine Liebe, die die Seele in Stücke reißt – besonders als Avery Alexanders morbides Geheimnis entdeckt. Wird sie sich der Verführung der Hölle hingeben oder kann sie sich vor ihrem besiegelten Schicksal retten?

Secrets and seduction
Von Bianca Mov
ISBN: 978-3-98942-625-2

KANNST DU DICH VOR
DEM PUPPENSPIELER RETTEN?

Ein unsichtbarer Beobachter
verfolgt jeden ihrer Schritte -
im Alltag, in intimen Momenten,
einfach immer.
Dieser Schatten behauptet,
ihr Leben zu kontrollieren,
ihre Existenz zu gewähren
und unter seiner Gnade zu halten.

Werden seine Puppen sich retten können?

Ich beobachte dich ...

Wenn du deinen Hund ausführst, wenn du deinen Mann vögelst,
wenn du auf deinen Laptop einschlägst, weil er nicht tut, was du willst.

Ich bin dein Schatten.

Wenn ich bei dir bin, dann ist dein Leben unter Kontrolle.
Nur mit mir kannst du existieren, denn ich gewähre es dir.
Du stehst unter meiner Gnade.
Doch immer, wenn du schaust, weil du meine Anwesenheit spürst, erhaschst
du mich nicht.
Ich weiß, wer du bist, Pupetta. Jeden Zentimeter von dir kenne ich in- und
auswendig.
Aber du kannst dich nicht an mich erinnern, obwohl du mir so nahe bist.

Pupetta - Gute Mädchen gehorchen
Von Isabelle Herzog
ISBN: 978-3-98942-630-6

WIE LANGE DAUERT ES, DICH ZU BRECHEN, MONDLICHT?

Er will dich beschützen.
Er will dich besitzen.
Nur er weiß, was gut für dich ist, und
solltest du dich ihm widersetzen, reißt er dich
mit in die Hölle.

Das Leben des sorglosen Supermodels Novalee Moore ändert sich schlagartig, als ein dunkler Schatten in ihr Leben tritt. Er weiß alles, terrorisiert sie, verfolgt sie auf Schritt und Tritt. Mit kranken Forderungen spielt er ein grausames Spiel, in dem das Model der Hauptgewinn ist.

Doch was passiert, wenn du dich seinen Befehlen widersetzt? Wie lange dauert es, dich zu brechen, Mondlicht?

Sie ist das führende Supermodel und er ist von ihr besessen. Auf der Flucht vor ihren Geliebten, ihrem bisherigen Leben und vor allem vor ihrem psychopathischen Verfolger, stolpert Novalee Moore in die Arme von Detective Ducane West.
Zwischen ihnen entfacht sich eine intensive Leidenschaft, die jeden, der ihnen einst nahestand, zu verbrennen droht ...

Zwischen Liebe, Leid und Obsession erblickt Novalee die Abgründe tödlicher Liebe.

Shadow´s Heart
Von Leonie W.
ISBN: 978-3-98942-631-3

Good Books – Evil Stories

Traust du dich?

Spiegel- und Bild-Bestseller-Autorin
Jane S. Wonda präsentiert:

Black Edition

Dein Zuhause für Dark Romance.

Dein Herz schlägt für die dunkle Seite der Liebe?
Dann komm in die Welt von Black Edition
und lass Moral und Anstand hinter dir.
Dich erwarten raue Kerle, sinnliche Lügen sowie das
Versprechen von Nervenkitzel und Gefahr.

www.black-ed.de

Good Books – Evil Stories

Noch nicht genug?

Dann besuche uns auf www.black-ed.de.
Entdecke unser Verlagsprogramm, stöbere durch
den Shop und verlier dein dunkles Herz.

Auf Instagram & TikTok: black.edition.verlag
erwarten dich Coverreveals, Schnipsel, Booktrailer
und das eine oder andere Gewinnspiel.

Vorbeischauen lohnt sich!

Konnte diese Geschichte dein Herz erreichen?
Dann lass es uns wissen und schreib eine Rezension.
Auf dass noch mehr diesem Buch verfallen
können und dir in die Dunkelheit folgen.

www.black-ed.de